# 结婚记

谢不谦 著

中华书局

图书在版编目(CIP)数据

结婚记/谢不谦著. —北京:中华书局,2023.10
ISBN 978-7-101-16271-4

Ⅰ.结⋯ Ⅱ.谢⋯ Ⅲ.散文集-中国-当代 Ⅳ.I267

中国国家版本馆 CIP 数据核字(2023)第 120618 号

| | | |
|---|---|---|
| 书 名 | 结婚记 | |
| 著 者 | 谢不谦 | |
| 责任编辑 | 马 燕 | |
| 责任印制 | 陈丽娜 | |
| 出版发行 | 中华书局 | |
| | (北京市丰台区太平桥西里 38 号 100073) | |
| | http://www.zhbc.com.cn | |
| | E-mail:zhbc@zhbc.com.cn | |
| 印 刷 | 天津善印科技有限公司 | |
| 版 次 | 2023 年 10 月第 1 版 | |
| | 2023 年 10 月第 1 次印刷 | |
| 规 格 | 开本/880×1230 毫米 1/32 | |
| | 印张 11 插页 5 字数 260 千字 | |
| 印 数 | 1-6000 册 | |
| 国际书号 | ISBN 978-7-101-16271-4 | |
| 定 价 | 58.00 元 | |

青春信物（1982年）

新婚照（1984年）

舐犊情深（1985年）

狮山蜗居（1987年）

我们仨（1991 年）

珍珠婚（2014年）

# 目　录

**月之季　应是绿肥红瘦**

# 自　序

四十五年前的春天，我刚满二十一岁，第一次走出大巴山，去北京上大学。我是恢复高考后首届大学生，现在回想，真是可笑无比，离别家乡前夕，我竟然跟母亲表态，三十五岁前，不恋爱，不结婚。不是恐婚，而是志存高远。母亲说好！先立业，后成家。没想到四年后的春天，我就自食其言。大学毕业，由工转文，考上四川师大古典文学研究生。入学不到一个月，我就坠入情网；研究生未毕业，我就结了婚。

1980年代的校园爱情，没有现在这么浪漫开放。我和女朋友恋爱三个学期，在校园公开场合，从来没有手挽过手，不是不想，是不敢。那个时候，全国校园同一道风景，都是女生和女生手挽手，男生和男生勾肩搭背，以致初来乍到的外国留学生误以为中国校园盛行同性恋呢。我们恋爱近两年，有情人终成眷属，却有两个结婚纪念日，一是法律意义上的，1983年12月21日，有结婚证为证；一是事实上的，1984年1月20日，只有我们自己为证，你知我知，天知地知。真是傻得可爱！本书就是讲述我们这种爱情瓜娃子从恋爱、结婚到老来伴的人生故事。

收入本书的文字，都属于"非虚构写作"，最早发表于我的天涯博客"短亭长亭"。"短亭长亭"是我和学生课外互动的网络平台，除了答疑解惑，也讲述自己曾经经历和正在经历的人生，而我和爱人平淡无奇的恋爱、婚姻和家庭日常生活，竟然吸引了校内外乃至海内外的很多网友，甚至被誉为校园中的"神仙眷侣"。"神仙眷侣"这个赞誉太夸张，我们没那么超凡脱俗，但的确比书呆子或学究式教授夫妻多几分生活情趣，多几分人间烟火气。曾经有一位理科教授读了我的天涯博文，电话我爱人，大发人生感慨，归纳为两点：第一，后悔没学中文；第二，好想离婚。他可能认为，学中文的人，腹有诗书气自华，才能让爱情婚姻充满诗情画意、浪漫情趣。这当然是误解。我所认识的理工科以及其他非中文专业的教授夫妻，不少人比我们浪漫，只是没有我这样行诸文字与大家分享的表现欲而已。我曾荣获四川大学首届"最受学生欢迎教师奖"，应学生会邀请，举办恋爱婚姻讲座：一吻到永远，永远有多远？我现身说法，谈到以下观点：

一、古今中外，没有所谓纯粹爱情。

二、我们这代人的恋爱，不是纯洁，是愚昧。

三、初恋大都不会有结果。

四、爱不可能是唯一，移情别恋很正常。

五、十八至二十八岁，是恋爱最甜蜜最美好的时期。

六、爱情不能太书本，也不能太现实；不能太精神，也不能太物质。

七、大学生的爱情，要有文化品位，要有诗情画意。

八、互相要有神秘感，所以最好不要同专业恋爱。

九、爱情全碰运气，婚姻全是缘分。

十、婚姻不是爱情的坟墓，是另一种幸福的开始。

钱锺书先生《围城》，普及了一个法国典故：婚姻好比围城，城外的人想冲进去，城内的人想冲出来。但我们没有这样的纠结。我和爱人牵手四十年，一路风风雨雨，坡坡坎坎，却相濡以沫，相依为伴。年过知天命，我先在天涯博客搭建"短亭长亭"，后在新浪微博"种豆得瓜"，与学生和网友分享人生的苦与乐，无论是回忆青春欢畅的时辰，还是讲述老夫妻的日常琐事，都充满幸福感，被网友善意地调侃为"花式秀恩爱"和"撒狗粮"。据说这些"狗粮"是治愈系，可以治疗"恐婚症"和"不育症"。一笑。

想起四十一年前，1982年的春天，我研一，和上大三的爱人初相识。我送她的生日礼物，也是唯一一次送她生日礼物，是一本普通影集。在影集扉页，贴着用花笺纸精心打印的德国夜莺诗人海涅的诗：

> 你美好的肖像，
> 到处萦绕着我，
> 到处呼唤着我，
> 你无处不在，
> 在风声里，在海浪的呼啸里，
> 在我胸怀的叹息里。
> 我用轻细的芦管写在沙滩上：

阿格内丝，我爱你……

今年是我和爱人法律意义上结婚四十周年，再过几天又是她的生日，此书就算我第二次送给她的生日礼物和红宝石婚礼物。

同时将此书献给今天的大学生、研究生，献给所有追梦浪漫爱情幸福婚姻的人们。

谢不谦

2023 年 4 月 16 日樱桃红了时

记于成都南郊江安花园

春

春之季

我见青山多妩媚

# 头　发

上小学时，我剃平头，省钱；上初中后，朦朦胧胧，有爱美之心，爱惜自己的羽毛，头发留得长一点，俗称"学生头"。我对这一发型情有独钟，保持到大学毕业。

考上研究生后，爱上一位化学系女生，第一次约会，才觉得"学生头"太土，就跑到学校附近的沙河堡理发店，让理发员咔嚓嚓理了一个小分头，还抹上发油。我对镜子一照，惨不忍睹：鬓角剪得太高，头发剃去太多，又因抹了发油，头发服服帖帖沾在头皮上，晃眼一看，就像脑袋上顶着一块油光光滑溜溜的黑瓦片。问室友大明兄："我这头是不是理得有一点瓜（傻、滑稽）？"大明兄笑道："岂止一点？是太瓜！"

约会在即，时不我待。俗语说丑媳妇终得见公婆，遂孤注一掷，硬着头皮去赴约。月朦胧树朦胧鸟朦胧，提前来到约会地点，图书馆前桂花林外荷花池边。化学系女生蹑手蹑脚走过来，看看我，疑神疑鬼，将信将疑："你就是谢不谦，那个约我出来的中文系研究生？"我嘿嘿一笑，自我解嘲道："都怪沙河堡那个剃头匠审美莫得观，把我整成瓜娃子（傻瓜）模样！"女生笑弯了腰。我说："我们耍朋友，你干不干？"女生说："哪有刚一见面就耍朋友的哟？我不干！"

媳妇婚后回忆，就在那一瞬间，她别有一种感动。媳妇说，她听说中文系有一位弃工学文的才子，海拔不高，衣服皱巴巴，头发乱蓬蓬，一副邋遢相，却目中无人，很狂。她很好奇，如约前来。看我慎重赴约不惜毁容，这种自我牺牲精神现代少有，就断定我这个瓜娃子是可以托付终身的郎君。

却说婚后，我再度赴京求学，入启功先生门下，攻读博士学位。媳妇为我买了新衣新裤新鞋，连同五百元现金和五十斤全国粮票，以及录取通知书、身份证、户口迁移证等证件，放在一个手提皮箱里。临行前夕，媳妇嘱咐我到学校后，换上一身新衣服，不要让北京人觉得咱四川人民土气。又在我口袋里揣一把梳子，叮嘱道："出站前，把头发梳整齐！看你这头发乱鸡窝似的，别被警察当盲流抓起来，送收容所！"我一笑："我是去首都北京攻读博士学位，哪有这么恐怖？"

翌日早晨，媳妇送儿子上幼儿园，我独自一人提着皮箱，乘车转车，赶到火车北站。看站外书摊上有各类杂志，想买一本在车上消磨时间。把皮箱紧放在右腿边，翻阅书摊上的书。突然记起皮箱，低头一看，皮箱没了踪影。环顾四周，空无一人。我问摊主："你看见有人拿我皮箱吗？"摊主说："没看见。"书摊对面有一个警察，遂跑过去报警。警察问："你皮箱放在哪里的？"我说放在地上。警察说："提在手里都有人抢，你还敢放在地上？"没辙，也不好意思回家。一摸口袋，除了一张学生票和一把梳子，就五元零钱。心一横：好大个男女关系嘛！慷慨悲壮地走向候车大厅。有诗为证："风萧萧兮易水寒，壮士一去兮不复还！"

火车哐当哐当，穿过秦岭，呼啸北上，心中难免忐忑：假如突然爆发战争或别的意外，我可就惨了，身上没有任何能说明我是何许人也的证件，纯粹一个"黑人"，盲流。去系上报到，研究生秘书盯着我看了半天："你就是谢不谦？"我说是。他拿出登记册，让我出示录取通知书和身份证。我说丢了。他问："还有别的证件如户口迁移证之类吗？"我说全部丢了，丢在成都火车站。秘书看我一副失魂落魄邋里邋遢的样子，伸手摸一把我乱鸡窝似的头发，沉吟道："你是不是冒充谢不谦？"我急了，冒出一句四川话："现在有哪个瓜娃子来冒充瓜博士啊？"秘书吃惊地问："什么瓜娃子？"请同门同届师弟石兄来指认，石兄笑嘻嘻道："他就是谢不谦瓜娃子！"

寒假回家，媳妇嗔道："丢我的脸！"我笑道："设身处地，你要遭遇这种事情，还有心思梳妆打扮吗？"媳妇哼哼道："我就不会遇到这种事！一个大活人，居然皮箱被人提走，还浑然不觉！活该！"离家返校前，媳妇想塑造我的光辉形象，说："你现在是博士生，要有博士生派头。"强行带我到总府街一家美容美发厅，折腾了两个多小时，做了一个很时髦很提劲打靶的发型。出美发厅，媳妇挽着我胳臂，昂首阔步向春熙路走去，神气地说："啊！我今天终于找到博士夫人的感觉了。"我为之神旺，笑道："什么博士夫人？该叫博士后。皇帝的老婆叫皇后，我是博士，你就应该是博士后。"媳妇粲然一笑，夫荣妻贵，把我稀奇麻了。须知那时成都高校尚无"博士后流动站"，媳妇不知"博士后"为何物，昂首挺胸，高视阔步，真还把自己当作"皇后"的同类"博士后"哩！

风尘仆仆回学校后，去澡堂洗澡洗头。头发一湿，发式乱套，弯弯曲曲，蓬蓬松松，卷毛狮子头似的。媳妇曾嘱咐，洗头后到理发店吹干梳理。澡堂没理发店，就蓬松着一头乱发出来，路遇留北师大任教的狮山老友罗钢博士（现任清华大学研究生院副院长）。我猜他一定会笑，我见青山多妩媚，料青山见我应崩溃，就先声夺人，抢占主动权，嘿嘿笑起来："我看起来很滑稽可笑吧？"他却一点反应也没有，陌生人似的，擦肩而过。我正纳闷，已走出十多米开外，罗钢突然转身跑到我前面，立正稍息，将信将疑地问："你是不是谢不谦？"我有点诧异："我不是谢不谦，难道是妖魔鬼怪？"他哈哈大笑："我是觉得好面熟，好像谢不谦，结果真是你！卷毛狮子头，在操现代派？"我也笑："我们搞古典文学，之乎者也，操什么现代派哟？"到北太平庄理发店，将头发烫直，恢复原样，直至如今。媳妇见我积习难改，渐渐失去信心，再也不为我搞形象设计。我理什么发，在什么地方理，什么时候理，任随我便。唯一要求：逛街逛商场，前后保持一定距离，更不能挽臂而行。我说："这是为何？"媳妇哼哼道："免得人家闲话，鲜花插在牛粪上！"

此话不假。媳妇这朵鲜花插在我这堆牛粪上，虽然茁壮，却很煞风景。记得去年春天，最受学生爱戴的王红老师，发起师生游郫县蚕丛鱼凫，邀我与媳妇同往。年轻的李瑄博士笑嘻嘻点评："看不谦兄与钱老师并肩而立，让人感到一种美的紧张。"紧张什么？淑女被瓜娃子裹胁，还手挽手，无比恩爱比翼齐飞似的，把瓜娃子稀奇麻了。

上周，我一头乱发，实在太"资产阶级自由化"，就在望江校区南大门外找了家理发店，从头收拾旧山河。老师傅问："理什么发型？"我说："剪短就行。"结果上来一个小徒弟，手艺很生，剪鬓发时手都在抖。我笑道："别紧张！我给你当试验品？"试验完毕，付款三元。很便宜。便宜无好货，人见人笑，上课学生笑，开会同事笑。

媳妇却赞道："今天这头剪得好，精神！"我说大家都说像娃娃头，笑我半百老头还故作年轻状，假打（假模假样）。媳妇抚摸我的头，笑嘻嘻道："我就喜欢娃娃头！什么半百老头故作年轻状？我看你年轻得很！"不像是讽刺挖苦，让我在这个以貌取人的时代，自信自尊，自强不息。因写头发的故事，牵一发而动全身，博大家一笑。

2006 年 12 月 10 日

# 情书的回忆

　　硕士陈同学，很阳光很富有想象力的女孩，现供职某时尚杂志，某日电话我，说她想创编一个"情书"栏目，刊载老中青以至今日高中生的love letter，以表现"爱情"这个永恒的主题，在各个年代是如何惊心动魄如何传奇浪漫展开的。我说这个创意很有意思啊，没想到却把自己给笼了进去。她说："看老师的天涯博客，老师当年一定很浪漫！"言外之意，我肯定是写情书的高手，要我奉献一篇。

　　这真是天大的误解。我学生时代，学的是抒发革命豪情，至今也不擅长抒写儿女之情。记得好多年前，校学生会某社团邀请我开个《红楼梦》讲座，他们不知我喜欢的是《水浒传》中"黑社会"的"大碗喝酒，大块吃肉，大秤分金银"，而对脂粉气太重的《红楼梦》没有太大兴趣，甚至可以说没有兴趣。但学生一再恳求，只得应允。张贴出来的海报却是这样写的：

　　　　开辟鸿蒙，谁为情种
　　　　　　——谢不谦教授
　　　　　解读《红楼梦》

　　晃眼一看，一问一答，好像我谢不谦是鸿蒙开辟以来的天下第一情种。那天听讲座的学生很多，慕名而来，失望而归，但却把教研室全体同人笑翻了，开心至今。

　　还是说情书。当年插队，曾给某女生写过一封情书，内容忘了。那时，我刚满十九岁，正是青春飞扬的年龄，但身处困境，前途一片渺茫，笔下飞扬不起来。后来，与媳妇相约狮山，我已老大不小，说不出也写不出"我爱你"之类玫瑰色的字眼。不仅我，好像四川人都不喜欢这么说这么写吧？我跟媳妇相识后，我一往情深，她却时冷时热，若即若离。某日，居然收到她一封未署名的亲笔信，但不是情书，而是绝交书，大意是说我大男子主义不尊重女性，她不喜欢，她要重新选择，如何如何……整整三页！我就想到高中抄录的海涅诗：

> 你写的那封信，
> 并不能使我忧伤。
> 你说你不再爱我，
> 信却写得这么长……
>
> 好新鲜的墨迹！
> 十二页，层层密密！
> 两个人若想分手，
> 绝不会写得这么详细！

十二页，一打，类似文言"三"与"九"，非实数，言其多也。媳妇从未给我写过信，哪怕一张小纸条，但一写就是三页！我就一厢情愿地猜测：她心里还是有我的，否则写什么信，躲着不见我不就行了？我就想学小说电影中的求爱模式，给她回一封字字血声声泪的情书，把她读得热泪长流心灵震颤，然后跟我海誓山盟终生不渝。腹稿都打好了，绝对可入"古今情书大全"，然而我不敢落笔。她学理科，会不会觉得我这个文科研究生花言巧语华而不实？毕竟我们已经不是天真烂漫的花季少年。

那天晚上，辗转反侧，夜不能寐。同寝室大明兄感叹："不谦，你娃也太痴情了！天涯何处无芳草啊？"天亮前，我终于决定，跟她当面挑明：不干就拉倒！我知道媳妇天天晨跑，翌日大早，就去操场找她。那天晨跑的学生很多，只有我一个人在跑道上逆向而行，迎面撞见了媳妇。这个无意中背水一战的行为艺术，竟把媳妇彻底感动了。媳妇看着我，灿烂一笑，竟与绝交书中那个冷冰冰的面孔判若两人！

之后某日，从图书馆回来，发现宿舍门前有一张纸条，拾起来一看，写的是："不谦，我在操场等你。"字迹都没仔细分辨，就想当然地以为是媳妇约我。这可是媳妇第一次主动出击啊！我喜出望外，转身就向操场跑去，却不见媳妇踪影。左等右等，等得我心里毛焦火辣，回头一望，却见几个同学爬在窗台上，远远地看着我笑。我这才恍然大悟，是他们恶作剧！爱情果然令人盲目，我居然拿着根鸡毛当令箭！

我和媳妇就这样坠入情网。记得某周末是她生日，我专程去春熙路百货商店买了一册影集，作为送给她的生日礼物。扉页题写什么却很费踌躇。赠我的女朋友？送给——我最亲爱的？觉得太直白，没品位。继续搜索枯肠：但愿君心似我心？两情若是久长时？人面桃花相映红？但愿人长久？都觉得不妥当。媳妇当年面皮还没有现在这么厚，我无论如何写，她都可能觉得难为情，说不定还要拒收。

　　且说对门物理系同学万老弟，把导师的英文打字机借来，打印论文。我还是第一次见英文打字机，很精致很袖珍，字色可红可黑。我就突发奇想，对万老弟说："打印机能借我一用吗？"万老弟笑得很诡秘："除非你打印情书！"我也笑道："难道我不会打印情书？"

　　三十年前，在狮山那个春夏之交的夜晚，星星眨着眼睛，我摸索着键盘，一个字母一个字母，打印下来这封情书，大大方方贴在影集扉页：

> ……du holdes Bild
>
> Das überall mich umschwebt, Und überallruft,
>
> Uberall, überall,
>
> Im Sausen des Windes, im Brausen des Meeres,
>
> Und im Seufzen der eigenen Brust.
>
> Mit leichtem Rohr schrieb ich in den Sand:
>
> "Agnes, ich liebe dich" …

　　其实这是德国"夜莺诗人"海涅的情诗，被我抄来当情书：

> 你美好的肖像，
>
> 到处萦绕着我，
>
> 到处呼唤着我，
>
> 你无处不在，
>
> 在风声里，在海浪的呼啸里，

在我胸怀的叹息里。

我用轻细的芦管写在沙滩上：
阿格内丝，我爱你……

当年狮山校园无人懂德文，这封情书等于是"天书"，是除了我与媳妇，谁也不知道的"密电码"。婚后，媳妇拿出影集让我看，看得我好感动：她把从小到大最满意的照片，全贴在了上面！

2007年9月7日

# 女人都是魔鬼

上月下旬，去狮山硕士母校四川师大主持硕博士生论文答辩，地点在老图书馆。都说"三十年河东，三十年河西"，恰好三十年前，春三月，我弃工学文，瓜兮兮来到狮山，花也不好月也不圆之夜，在图书馆前桂花林守株待兔。兔子却姗姗来迟，月朦胧树朦胧鸟朦胧人朦胧，看花了眼，看上我这个瓜娃子全残废，我也爱上她塌鼻子眯眯眼。有词为证："我见眯眯眼多妩媚，料眯眯眼见我应如是。情与貌，略相似？"

这当然是我的诗意想象：男女相爱，无论古今，哪有这么简单？情场如战场，战机转瞬即逝，没有后悔药吃。媳妇后来实话实说，坦白交代：桂花林幽会后，她嫌我邋里邋遢懒懒散散，要人才没人才，要身材没身材，找不到怦然心动的感觉，甚至有一种拒斥心理。在我军的猛烈攻势下，心理防线才逐渐崩溃，走投无路，只好缴械投降。投降的标志，赠我一张照片，当年最流行的爱情信物。这张黑白照片的彩色，是人工涂抹上去的，只此一张，是她青春飞扬的见证，很珍贵，令我激动不已，思有以报之。也有诗为证："美人赠我金错刀，何以报之英琼瑶。"

三十年前的女大学生，爱的"英琼瑶"，不是钻石戒指金耳环，而是男生的气质与才学。我智商不高情商高，投其所好，扬长避短，一改邋里邋遢懒散状，假装爱整洁、爱运动、爱学习。陪她看坝坝电影，也手不释卷，捧读的不是唐诗宋词明清小说，而是很恐龙的大书：《资治通鉴》。其实心不在书，在乎男女气场感应之间也。当年不仅我，很多男生，或真心或假意，都这样努力塑造自己的光辉形象，形成狮山一道亮丽的风景线。

前些年，狮山研究生同学聚会，现任商报主编的舒平兄，还感慨系之："我们那时好爱学习啊!"他是真心爱学习，不是为了异性相吸，还给在襁褓中的婴儿起了个很学术很古雅的名字：鉴熹。《资治通鉴》的鉴，朱熹的熹。而今现在回想，我都引以为自豪：当年的大学生研究生，虽然生活简单外表朴素，内心却很强大。即使我等狮山"之乎者也"边缘学科的研究生，也怀抱理想，内心充实，孟夫子说："充实之谓美，充实而有光辉之谓大。"我们后来的人生事业，都各显辉煌。儒家所谓"内圣外王"，此之谓也?

却说三十年前的端午节前夕，同宿舍师兄大明，要陪导师汤炳正先生去湖北秭归参加"中国屈原学会"成立大会。大明兄年长我七岁，是我与媳妇之间的特派信使，也是我的恋爱高参，更是我男女人生的技术指导。行前，授我以"爱情三部曲"，曲终奏雅，将他那把门钥匙留给我，诡秘一笑："善于攻心，敢于动手?"我心领神会，将打开心灵的钥匙给媳妇，笑嘻嘻说："欢迎随时光临寒舍?"媳妇口上推辞："我不要。"却悄悄将钥匙揣入衣兜。过来人都晓得：美人鱼上钩了!

我心荡漾，却假装君子风度，很诚恳地征求媳妇意见："你我相识两三个月了，感觉我为人怎样?"媳妇咿咿呀呀道："想听真话，还是假话？"我笑道："谁想听假话啊？"媳妇缓缓地说："你什么都好，就是有一点不好。"我以为她要说我海拔不高全残废，正要展示自己内心强大："矮是矮，放光彩；高是高，大草包！"她却轻飘飘地说："你不像一个真正的男子汉。"我问她心目中真正的男子汉是怎样的人？她说："你缺少一种阳刚之气。"这句话很伤我自尊，太伤我自尊。我辩解道："从小到大，还从来没人这样看我。"媳妇哼哼道："人家都说你太假，太装。"所谓"人家"，包括她在内的化学系女生，理科"文盲"。我假什么？装什么？不都是为了满足你们女生的虚荣心吗？媳妇却语不惊人死不休："都说你假眉假眼女兮兮的。"一语击中我要害，为了迎合她，讨她的欢心，我的确太假太装，太没个性，太没血性。我气晕了，我说："我真的是自轻自贱，自取其辱！"恼羞成怒之际，瞪着豹子眼，冲她吼道："你这个塌鼻子眯眯眼，找你的男子汉去吧！"媳妇一愣，霍地站起来，气冲霄汉地走了。

　　我半天才回过神，将信将疑："一切就这么结束了？"像武松打虎之后的感觉，浑身乏力，瘫软在床上。冷静下来，思前想后：我弄虚作假，假装爱整洁爱运动爱学习，不是我的本色，都是被这个塌鼻子眯眯眼折磨而成。借用波伏娃《第二性》中的名言："假男人不是生就的，而是生成的！"我要重新做人，还我大巴山男儿本色，即使不入塌鼻子眯眯眼的法眼，也须还我堂堂做一个人！收拾精神，自作主宰，一个鸽子翻身，倏地站起来："士可杀而不可辱！"顿觉士气高涨，精神强大：让塌鼻子眯眯眼们见鬼去吧！将媳妇送我的照片装进一个空信封，然后不假思索，在信封上龙飞凤舞一行字：女人都是魔鬼！

　　而今现在回想：太冲动，太幼稚。这哪像耍朋友谈恋爱？但当

年却感觉堂堂正正，义正词严，很男人，很解气。随手将信封扔在
书桌上，准备第二天一早，投进她的信箱，从此分道扬镳。却在突
然之间，感觉人生失去了目标，失去了意义，无奈又无聊，书也看
不进去，就一个人下楼，徘徊来徘徊去，徘徊到图书馆外桂花林，
塌鼻子眯眯眼却魔影般浮现眼前，挥之不去。想厚着脸皮去女生宿
舍找她，却怕被她小看：不像男子汉，没个性，没血性。就默诵着
海涅诗以驱心魔：

> 我的心，你不要忧悒，
> 把你的命运担起。
> 严冬从这里夺去的，
> 新春会交还给你！

　　心情稍许好一点，寂寞而惆怅地回到宿舍。却发现书桌上放着
一把钥匙，魔鬼信封也不见了。显然魔鬼已来过，悄然取走照片，
毅然掷还钥匙，虽然不立文字，但一切尽在不言中。我两三个月的
表情，全浪费了。我始而怅然，继而冷静："天涯何处无芳草？"随手
抓过一本《资治通鉴》，赤壁之战，孙权为周瑜送行："邂逅不如意，
便来还就孤。孤当与曹公决战！"孤不是孙权，但遥想公瑾当年小乔
初嫁，雄姿英发，神为之旺，暗暗发誓：老子今生非得找个漂亮温
柔的女娃子，把这个塌鼻子眯眯眼气死！
　　正神游故国，梦想未来，得意忘形之际，隐隐听见楼下飘来游
丝般的声音："不谦——"以为是幻听，竖起耳朵："不谦——"是塌
鼻子眯眯眼的声音。我暗自惊喜："嘿，又有希望了？"却强作镇静，
扔下去一句硬邦邦的话，掷地有金石声，砰砰砰地响："你干吗啊？"

塌鼻子眯眯眼却柔声柔气央求道："不谦，能不能下来一下？我有话想跟你说嘛。"给我台阶下，我化被动为主动，故作雄赳赳气昂昂状走下楼，在黑暗中隔着两三米远，不冷不热道："有什么话，请说？"塌鼻子眯眯眼却突然扑上来，紧紧抱住我，呜呜呜哭了起来："我是魔鬼，你是个大坏蛋！"当一个女生说男友是大坏蛋的时候，已经完全认可他了。

　　三十年前六月的狮山，雨后云霁，月光如水，虫鸣如织，大坏蛋与魔鬼言归于好，重新携手，如歌德《浮士德》题诗："永恒的女性，引导我们上升。"上到二楼，回到宿舍。大坏蛋把门钥匙给魔鬼，魔鬼也投桃报李，将照片还赠大坏蛋。拥抱热吻之间，门突然被轻轻推开，原来我们得意忘形，忘记了插门！物理系研究生万同学本来是想借一本书，无意间推门而入，在门口探头探脑："咦？"做个鬼脸笑道："嘿嘿，你们，好浪漫！"赶紧关门缩回去。

　　万同学研究生毕业后，先到中国科大读博，再到美国纽约大学石溪分校读博。新千禧年，我访学美国哈佛，去伊利诺伊乡间万同学家中做客。把酒话当年，回首狮山往事，万同学一脸坏笑："嘿嘿！那天晚上，半路杀出我这个程咬金，是不是阻止了你们的坏事，拯救了你们的灵魂？"当年大学生恋爱，未婚同居，是要开除学籍的。我笑呵呵道："当年的革命青年，志存高远，却有贼心无贼胆，哪敢干什么坏事啊？"

2012年6月12日

# 回首峨眉山

　　二十五年前的七月，媳妇在反复考验我后，答应跟我建立恋爱关系，四川话叫"耍朋友"。耍朋友就要"耍"，在玩耍中加深了解。狮山校园太小，我想挣表现，也英雄无用武之地，就约她暑假去登峨眉山。媳妇很吃惊："就我们两个？"我笑道："难道还要请个第三者？"媳妇惴惴地说："万一山里遇到流氓土匪？"我一拍胸膛："我当保镖，怕什么怕？"媳妇哼哼道："你这瘦猴儿模样，人家一拳就把你打趴起！"我说："现在流氓土匪都往大城市钻，瓜娃子才去啸聚山林！"媳妇还是顾虑重重："万一晚上找不到住的地方？"我逗她说："那咱就去住山洞？"媳妇理科生，缺乏幽默感，竟信以为真："住山洞？我不干！"我告诉她："听说沿路农家客栈多得很，哪就找不到住的地方？"

　　成都距峨眉山很近，却没有直达车。我们乘火车到乐山夹江县时，已近黄昏。暮色苍茫中，徘徊来徘徊去，为了省钱，我们没去住旅馆，就坐在汽车站候车室长椅上打盹儿。我让媳妇靠我肩头睡，她却说不困，硬撑着。后半夜支撑不住，慢慢垂下头来，我就挺直腰杆儿，很男子气地把肩膀给她。看她呼呼睡去，我眼皮也打架，不觉迷糊过去。凌晨醒来，却见媳妇端坐一旁，我头朝地脚朝天，呈∫形，倒悬长椅上。我迅速翻身坐正，揉着眼睛问媳妇："你不是躺在我肩膀上吗？"媳妇说她被我的呼噜吵醒，就去卫生间，回来却见我彻底翻身大解放，双脚倒挂在椅背上，像演杂技似的。媳妇气呼呼说："你让我咋个靠？"我说："你咋不把我叫醒？"媳妇说："你睡得像头死猪似的，雷都打不醒，还能把你叫醒？"我连忙赔罪，去车上抢座位。

汽车一路颠簸到峨眉县，然后换车到山下。听说上山有两条路线，其中一条是取道清音阁，风景最好看，我们就选了这条。谁知这是条冤枉路，山路坡度不大，我背着背包在前面开道，媳妇挂着水壶紧随其后。后来，山路渐陡，我就拽着媳妇的手往上爬。迎面遇见的全是下山的人，三五成群，女坐背夹，男随行，一瘸一拐，连声感叹："走死个人啊！真是花钱买罪受啊！"背夹是一种长形木架，山民背运货物的工具，背着娇小姐，活像猪八戒背媳妇似的。我就逗媳妇："叫个山民来，也这样背你上山？"媳妇瞪着眯眯眼："我有那么娇气？"我说："你不娇气，咋拽着我爬山？"媳妇塌鼻子都气歪了，赌气说："又不是我想拽着你！"我急忙说："对，对，是我想拽着你！"

现在回想，当年峨眉山，才真正叫山：纵横绵延数百里，朝晖夕岚，气象万千。过往游客，三五成群，匆匆来，匆匆去，倏忽不见人影。偌大座空山，鸟鸣谷应，仿佛就剩下我与媳妇。爬坡，媳妇拽着我；下坡，我挽着媳妇。这样手牵手，莫说区区峨眉山，就是两万五千里长征，爬雪山过草地，我也走得下来！我边走边想象："如果突然发生意外，如地震山崩什么的，道路阻绝，我们被困山中，就寻个山洞，拾来枯枝，燃起一堆篝火，过野人的生活，好浪漫哦！"媳妇却很现实："野兽来了，咋办？"我笑着说："既然是野人，还怕什么野兽？"

　　当晚赶到洪椿坪，宿农家客栈。男女两个大房间，拥挤不堪，还有一股霉臭，将就睡下。翌日一早，山间还飘着薄雾，继续赶路。下一站洗象池，中间有个九十九道拐，再往前走，虽说是平路，但猴群出没，抢人东西。红红绿绿花裙子，更是被抢劫对象。据说有个穿连衣裙的女游客，实在走不动了，欲坐滑竿，刚摸出钞票，就被猴子一把抢去，翻身跳上滑竿，人模狗样坐在上面。抬滑竿的山民咄咄吓它，它娃竟一伸手，把钞票递给山民！大家都说："简直成猴精了！"媳妇就有些紧张，要换下连衣裙。我笑道："我属猴，说不定前身就是峨眉灵猴，难道他们跟人一样，也六亲不认，来抢我老婆？"媳妇嗔道："谁是你老婆啊？"我笑道："将来完成进行时的老婆，行不行？"

　　一路说笑，迤逦来到九十九道拐。媳妇开始还在数：一道拐，二道拐，三道拐……最后全乱了，问我："现在第多少道拐？"说时迟，那时快，天地突然一片黑暗，雨点噼里啪啦打将下来。我们孤单单站在临崖的石梯上，上不沾天，下不着地，无处躲避风雨。媳妇一把搂住我："不谦，我怕……"我急忙打开雨伞，撑起一片晴空。我让媳妇背对山崖，而我岿然站在前面，以并不宽阔的身躯，为她阻挡斜飘过来的风雨。后来媳妇说，就是在那一刻，她才感觉到我是个真正的男子汉。而我，甚至希望山雨不停地下下去，无限延长那种互相体贴互相依偎的幸福感。

　　那天晚上，宿洗象池。狂风大作，蜡烛一点即灭。旅店草创，仅有几个房间，已被捷足者先登。女客房仅余一张空铺，媳妇去睡。我被带到木工房，光秃秃一张床架，就钉着几根横木，既无铺也无盖。我直挺挺横亘床架上，不能辗转，更不能入睡，隐隐听见风雨声中狐仙似的声音："不谦——"真真切切，不是幻听，就摸黑出去。媳妇猛扑过来，紧紧抱住我说："我好害怕——"一道闪电划破夜空，我贴着她耳朵说："我在，怕什么啊！"她紧紧靠在我肩头，燕语呢喃："不谦，你不怕吗？"我说："有你在一起，我什么都不怕！"我们就相依在屋檐下，听风声雨声松涛声。下半夜，雨霁月出，虫鸣如织，我们才各自回寝。我横亘在硬邦邦的床架上，回味无穷，心里说不出的甜美。

第三日黄昏，终于登上金顶。山上寺庙早被烧毁，荒草丛生，一片凄凉。空气奇冷，呵气成雾。租来绿色军大衣，裹在身上，依然觉得寒气逼人。然后去山上唯一一家餐馆吃饭，人多得打拥堂，与其说是买，不如说是抢。我一改平日温文尔雅伪君子状，挤到窗口，先抢来一盘萝卜炖肥肉，再抢来两碗糙米饭。转眼之间，饭菜被我们狼吞虎咽，一扫而光。我就逗媳妇："你胃口这么好，会不会吃成个胖妹哦？"媳妇却赌气说："既要文弱苗条，又要能吃苦受累，这样的女人，还没生出来！"

山顶住宿最浪漫，临时搭建的一座平房，男女混住。平房很宽很大，数不清有多少上下床，两两平接。男女游客南腔北调，但互相很有礼貌。嘻嘻哈哈一阵之后，大家都翻身上床，和衣而卧。我和媳妇各睡一张上铺，面对面，心照不宣，相视而笑。屋顶悬挂的灯，彻夜不熄，人无遁形。我想伸手从被盖下面越过"三八线"，但又不敢，媳妇却把手伸过来，紧握我手，悄声说："不谦，你的手好暖和哦……"

翌日早起，去看佛光。据说，并不是人人都能见佛光，那是一种缘分。很多男女，千里迢迢而来，朝思暮想，也没看见佛光。那天凌晨，太阳刚刚露脸，媳妇就指着前方惊叫："佛光！佛光！"我看过去，见云雾中漂浮着一团或是一缕彩色之光。据说，那就是佛光。又据说，看见佛光的人，永远吉祥。媳妇居然很迷信，激动地说："不谦，我们好幸运啊！"

然后下山。媳妇脚底血泡磨穿，走不动了。我看见成群山民背着背夹，招揽下山游客，就跟媳妇说："叫个背夹来，背你下山？"媳妇却坚决不同意："爬在别人背上，好笑人哦！"其实我脚底的血泡也磨穿了，很疼。我却咬着牙，牵着媳妇的手，搀扶着她，一步步蹒跚下山。这一牵手，转眼之间，就是三十年。

回首峨眉山，越来越遥远，但那是迄今为止唯一一座我与媳妇手牵着手一步步登上去的山。很多故事，甚至细节，至今被我们温习着，唤醒我们青春的记忆。唯一遗憾是，在山上没能留下一张合影。

2007年7月28日

# 师生恋

我在高校执教二三十年，以"子曰诗云"教，桃李满天下，弟子盖三千焉。但能登堂入室者，细数起来，还是开门弟子钱同学。

二十九年前的春天，我到狮山读"之乎者也"研究生，认识了化学系的钱同学。钱同学上大三，是校学生舞蹈队的颤花（四川方言，指一个人爱风头，爱表现自己），天天颤到我梦里来，非要当我的梦中情人，把我折磨惨了。我要把梦中情人变为情侣，频频发动攻势，她却不冷不热，跟她约会，她推三阻四，说怕影响学习。据我了解，钱同学是"文革"中学生，除了教科书上的马列教条，对人文知识几乎茫然无知，典型的理科"文盲"。我想扬长避短，发挥文科优势，就毛遂自荐："我教你学唐诗宋词，扫你的盲，如何？"她眼睛一亮："嘿！要得嘛！"笑着叫我"谢老师"。我的古典文学教学生涯，就这样开始了。

周末上课，我将飞扬的青春融入唐诗宋词，娓娓道来，如春风化雨，把钱同学的心慢慢融化了，下课的时候，跟我抛文："但愿君心似我心，定不负相思意。"把我激动惨了。有一天晚自习后，风也潇潇，雨也潇潇，钱同学主动跑来找我："能不能帮我一个忙？"我赶紧表态："别说一个忙，一百个忙，我也乐意！"钱同学说："政治开卷考试，学马哲的心得体会。别人都找男朋友帮忙，我也有男朋友，为什么不能？"我赶紧以男朋友姿态表决心："保证完成任务！"钱同学却嘱咐："别写得太好，免得老师看出来不是我自己写的。"说得"良"就行。

我本来最烦政治，上大学时，哲学考试没及格，补考，勉强过关。但为向钱同学献忠心，就跑到图书馆，翻阅参考书，东拼西凑，加上自己的心得体会，笔下生花，炮制了一篇今生最为得意的哲学文章，以为绝对为钱同学争得一个"优"。结果，成绩下来，"及格"而已。我愧对钱同学，气愤地说："说不定，老师连文章看都没看，就看你字迹歪歪扭扭偏偏倒倒，随便给个及格？"钱同学却怨我："叫你别写得太好了嘛！"说老师肯定怀疑不是自己写的，不幸中的万幸，没以作弊论，否则就挂科了。我好心差点帮倒忙，但心中窃喜：主动权终于掌握在我手上——她要敢移情别恋，我就揭发她考试作弊！钱同学是个好学生，没移情别恋，变成了我媳妇谢钱氏。

却说当年，媳妇听我讲唐诗宋词，居然引起化学连锁反应。据媳妇报告，她的几位室友也买来《唐诗三百首》放在枕边，睡觉前，咿咿呀呀吟诵一会儿，"海上生明月，天涯共此时"，"同是天涯沦落人，相逢何必曾相识"，云云。媳妇不无得意地说："没老师讲解，她们能读懂？"我笑嘻嘻自告奋勇："我去给她们讲？"媳妇却很自私："不准！"说只能给她一个人讲。我笑道："太浪费教学资源了吧？"媳妇哼哼道："你自作多情，别有用心！"所以，我平生最精彩的唐诗宋词课，只熏陶了媳妇一人。很多年后，媳妇去参加同学会，很得意地向我汇报，说老同学都夸她气质不俗，很有品位。我笑道："都是唐诗宋词熏陶的吧？"媳妇连连道："就是，就是。"把我笑安逸了：

"你受老师影响，岂止唐诗宋词？"

我为媳妇开设的唐诗宋词课，前前后后，断断续续，讲了一个半学期。最后，还煞有介事，举行了结业考试。媳妇趁我不注意，悄悄翻书作弊。我睁一只眼闭一只眼，给了她九十五分。媳妇不干，非要一百分。我笑道："你连学费都没交，还敢向老师提无理要求？"她就将亲手为我编织的花毛衣，当年最流行的定情物，网在老师身上。现在回想起来，都感觉我们的"师生恋"好温馨好浪漫。

倏忽之间，我与媳妇都已年过半百，夕阳无限好，只是近黄昏。我不知老之将至，媳妇却患了"恐退症"，恐的是退休后，无所事事，衰老得快。我就想把中断二十八年的唐诗宋词课恢复起来，重新建设，升格为"谢氏老年大学"。重温唐诗宋词，"曾经沧海难为水，除却巫山不是云"，"两情若是长久时，又岂在朝朝暮暮"，云云，很肉麻很夸张，找不到青春飞扬两情交融的感觉。我突发奇想，试着将教学内容改为"东拉西扯文化及其人生哲学"，把古今中外的人文智慧，跟我们的现实人生打成一片，以化解面对生老病死的痛苦与烦恼。内容虽然浅显，很小儿科，却把老媳妇迷进去了，好像小学生听老师讲童话故事，不知不觉钻入童话世界中去了似的。我笑道："你好幸福！这辈子去哪里找这么优秀的家庭教师？"媳妇连连点头道："就是，就是。"我也感觉很幸福：这辈子去哪里找这么听话的乖娃娃好学生？

"谢氏老年大学"开课多在晚餐时间，师生面对面，边吃边上课。有时，媳妇先吃完饭，心不在焉，想溜到网上歌厅唱歌："拜拜，你慢慢吃？"我不同意，喝道："还没到下课时间，怎能随便早退？"她笑嘻嘻道："今后早点吃晚饭，早点上课嘛。"

却说昨天下午，我去望江上课，给研一同学导读《四书章句集注》，然后急忙赶回家当厨师。左等右等，饭菜早凉了，媳妇才回来，小心翼翼地问："你吃啦？"我说："吃什么吃？等着你回来上课哩。"媳妇却抱歉道："我已吃过了。"说教研室有个大四的实习生，免试保送到中科院高能所读研究生，非要请她吃火锅，跟她谈人生，恋爱婚姻，所以旷课了。我生气道："你怎么不打个电话回家，你旷课，却让我饿到现在？"宣布："今天的课不上了！"打开白兰地，自斟自饮；点燃农家土制"雪茄"，喷云吐雾。媳妇却坐在餐桌边，给我上起课来，说学生羡慕她找到我这么好一个"之乎者也"却不乏情趣的老先生，希望我能发扬优点，改正缺点，把不良嗜好戒掉，争取做一个高尚的人，一个纯粹的人，一个有道德的人，一个脱离了低级趣味的人。我说："这种人是神不是人，我做不到！"媳妇斥道："你瓜娃子！狗撵摩托，不懂科学！"学生竟敢公然骂老师是瓜娃子，斯文扫地，师生义绝，"谢氏老年大学"只好关门大吉。

2011 年 11 月 9 日

# 狮山有约

　　狮山不是山，是川西平原常见的灌木丛生的山坡，我的硕士母校四川师范大学坐落其上。我与媳妇，一生巴山之东，一生蜀水之西，生小不相识，竟能在大千世界茫茫人海中，牵手狮山，好像是冥冥之中神的安排。媳妇乳名"毛毛"，我乳名"小毛"；媳妇学名"鸣"，我学名"谦"。结婚后，我让她看《易经·谦卦》："鸣谦贞吉，中心得也。"媳妇理科生，不懂《易经》，却能猜出字里行间的吉祥之意，惊讶不已："嘿嘿！《易经》都这么说？难怪我们这么幸福美满！"

　　每代人都有自己的恋爱故事，而我与媳妇演绎的狮山之恋，既不波澜起伏，更不回肠荡气，不值得炫耀。按照当年校园的择偶标准，男生须身高一米七以上，我海拔一米六五，属于"全残废"。媳妇为何东选西选，选上我这个漏油的灯盏？坊间有若干谣传，一说我猛追媳妇，追到女生宿舍楼下，挥舞着《唐诗三百首》，大喊大叫："嘿！你随便选一首，看我能不能背诵？"让媳妇鬼迷心窍。一说我骑车过女生楼，迎面遇上媳妇，假装刹车失灵，把媳妇撞倒在地，然后送她去校医院，借口关心她的伤情，天天跑女生楼献爱心，把媳妇感动得一塌糊涂，鲜花就插在了牛粪上。这当然是无稽之谈。

当年的我，多么淳朴，多么憨厚，怎么可能玩这些心计？媳妇却扬扬得意地说："莫去辟谣！让大家觉得我们好浪漫哟！"我笑道："浪漫的是你！人家莫把我当瓜娃子看？"

我与媳妇初相见，是在她堂姐家。堂姐弟弟是我在大巴山老家的忘年交，他得知我考上狮山古典文学研究生，呵呵笑道："世界上的事，真太巧了！"说他姐夫研究生毕业，分配到狮山中文系任教，今后若遇困难，可以去找他。还说有一位多年不见的堂妹，也在狮山读书，好像学的是理科，不知现在毕业没有。我报到注册后，去他姐姐姐夫家拜访，与媳妇不期而遇。堂姐介绍我们认识，媳妇矜持地一笑，我点点头，没说一句话。我跟堂姐夫侃了一会儿古今中外文学，告辞出来。

却说周末去图书馆，路过排球场，远远看见一位英姿飒爽的女球员，身着红色运动装，猛一弹跳，扣球！我一震，好像扣在我心上。走近一看，原来竟是她！她正好回头，目光相遇，嫣然一笑，继续练球。我却心旌摇荡起来，晃到图书馆，魂不守舍，书也看不下去，眼前老晃动着那个弹跳扣球的红色倩影，挥之不去。想约她在图书馆外单独一会，就麻起胆子写了一封短柬，折成一只鸽子，找到堂姐上初中的儿子："送给你的毛娘娘？"约她在图书馆外桂花林见面。她如约而来，我单刀直入："我们耍朋友，你干不干？"媳妇很吃惊："哪有刚一见面就耍朋友的啊？我不干！你我之间，一点都不了解嘛！"说实验报告还未写完，拜拜！回眸一笑，飘然而去。我愣在那里，挫折感油然而生。

思前想后，感觉媳妇回眸一笑，别有意味，给我留下回旋的空间。她拒绝我，莫非是女生最初都有的矜持？需要我坚持不懈发起猛攻，她才能找到成就感？但我也有自尊心，生怕她当面给我难堪，不敢贸然去女生楼找她。再写一封短束，约她一见，请求师兄大明代为送达。大明兄年长我七岁，笑嘻嘻道："人家莫以为是我在追她哟？"拒绝当第三者。我再三央求，大明才应允。后来，大明又多次友情客串我的特使。很长一段时间，直至我闪亮登场前，媳妇的室友真还误以为大明兄是一个厚脸皮的追求者哩。

　　我发出爱情的信号，却无回音，也未赴约。阿成见我为情所困，颜色憔悴，形容枯槁，泼我冷水，说我太自轻自贱，堂堂男子汉，为一个塌鼻子眯眯眼而神魂颠倒，至于吗？说要给我介绍一位高鼻子大眼睛的外语系美女。我说，我从来没这么失魂落魄过，难道她就是我这辈子命中注定的冤家？大明兄也笑我目光短浅："天涯何处无芳草？何必自苦如此！"我说是啊是啊，为一个塌鼻子眯眯眼而影响学习，不值啊不值啊！话虽这么说，但夜深人静，我躺在床上辗转反侧：勇往直前，还是急流勇退？ To be or not to be，这真是一个问题。耳边萦绕着邓丽君的咏叹："不知道为了什么，忧愁围绕着我。我每天都在祈祷，感到爱的寂寞……"如怨如慕，如泣如诉，杀死我脑细胞无数。我不想自己折磨自己，决定快刀斩乱麻，当面听媳妇决绝地说一声："不！"彻底断绝我的痴心妄想。怎样见到她？突然想起媳妇是校排球队队员，天天晨跑，就起个大早，去操场碰她。大明兄被惊醒，以为我是到外面读英语背唐诗宋词，咕噜道："天这么早，你就去刻苦学习？"我说我闷得慌，想出去呼吸新鲜空气。一路跑到操场，晨跑的人如潮水般涌来，我却逆潮流而动，反方向跑。跑了一圈，在滚滚人流中，迎面撞见媳妇：光彩照人，青春洋溢，美丽四射！媳妇后来回忆，满操场就我一个人逆向而行，她差点感动得哭：世界上哪里去找这么笨这么执着的瓜娃子啊？大家回头看我俩，媳妇悄声道："我上午第一节课后要去邮亭取包裹。"旋即消失在茫茫人海中。春天的太阳慢慢露出笑脸，照耀着我，那是我记忆中，迄今为止，最美丽最灿烂的狮山日出！

那天第一节课，是导师屈先生守元导读《文选》，不敢缺课。屈先生口若悬河，如数家珍，同学们个个聚精会神，我却如坐针毡，度日如年，有一日三秋之慨。好不容易磨到下课，飞也似的向北校门跑去。媳妇早在邮亭外守株待兔，我当然比兔子跑得快，跑得气喘吁吁热气腾腾。媳妇笑道："看你跑得飞叉叉的，像是狼追着逃命似的！"掏出手绢，让我擦汗。我一边擦汗一边傻笑："嘿嘿！"心中洋溢着无边的喜悦。

我就以这样笨拙的方式，暂时俘获了媳妇的心。我想继续向战略纵深发展，以心会心，与她相约："晚上一起到图书馆自习？"媳妇却不同意，说你我的关系，不能声张，要严格保密，还想考验我。我说："那周末晚上，你来我寝室？"媳妇还是不同意，要隔周相会一次，以免影响学习。举同班蔡同学为例，要朋友两年，都是隔周相会，会谈的内容，还是学习。我不相信："这简直像中学生时代的毛主席著作课外学习小组，哪里像大学生要朋友谈恋爱？"很多年后，曾向任教狮山附中的蔡同学确认："是不是这样啊？"她哈哈大笑道："我们当年好瓜哟！谈情说爱，还要谈学习！"

却说当年在狮山，我跟媳妇说："我们周末约会，也可以谈学习嘛！"媳妇笑道："你跟我谈甲骨文，我跟你谈定性分析？""文革"后那几届理科生，大多是"文盲"（文科之盲），以为古典文学就是古文，古文就是甲骨文。我解释道："我是说，我免费给你当私人老师，给你讲唐诗宋词，用艺术熏陶你。"媳妇喜出望外，连声说好。我就买来上海古籍出版社版的《唐诗一百首》和《唐宋词一百首》送给她。现在回想，感觉真幼稚：文理结合，优势互补，怎么像搞师生恋似的？周末晚饭后，媳妇带着唐诗宋词来研究生宿舍，大明兄自觉回避，去隔壁同学房间研读楚辞，诡秘一笑："谈情说爱，岂能唐诗宋词？"我关上门，给媳妇上课，先解释字面意义，然后借题发挥，化唐诗宋词的意境为我的心境，慢慢融化了媳妇的心，距离慢慢缩短，小鸟依人般靠在我肩头，燕语呢喃："我好幸福——"我比她还幸福，不知不觉远离唐诗宋词，讲我爸我妈，讲我少年往事，讲插队轶事，讲我的初恋情人，讲我的大学岁月……媳妇静静听，偶尔问："是真的吗？"暑假中，我们手牵手同登峨眉，风雨之中，媳妇见证了我的男子汉性格。暑假后，我们结束秘密状态，从地下转入地上。相约频繁，晚自习后，手挽手到校园散步，在草丛中相依而坐，花前月下，由唐诗宋词而天南海北。至今觉得，狮山月夜最有诗情画意。

却说我是夜猫子，幽会之后，熬夜读书，然后睡懒觉。媳妇说不行，你教我唐诗宋词，我也要教你锻炼身体。每日凌晨，天蒙蒙亮，媳妇就在楼下咿咿呀呀喊："谢——不——谦——"叫我起来，同去晨跑。常从梦中惊醒，伸手向窗外一探，如果有雨，即使是小雨点，就叫声："好幸福哟！"钻回温暖的被窝。大明兄笑道："我见过痴情的，但没见过你这么痴情的！"我痴情吗？天天早起，是很苦，但感觉很幸福。媳妇想把我改造成德智体美全面发展的人才，不断增加运动项目，羽毛球乒乓球排球，最后连弯腰压腿扭胳膊等形体训练都上来了，把我弄得苦不堪言，告饶道："我朽木不可雕也！"媳妇却信心百倍地说："我要把你胳膊腿儿练得如弹簧！"吓我一跳："你想把我培养成舞蹈队员?"媳妇斥道:"你这个五短身材全残废,还舞蹈队员?我是帮你纠正姿势,形体美!"最后媳妇看我的确不堪造就,才放弃了对我的残酷折磨。

很多年后,回首狮山往事,媳妇还嗔道:"我没能改变你,反倒被你改变了。跟你学坏了,一点上进心都没有了。"我嘿嘿笑道:"我咋听说,你比以前变得更好了呢?"媳妇也一笑:"是啊是啊,中学大学同学聚会,都说我变了一个人似的。"又很神秘地说:"听说,两个人真心相爱心心相印,天长日久,不仅性格气质会相互影响,连容貌都会慢慢长得相像的,夫妻相。"我觉得媳妇太幼稚,就逗她:"难怪人家都说我越长越乖?"媳妇竟连连点头:"就是就是。"

上前年,2003年,我们结婚二十周年,想以谢氏家庭影音工作室荣誉出品的名义,自制一张光碟《狮山有约》,届时邀请川师川大的朋友们一聚,放给大家看。搜索旧照片旧资料,居然找到当年约会的那些小纸条,媳妇竟然一张张珍藏着!追怀狮山之恋,媳妇满脸幸福,抒情道:"啊啊!现在想起来,都好甜蜜啊!"

去年秋天,大巴山同学在成都龙泉山相聚,我请媳妇也去参加,见证大巴山人的耿直与豪爽。谁料酒酣耳热之后,大家口无遮拦,胡说八道起来。同学会联络部长蛤蟆,正说男女耍朋友的荤段子,媳妇突然愤愤然道:"人生最美好的事情,你这一说,就变成丑陋恶心!"想了半天,蹦出两个字:"亵渎!"全场哑然,蛤蟆很尴尬,我也很尴尬。但我没有责备媳妇不给我面子。因为我知道,在她心中,狮山相约狮山之恋,天下所有的青春之恋,永远是人生最美好的回忆。

## 补记

1982年9月17日，研究生处给每个研究生配了一部盒式录音机。晚上媳妇带着唐诗宋词如约前来。我趁媳妇不注意，悄悄按下录音键。先讲读东坡中秋词："但愿人长久，千里共婵娟……"然后正式向媳妇求婚，媳妇唱："只要哥哥你耐心地等待哟，你心上的人儿就会跑过来……"然后跟我约法三章："第一，一切行动听指挥；第二，不打人骂人；第三，争取加入中国共产党！"云云。

2003年12月21日，我们结婚二十周年纪念日，邀川师川大朋友共聚东郊农家乐"桦林园"，第一个节目就是播放谢氏家庭影音工作室荣誉出品的纪录片《狮山有约》，配音就是那天晚上的现场录音，媳妇说："厚脸皮！你的脸皮比城墙倒拐还厚哟，还假巴意思说爱学习！"教研室主任刘大侠，东北长春人，听不懂我们川音浓浓的卿卿我我，瓜兮兮地问："你们说的些啥啊？听起来朦朦胧胧神神秘秘。"我一笑："这正是我们希望留给大家的印象——1980年代的校园爱情就是朦朦胧胧神神秘秘！"梦蝶居士看懂了，赠我诗云："一片光碟无限意，天上人间共缠绵……"

2006年12月28日

# 吃汤圆

与媳妇刚认识不久，我就发现我们有很多共同点，比方说，我们都不喜欢吃汤圆。周末进城逛街，吃遍成都名小吃：夫妻肺片、麻婆豆腐、龙抄手、担担面、脆臊面、钟水饺等。价廉味美，百吃不厌。唯有赖汤圆，吃过一次，再也没回过头。

记得二十五年前，第一次带未婚媳妇回老家过年。大年初一包汤圆，我先起床，我妈叫我去催媳妇起来吃汤圆。我说她不喜欢吃甜食，就给她下碗酸辣面吧。媳妇起来后，我妈端上酸辣面，说："快趁热吃。"自去厨房忙乎。媳妇懒洋洋抓起筷子，挑起面条，吃一口，就放下了。我问："还差什么盐味？"媳妇冷冷一句："我不饿。"我逗她："变活神仙了？"媳妇却哽咽着哭了起来，泪珠子滴滴答答，落在碗里。我莫名其妙，赔小心问："我哪里得罪你了？"媳妇哭得更伤心。我说："你这是为何嘛？"媳妇抹把眼泪说："我要回成都！"我丈二金刚摸着头脑："这大年初一，你犯什么神经啊？这不是让我难堪吗？"赌气道："要走你就走！"媳妇果真转身回里屋，拎起行李包就往外冲。

我爸从外面回来，见状，一把挡住媳妇，问我："你欺负人家了？"我说："脚长在她身上，她要走，我有什么办法？"我爸不知说什么好，想了半天，才说："吃了午饭再走嘛。"我妈从厨房冲出来，痛斥我爸："有你这么劝人的吗？"回头骂我："看我怎么教训你！"好言好语把媳妇哄回里屋，慢慢劝慰。一会儿，我妈出来，悄声问我："你到底说什么得罪了人家啊？"我说："我哪里知道啊？女人家，就是爱耍脾气嘛！"我妈说："人家第一次来，你得哄着点，快去赔个不是！"我就踅进里屋，问媳妇："我得罪你了？"她摇头。再问："我爸我妈得罪你了？"还是摇头。我说："那你就是嫌我家穷？"媳妇哽咽道："你这是狗眼看人低！我有那么势利眼吗？"我说："那你就是瞧不起我们宣汉人民？"媳妇话中带刺说："你们宣汉人民好伟大哟，我敢瞧不起？你爸不是让我吃了午饭就走吗？"我哈哈大笑："这是哪儿跟哪儿啊？我爸憨厚人，他不会说话嘛，你还当了真？"我就学我爸着急样央求道："吃了午饭再走嘛！"媳妇这才破涕为笑，打我一拳："你爸也太喜剧了！那你为何让我走？"我说："你都把我气昏了！那不是气话吗？"

晚上陪媳妇逛街，看见街摊上卖凉面，我说："咱一人吃一碗？宣汉凉面，可是一绝啊！我口水都流出来了！"媳妇却突然问我："你们宣汉初一不兴吃汤圆吗？"我说："怎么不吃？我妈早上不是煮了一大锅汤圆？"媳妇说："那为什么让我吃面条？"我笑着问："你就为这事怄气啊？"媳妇说："还能为什么事？"我很吃惊："你不是不喜欢吃汤圆吗？"媳妇说："再不喜欢，初一也要吃几个嘛，这是风俗习惯，图个吉利。"我笑道："你还有这个迷信，为何不早说啊？汤圆又不是什么金贵东西，我妈藏起来，舍不得让未来的儿媳吃？"媳妇噘着嘴："就是。想起大年初一吃不上汤圆，心里就很委屈。"我拉着媳妇回家，媳妇说："这是干吗？"我说："回家吃汤圆。"媳妇说："谁现在吃汤圆啊?"我说:"现在还没过初一,必须把汤圆给你补上,免得今年不吉利,你怪罪我妈。"媳妇却有些难为情:"你妈要是知道我为汤圆怄气,莫以为我是小心眼?"我笑道:"就你这心眼,还不小?"

回到家里,我说我们想吃汤圆,我妈很诧异:"你们不是不喜欢吃汤圆吗?"我说我们看人家吃汤圆吃得那么香,突然就喜欢吃了。我妈赶紧去厨房煮了两碗,端上来,媳妇吃了两个,就剩下了。我怕我妈多心,把两碗汤圆全吃了,吃得我肚子圆鼓鼓,躺在床上,辗转反侧,一宿没睡好。翌日早起,我妈又要去给我们煮汤圆,我连声说:"不吃了不吃了,昨晚上的汤圆,现在都还没消化哩!"媳妇扑哧一声,笑了出来,悄声骂道:"你这个瓜娃子!"

第二年,去已婚媳妇家过春节。大年初一,也是包汤圆。我赶紧声明:"我不吃啊!"岳父大惑不解:"这是为何?"我说:"我最不喜欢吃汤圆!"媳妇却悄声说:"汤圆芯子,核桃芝麻花生,是我爸亲手做的,你不吃,他老人家会多心的!"我告饶道:"去年那两碗汤圆,把我给打闷了!现在看见汤圆,还很恐怖啊!"媳妇笑道:"太夸张了吧?"端上一碗,命我吃下去。我说:"我还是吃碗酸辣面吧?"媳妇说:"你有病!"趁我不注意,夹起一个,强行喂入我口中,哽在喉头,呛得我脸红脖子粗,媳妇却笑得眼泪都出来了。

却说今年,我们小家自己团年。初一早上,媳妇包好汤圆,催儿子起来。儿子紧紧裹在被窝里说:"我最讨厌吃汤圆!"媳妇就耐心细致做说服工作:"吃几个汤圆,今年才吉利!"儿子说:"封建迷信!"媳妇愤愤然:"瞧你父子俩这德性!"把汤圆放入锅里,就去上网审读我的博客。突然想起来,冲我喊道:"快去把汤圆捞起来!"我到厨房一看,傻了眼:"这是什么汤圆啊?一锅浆糊!你自己吃吧。"媳妇闻声而来，也傻了眼："咦，咋就煮化了？"东选西选，选出三四个尚未完全脱形的团子，舀到碗里，自我安慰说："大年初一吃汤圆，不就是个意思嘛！"命我把剩下的甜糯糊拿去喂鸡，看它们吃不吃。我笑道："鸡咯咯也过年？"

　　我把一锅甜糯糊打捞起来，倒入鸡槽，鸡咯咯研究来研究去，不敢置喙。媳妇探出头问："鸡咯咯吃不吃？"我笑道："鸡咯咯说，什么垃圾食品哟，怪难吃！"

　　　　　　　　　　　　　　　　　　2008 年 2 月 9 日

# 结婚记

距今二十四年前，1983年夏天，媳妇大学毕业，分配到四川林校，在都江堰，她爸妈工作所在地。国庆去都江堰探望媳妇，媳妇说寒假结婚。我说："急什么嘛？不能等到明年我论文答辩之后？"媳妇脸一沉："你不急，我急？"我急忙赔笑脸："我急我急，我比你还急。"回校后，就去研究生处递交结婚申请，张处长不在，干事小崔说："好像先得导师签字同意吧？"

我的导师屈先生守元，民国川大的高材生，博雅君子，却不苟言笑，正襟危坐，只谈学问，不谈人生。我半路出家，学问浅陋，不敢单独见他，生怕他问我"十三经"读了吗？"四史"读了吗？《资治通鉴》读了吗？央求同寝室大明兄陪同前往。大明兄跟屈先生谈了一会儿学问，向我眨眼睛："还愣着干吗？"我鼓足勇气，摸出结婚申请书，嗫嚅道："我女朋友想和我结婚……"屈先生却头向后一仰，问道："你今年多大？"我惴惴地说："我属猴，二十七岁。"原以为老先生又要宣讲先立业后成家的大道理，正要作洗耳恭听状，没想到他老人家说："呵呵，是不小了。"接过我的申请书，看也不看，就大笔一挥："同意该同志结婚。"

我喜出望外，离开屈先生家，径直去研究生处。张处长正在向小崔交代什么事情，我恭恭敬敬呈上屈先生签字画押的结婚申请书。张处长晃一眼，沉吟道："我还从来没处理过你这种问题，得去请示校党委。"拿着我的申请书，上楼去找校党委袁书记。很快，张处长就下楼来："袁书记不同意。"把申请书还我。我问："为什么呀？"张处长说："袁书记说不行，你自己去问他吧。"当年狮山的研究生还是珍稀动物，各专业各级加起来，总共也就三四十人，是学校的宝。我就冲上楼，找到袁书记："我为什么不能结婚？"袁书记说："你还是个在校学生嘛！"我说："我又不是本科生。"袁书记说："研究生也是大学生。"我急了："我女朋友都毕业工作了，早已超过晚婚年龄，咋不能结婚？教育部有规定吗？"袁书记说："教育部早已下达文件，明文规定在校大学生必须满足两个条件才能结婚。第一，女方三十岁以上，或男女双方年龄之和六十岁以上。"在校大学生原来是不允许恋爱结婚的，但"文革"后77、78两级，大龄青年太多，教育部才出台了这个临时规定。我无计可施，乞求道："袁书记，如果这样，我女朋友就要把我蹬了！你不能发发慈悲，成全成全我们？"袁书记笑着拍拍我肩膀："谢不谦，做做女朋友思想工作嘛！如果有必要，我也可以出面，为你解释一下？"

　　快快回到宿舍，大明兄关切地问："结果如何？"我愤愤然道："这也太没人性了，要我们年龄加起来六十岁才能结婚！"大明兄笑嘻嘻道："你好瓜啊！袁书记不同意，难道你自己不能未婚享受已婚待遇？"我却笑不起来："未婚同居？想也别想。"大明兄竟不相信："你们耍朋友都快两年了，还没进入实质性阶段？"我赌咒发誓："哄你不是人！"说她僵化脑袋一根筋，非得等到领取结婚证举行婚礼后，名正言顺，光明正大，才能发生男女关系。大明兄试探着问："难道你不想?"我说:"怎么不想?做梦都在想!但既然相爱,就应该互相尊重吧?"大明兄连连道:"佩服佩服!"将我申请结婚受挫事告诉全体同学,请大家群策群力,成我人生之美。

却说成都同学舒平兄,有一天来上课,兴冲冲找到我:"不谦,你结婚有望了!"书包里抽出一张《河南日报》,该报头版一条报道说,河南大学某在读研究生,今年二十七岁,与下乡插队时相恋的农村姑娘喜结良缘,校方特为他们庆贺,云云。我像抓到救命稻草,抓起那张报纸去找袁书记。袁书记扫描了一下报纸,跟我打官腔:"报纸不是正式文件。我们还得按上级文件办事。"我据理力争:"《河南日报》是党报,是党的声音,难道四川共产党跟河南共产党不是一个中国共产党?"袁书记沉吟半晌,说:"你的申请书,先放在我这里。我们向省教委请示,你等候通知?"

不觉秋去冬来,快到年底,却不见回音。媳妇来信催问,责我三心二意办事不力,甚至疑神疑鬼:"你是不是想移情别恋?"我走投无路,急中生智,重写结婚申请书,模仿屈先生笔迹:同意该同志结婚。然后跑到狮山中国古代文学研究所,找图书室管理员赵雪琴老师,要借图书室藏书印一用。赵老师一愣:"你想干吗?"好像我假研究所之名,干什么骗人的勾当。都说男儿膝下有黄金,但事到临头,背水一战,我不觉双腿发软,屈膝半跪道:"赵老师,救学生一命!"赵老师以为我在表演行为艺术,正色道:"你别吓我,我有心脏病哈!"我赶紧说明事由,赵老师"哦"一声:"原来是为结婚?"嘱咐我:"千万保密!"从抽屉里取出图书室藏书章,使劲摁在我的结婚申请书上:蓝色印泥,篆文。据说是著名书法家徐无闻教授所刻,古色古香。

自以为得意，准备赶回都江堰，神不知鬼不觉，把女朋友变为老婆，大明兄却不以为然："不谦啊，如果我是你，就不会冒这种风险。万一被校方发现造假，我说的是万一啊，会不会遭处分？"我说："我把心都横了！莫说处分，就是开除学籍，我也在所不惜！"大明兄说："学籍都没了，你今后能干吗？"我说："我就去报考比狮山级别高的名牌大学，把袁书记气死！"大明兄说："你冷静想一想，不要因小失大！你是被开除的，考得再好，哪个学校能录取你，敢录取你？"我那时年轻气盛，不知天高地厚，说："我被开除学籍，一不是偷二不是抢，更不是反党反社会主义，不就是因为年龄已大，想要结婚，过正常的男女生活——犯了哪家王法？我就不相信全国高校领导都像袁书记这样不近人情，保守僵化！"大明兄笑道："你敢，我不敢。"他年长我七岁，历经人生沧桑，知道马王爷长着三只眼，而我不知道。

我怀揣盖着篆文印章的假证明，赶回都江堰岳母家。媳妇研究半天，疑神疑鬼道："这什么公章啊？鬼画桃符似的。"我一本正经说："我们是天作之合，上面盖的是玉皇大帝的玉玺。"媳妇不懂幽默，勃然大怒道："狗屁玉皇大帝！终身大事，你居然当成儿戏？"我笑嘻嘻道："还不是被你逼婚逼的吗？"媳妇气急败坏道："什么？我逼婚？"眼泪夺眶而出，好像遇人不淑，遇到我这个lady-killer，追悔莫及。我赶紧解释来龙去脉："是被袁书记那个不通情理的官僚主义逼的。"媳妇破涕为笑，忐忑道："关键问题是，明天能不能蒙混过关啊？"

却说翌日一早，去灌口镇民政局结婚登记处，先恭恭敬敬递上喜烟喜糖，然后呈上结婚申请书，等待判决。办事员是个老头儿，戴着老花眼镜，把盖着玉皇大帝玉玺的申请书研究一过，抬起头来，问："这啥子公章哟？天书似的！"我故作神秘状："我们研究所的。"老头儿一听"研究所"，以为是什么神秘单位，竟肃然起敬，上下打量我们。那时，我也还憨厚，媳妇也还朴实，外貌具有很大的欺骗性。老头儿说："你们都二十七岁了，咋看不出来？"提起毛笔，填写姓名、日期（1983年12月21日），然后盖上鲜红大印。就这样，有惊无险，我们领到结婚证，夫妻执照，奖状式的两张纸。听见后面排队办证的男女嘀咕道："哟哟！这么大了才结婚？"好像我们是没有七情六欲的怪胎。我暗自好笑："你们懂个屁！袁书记还要我们等到六十岁才结婚哩！"

想当年领到结婚证后，我与媳妇手挽手，走在都江堰幸福大道上，感觉幸福无比。我说："终于有合法执照了！今晚能名正言顺做夫妻了吧？"媳妇却说："不行！"我大惑不解："为什么呀？党和国家都承认我们是合法夫妻了！"媳妇说："要等到举行婚礼之后。"把我气个半死："谁会相信我们这样纯洁啊？"媳妇却说："我们自己的事，凭什么要让人家相信？"简直不可理喻。我已婚青年享受未婚待遇，浪费表情，赶紧回狮山，撰写毕业论文。研究生处小崔来研究生宿舍找我，把正版申请书还我，说袁书记签字同意了，张处长也签字同意了，让我赶快去校办登记盖章，以免夜长梦多，中途生变。原来，袁书记让小崔联系省教委，他好不容易才联系上相关领导，对方回答：该生结婚与否，他们不表态，由校方自行掌握。小崔是78级留校工作的年轻人，很同情我的遭遇，就假传圣旨，说省教委表态同意。我对小崔千恩万谢，小崔笑道："别忘了请我吃喜糖？"我唯唯，跑去校办登记盖章。这份来之匪易、波澜迭起的正式文件，其实已派不上用场。

我们的婚礼在1984年1月20日举行。那天晚上，在媳妇任教的学校办公室，媳妇蓝裤红衣，我羽绒服，既没拜天拜地，也没夫妻对拜，证婚人是刘校长，参加者是全校教师。大家一边喝喜茶、抽喜烟、吃喜糖，一边说笑，让我们正步走，比翼齐飞。有人为难我，请我高歌一曲："东方红，太阳升……"媳妇笑道："他是鸭子喉咙，我帮他跳个舞？"翩翩起舞，舞的却是《白毛女》："北风那个吹，雪花那个飘……"婚礼结束，大家作鸟兽散。我携媳妇，冒着纷纷扬扬飞舞的雪花，光明正大进入洞房，单身教工宿舍的寝室。除了岳父岳母送给女儿的嫁妆，一衣柜一大床一书橱一书桌，家徒四壁，但壁上窗上，媳妇亲手剪贴的红纸"囍"字，熠熠生辉，温暖我的心，照亮我的人生。我笑着对媳妇说："我们今晚才真正结为夫妻，谁相信啊？"媳妇却说："今晚那么多人见证！"我说："那只是个仪式。"媳妇说："我要的就是这个仪式。"我说："结婚证一个日期，婚礼一个日期——究竟哪一天是我们的结婚纪念日啊？"媳妇说："都是。"我不同意，说结婚证日是名义夫妻，婚礼日才是事实夫妻。这一天，距我们在狮山相识相恋，一年十一个月。

## 婚后记

我毕业留校之后翌年，媳妇调入狮山化学系。某日，我们抱着牙牙学语的儿子，去校园散步，路遇袁书记。媳妇让儿子叫"爷爷"，儿子却吓得往妈妈的怀里钻。袁书记笑着说："哟哟！爱情都有成果了？"摸摸成果的小脑袋，赞道："集中了爸爸妈妈的全部优点。"媳妇眉开眼笑，问我："袁书记多好的人啊！你怎么说他是不通情理的官僚主义？"我笑道："此一时也，彼一时也！"

　　三年后，我在北京攻博，还未毕业，好人袁书记却调离了狮山，说是平调，实际是贬官。袁书记走后，狮山人很怀念他。因他说话带颤音，幽默大师陈永宁陈胖娃，模仿得惟妙惟肖。曾一个电话打到古代文学研究所，自称袁书记，请赵老师接电话："雪～琴～啊，我～是～袁～老～师～"要她去中文系办公室，有要事相告。袁书记当年是赵老师辅导员，她居然没听出来电话里是一个假冒，激动万分，急匆匆赶过去，却是陈胖娃等流氓恶作剧。某日，陈胖娃在行政楼走廊遇我，学袁书记颤音："谢～不～谦～你～好～哇！"袁书记从办公室探出头来，吓得他抱头鼠窜。袁书记叫住他，笑着说："你学得很像嘛！"吴老婚筵，请筒子楼猪友，也请了他的辅导员袁书记。酒酣耳热之后，大家争相学袁书记颤音，袁书记笑着点评："还是陈永宁学得最像。"但听说狮山官员都不喜欢袁书记，尤其不愿跟他出差。计财处老处长说，跟袁书记上海出差，不是吃面条就是吃烤红薯，上海那么大个城市，来去不打的，挤公共汽车，然后竖起两根指头，学袁书记的川普："外～滩！两～张！"

　　袁书记调离狮山后，我再也没有见到他。屈指一算，也有十七八年了，我儿子都快大学毕业了。而今思之，他这样的党委书记，才真是实践"三个代表"的典范。虽然刻板教条，但清正廉洁，大是大非面前，绝不含糊。袁书记，你可能已记不得我，但我却记得你，你虽然差点让我结不了婚，当时怨你甚至恨你，但现在，我却敬你！

2007年2月12日

# 挤车记

小时候，我老家宣汉大巴山中一古镇，连人力三轮车也没有，更别说公交车、出租车，来往都是步行，美其名曰"11号自行车"。听说大城市出门就坐车，好生羡慕，无限向往，做梦都梦到大城市。后来恢复高考，到北京上大学，第一次坐公交车去看天安门，还有恍然如梦的感觉。

却说当年北京，地铁尚未开通，公交拥挤，上下车就像打仗，一点也不梦幻。记得有一次，从西单回学校，车门关闭那一刹那，我才从门缝中挤上车，紧贴车门站着。听见售票员空对空喊"买票，买票！"我把钱摸出来，却四面都是人墙，密不透风，只好把钱攥在手中，等售票员挤过来。不知不觉，车已到站，人潮涌动，猛地把我挤下车，踉踉跄跄，四肢扑地，却不是软着陆，摔得我鼻青脸肿。等我忍痛爬起来，车已绝尘而去。我不可能扬起飞毛腿追着车喊："买票！我还没买票！"这种矫情的镜头，只有电影中才有。痛定思痛，才发现人多车挤的好处：可以逃票，而且逃得心安理得。从此与世无争，等大家挤上车后，我才飞身上车，紧贴车门，然后被挤下车，扬长而去。逃过多少票，心中无数，反正没有影响北京公交飞速发展。

　　大学毕业后，到成都狮山读研究生，与正在上大三的媳妇相识相恋。谈恋爱，北方人叫"搞对象"，感觉很黄很暴力的样子，四川人却叫"耍朋友"，不是耍流氓之耍，而是玩耍之耍，在玩耍中，增进了解。周末我约媳妇进城去玩耍，来回挤车，我也采取这种与世无争的态度，不是为了逃票，那太小儿科，而是在学理科的媳妇面前，显示我古典文学温文尔雅君子风度。媳妇却误解了我。有一次，在杜甫草堂，她心不在焉地说她根本不喜欢杜甫这样的古典迂夫子。我笑道："人家杜甫可不迂啊，他醉酒后好可爱好好耍哟！"正要举证，媳妇却问我："你敢打架吗？"我莫名其妙："跟谁打？为什么啊？"媳妇不正面回答，却引她同寝室女生"三突出"的话："找男朋友，要找男子汉！"我很生气："言下之意，我不是男子汉？"媳妇哼哼道："那你为什么前怕狼后怕虎似的，不敢去挤车，为我抢座位？你这像男子汉？"把我说得热血沸腾，怦然心动。心动不如行动，从此乘车，我都一马当先，冲锋在前。

　　但我身材瘦弱吨位太小，不宜正面作战，就发挥灵活机动的优势，在车门打开那一瞬间，避开上下冲突的人群，侧面楔入，不争则已，每争必得。媳妇慢悠悠走上来，很淑女地坐在我抢占的宝座上，脸上漾起自豪的微笑，貌似我可以托付终身似的。我站在旁边，充满成就感。

　　却说有个周末进城，为媳妇抢到座位，她刚得意扬扬坐下，却看见一位老太太牵着小孙孙，颤颤巍巍，她立刻站起来让座。老太太很感动，教小孙孙说："谢谢嬢嬢！"媳妇微笑着，貌似活雷锋："不用谢。"我却很不以为然：你让我挤车抢座扮小丑，自己却装正神！媳妇就贴在我耳边，燕语呢喃："应该谢谢你这个叔叔……"叔叔嬢嬢当年都是未婚学生，在校园公众场合装正人君子革命青年，从来不敢手牵手，却在拥挤的公交车上，东摇西晃之中，不由自主地，却很自然地，脸挨着脸，手牵着手，心贴着心，感觉幸福惨了。我就长大了懂事了，后来即使挤上车，我也不去抢占座位，故意动作迟缓，落后一步，于是在公交车的摇晃进行曲中，相拥而立，旧梦重温。

媳妇大四那年秋天要去郊区青白江中学实习，我说周末去看她，她柳眉一瞪："你敢？我叫学生把你哄出去！哪里来这个流氓啊？"这段话被我偷录下来，保存至今。我幽默她："你当年好纯洁啊！"她一笑："呸！"其实她一点也不纯洁，一路都想着我这个流氓，失魂落魄，居然把书包落在车上。被司机发现，交给带队教师万光治万伯伯。万伯伯就是后来狮山文学院万教授万院长，当年刚从北京师范大学研究生毕业，风华正茂，才华横溢，把男女学生迷倒一大片。万伯伯翻开书包，见备课本上龙飞凤舞的签名，吓一大跳：一鸣！以为是一条英雄好汉，不鸣则已，一鸣惊人。找到失主，又大吃一惊：原来却是关关雎鸠窈窕淑女！前年，我请万伯伯来我江安新居喝酒，回忆往事，他还笑道："谢不谦，你娃是怎么骗得人家一鸣爱情的？"我也笑："什么骗啊？"我说我们的爱情是挤公交车挤出来的，正大光明，可以悬诸日月。

却说媳妇去青白江中学实习，我要去学校看她，她坚决不同意，理由现在听起来都好笑：怕对学生影响不好。约我在新都桂湖公园门前见面。桂湖是明代状元杨慎故居，从来没去过，也想去看看。我早上从狮山出发，东转西转，转了三四次车，午后才到达。媳妇在那里徘徊来徘徊去，见我双手捧着一大块东西，红装素裹，好奇地问道:"什么宝贝啊?"现在大学生绝对想不到:萨其马。萨其马并非高档食品,但记得媳妇说她小时候最喜欢吃,我也是临时起意,想送给她一个惊喜,乘车赶到春熙路跃华食品店,买了一块新鲜的萨其马,最大的,然后去挤车。上车,我将萨其马顶在头上。挤上车,却没抢到座位,我就把萨其马捧在手上,叉开双腿,平衡重心,姿势很不雅观,贻笑大方。送到媳妇面前,打开外包装,萨其马居然完好如初。我抛了一句文,至今记得:"爱情是不能残缺的!"把媳妇感动惨了,很抒情地嗔道:"瓜娃子!"然后挽着我的胳膊入桂湖,寻个僻静之地并肩而坐。她捧着萨其马,让我先咬一口,然后她咬一口,咬来咬去,就咬住了对方的嘴唇。正在甜蜜之中,却听见古墙上几个娃娃喊道:"好下流啊,好下流啊!"媳妇脸飞红,一把将我推开,正襟危坐,向我汇报实习心得。然后依依惜别,送我上了回成都的车。

这一回成都,转眼间,就是二十七年。我们的儿子,倏忽之间,也快到我们当年热恋的年龄。今年秋天,我们驱车重游新都桂湖,找到当年吃萨其马咬嘴唇的地方,坐下来。媳妇说:"不知儿子能不能懂我们这代人的爱情?"我笑道:"都老古董了,现在哪个男生会头顶一大块萨其马去挤公交车啊?"媳妇也感叹:"是啊,现在女生说的都是房子车子,谁还会为一块萨其马感动啊?"但我和媳妇,早已年过半百,却依然为我们的青春爱情而激动,为那块萨其马而感动。这些往事,包括很多细节,被我们不断重温着,唤醒我们曾经青春快乐过的记忆。

还是来说挤车。十二三年前,儿子快上初中,我还住在狮山危楼蜗居,骑自行车来去。但自行车不断被盗,向学校保卫处报案,

人家问我："掉了第几辆？"我说："第五辆。"人家哈哈一笑："你才第
五辆？别人都掉了七八辆十几辆！"貌似我是小题大做，危言耸听。
没辙，只好继续挤公交车。车一过来，我采用老战术，从侧面插过
去，门口却横堵着一位风衣飘飘女士，上不去，也下不来，却紧拽
着门上把手，卡在中间。我就猛拍她的手，她手一松，我就强行掰
开，刚挤上车，要去抢座位，却听后面有人声嘶力竭猛喊："谢不谦，
是我，是我！"惊回首，天啊，被我推开的风衣女士却是唐姐，我硕
士师兄大明的老婆！我和大明兄情同兄弟，唐姐是我嫂子，眼看嫂
子被人潮挤下去，我犹豫片刻："男女授受不亲？"耳边却突然响起孟
夫子的教导："嫂溺，援之以手。"赶紧伸出手，一把将她拽上车来。
唐姐也不谢我，却大惑不解地问道："不谦，你连我都认不出来了？"
把我问得好尴尬，恨不能钻到车下面去，赶紧解释说我眼睛近视，
不辨雄雌。

　　回家说给媳妇听，把媳妇笑惨了，指我鼻子骂道："你这个瓜娃
子！"我被媳妇一骂，突然开窍：四海之内皆兄弟也，挤什么车啊？
从此上车，不争，怡怡如也；屹立车厢，抓住吊环，东摇西晃，愉
愉如也；跟美女售票员聊天，侃侃如也；下车，张开双臂，平衡重
心，软着陆，翼如也。熟悉《论语》的人都知道，我这是在再现《乡
党》篇中的孔夫子。万一人多打拥堂，没挤上车，我也不着急，迟
到就迟到，人生道路这么漫长，哪能站站都正点呢？孔子说："欲速
则不达。"我去争分夺秒干吗？那时，我已履职副系主任，然后副院
长，开会经常迟到，大家也都习以为常，正点或提前到达，大家反
而惊诧："咦，谢不谦，今天什么喜事，来这么早？"

## 附记

　　昨晚重读业师《启功韵语》，有《鹧鸪天·乘公共交通车》八首，分咏等车、上车、站车、下车之苦。最惊险的一幕，是下车时被背后彪形大汉撞倒在地，考其年月，当在"文革"后期，先生已年过六旬，还头顶"右派"帽子。先生却津津乐道，谱写入词，化苦为乐，把我笑惨了。先师词作激发我写自己挤车的感受，中国最普遍的人生经历，却在今天等车去望江给硕士生上课的时候，走火入魔，车从门前过，竟忘了挥手叫停，结果迟到了。却说好多年前，我住狮山的时候，给本科生上课也经常迟到，但也经常早到，我对学生说："我今天虽然迟到了十分钟，但上周却早到了十分钟，平均下来，既没迟到也没早到？"把大家逗笑了。年终学生评教，在"有无迟到早退"一栏中，都给我填写的"无"。这就是我们川大学生可爱的地方，能全面地、平均地评价一位老师。现在硕士生比当年本科生还壮观，现代文学、世界文学、比较文学、文化批评等专业，包括旁听的博士生，八九十人济济一堂，听我解读朱子《四书集注》。我对他们说："迟到就这一次，早到却很多次，理解万岁？"大家又笑欢了。如坐春风吧？

2009 年 11 月 9 日

# 落水记

我从北师大博士毕业，到川大任教，今月刚好二十年。

去学校人事处报到那天，媳妇说，不能再像以前那样邋里邋遢吊儿郎当，要有新面貌新气象，对得起人民对得起党。然后代表党和人民，为我设计外包装，西装领带，皮鞋擦得锃亮，头发也梳得倍儿光。让我持镜自照，照得我哑然失笑："谁喜欢这种假装正神的瓜娃子啊？"媳妇却说："我喜欢。"没说出的潜台词：党和人民也喜欢。刚出门，媳妇却吼道："站住！"以为她还有什么吩咐，赶紧原地立正，她却跑过来，说："稍息！"把裤脚给我理直，然后放行："快去快回！"

雨后天晴，空气清新，阳光灿烂。我蹬着自行车，哼着"红歌"："向前向前，我们的队伍向太阳……"杀出狮山北大门。门口遇一朋友，问我："去哪儿，这样得意忘形？"我头也不回，铿锵而答："去川大报到！"就这样神采飞扬地告别狮山，开始了我的川大人生。

转眼间来到岔道口：直行，阳关大道；左转，田间小路。小路曲曲折折坑坑洼洼，一边水田，一边灌溉渠，沟深一丈多。我胆儿小，车技也不好，以往都是量力而行，走阳关大道。那天却踌躇满志，想开辟新的人生航线，飞车绕上田间小路，一路高歌猛进："脚踏着祖国的大地，背负着人民的希望……"车上看花看风景，好不喜煞人也。眼睛向左一瞥，居高临下，脚底竟是深渊！顿时慌了神，想跳下来，脚踏实地推着车走。没料到，一捏刹车，前轱辘却在凹凸不平的路面猛一反弹，失去平衡，我身体使劲向右斜，车头却宁左勿右，还没来得及控制住革命大方向，就连人带车，掉进左倾冒险主义的渠沟中。

不幸中的万幸，车在欲倒未倒之际，完全出于自我保护本能，我飞身而起，舍车保帅，猛地将自行车朝反方向一踹，抢先跳入渠沟中，虽然四肢着地，水漫金山，却避免了倒栽葱的悲剧。最关键的是，车被我反向一踹，摇晃不定，等我从水中爬起来，站直，它才轰的一声，砸将下来，擦肩而过，没砸中我脑袋。否则，把我砸成个脑震荡瓜娃子，非伤即残，今天哪有闲情逸致回顾这段人生插曲？想来人生就是这样，一件偶然的小事，可以成全你，也可以毁了你——谁知道呢？

却说二十年前，我从沐猴而冠的瓜娃子变成狼狈万状的落水狗，想爬上岸，渠岸太高，踮起脚尖，伸直双臂，也可望而不可即。这时，一人骑车迤逦而来，我大声呼救："嘿，哥儿们！帮我一把？"他却视而不见，飞驰而去。我愤然骂了一句，他却折了回来，跳下车，蹲在渠岸上，伸出手，我以为他来助我一臂之力，正要道谢，他却笑嘻嘻指我说："你是我看见掉下去的第九个瓜娃子！"然后起身，飞车而去。把我气惨了，冲他背影吼道："你这个狗兔崽子，见死不救三分罪！"

我连人带车落水的地方，并非深山老林大漠荒原，距狮山北大门外岔道口，也就五百多米，却前不见古人，后不见来者。我没念天地之悠悠，更没独怆然而涕下，而是收拾精神，推着车，顺渠沟一直向前走，天无绝人之路，终于走到一低矮处，四肢并用爬上岸，把车也拽上来。浑身上下一看，落花流水模样，自觉对不起人民对不起党，只好推车折回狮山。

媳妇正要出门上班，听见我敲门的声音，很吃惊："咋这么快就回来了？"开门一看我浑身上下拖泥带水，惊抓抓（大惊小怪）大叫大嚷："唉呀呀！这皮鞋好多钱，这西装好多钱——你晓得不？"我恼羞成怒，吼道："不晓得！"然后义正词严斥道："马棚失火，人家孔子不问马，只问伤人没有。我连人带车掉进水沟里，你不问我伤着没有，却先说什么皮鞋西装！什么夫妻恩爱？什么患难与共？什么相濡以沫？都是假的！"媳妇这才瓜兮兮问："不谦，伤着没有嘛？"我赌气说："伤了心！"她却以攻为守，一剑封喉："世界上哪有你这样小气的男人哟！自己不小心掉到沟沟里，却回来怪老婆！"

2011年4月8日

# 绝食记

儿子刚满周岁，牙牙学语，蹒跚学步，托改革开放之东风，落实政策，知识分子不能两地分居，媳妇调入狮山化学系，与我团聚。虽然一家三口挤在筒子楼蜗居，楼道当厨房，群蝇乱飞，老鼠横行，但老婆孩子热炕头，乐亦在其中矣。

夫妻朝夕相处，如果只有快乐，没有波澜起伏，生活就太乏味了。我以为，偶尔发生争吵，甚至肢体冲突，也比将怨气强压在心头，郁结为胆结石或肿瘤，更有益于身心健康。媳妇却懂不起，只要我跟她的歪风邪气斗争，还没发飙，她就死要面子活受罪，跟我急："你是不是生怕别人听不见？"说筒子楼不隔音，无密可保，夫妻吵架，全楼皆知，把脸都丢尽了，严正声明："你不要脸，我要脸！"我也怕丢脸，只好退而求其次，采用无声武器：绝食。

却说有个周末中午，我在蜂窝炉边挥汗如雨，做好饭菜，端上餐桌，媳妇却责问道："你切菜炒菜前，洗过手没有啊？"我笑引大巴山父老乡亲卫生格言："不干不净，吃了不生毛病。"媳妇斥道："猪毛病！"不尊重我的劳动成果，还贬低我的人格，把我气毛了，正要发猫儿毛，却见对门邻居阿敏正在锅边呼儿嘿哟，汗水滴答，都流在锅里。家丑不可外扬，我忍气吞声，把筷子一扔，静坐以示威。

儿子站在椅子上，咿咿呀呀，将脏兮兮的手伸到汤碗里，捞起一把酸菜粉丝，流汤滴水，要放在我碗里，媳妇却用筷子一挡，挡在她的碗里，哼哼道："饿不死他！"我血往上涌，感觉要自我爆炸，嚯地站起来，冲出家门，听邻居阿敏在背后窃笑："这个谢不谦，说发毛就发毛。假巴意思还是个研究生，咋一点涵养也没有？"

我怒气冲天，在狮山校园徘徊来徘徊去，肚子咕咕叫，就趋回筒子楼，却听见媳妇正跟儿子唱反动歌曲："世上只有妈妈好……"竟把妈妈的快乐建筑在爸爸的痛苦之上。我越听越气，就摇滚着红歌："东风吹，战鼓擂，现在世界上究竟谁怕谁？"大摇大摆，敲开硕士师妹莉莉的家门："嘿！今天我给自己放假，大家来拱一把猪？"莉莉是筒子楼民主选举的拱猪协会主席，笑嘻嘻说："你不怕老婆跑过来揪你的猪耳朵？"我正言相告："从今往后，我要做狮山最不怕老婆的男人！"分贝很高，故意让媳妇听见，压一压她的嚣张气焰。

猪友阿敏却闻声而来，笑道："谢不谦，你硬是要绝食嗦？"莉莉说："身体是革命的本钱，绝什么食嘛！"劝我先回家吃饭。我说："我堂堂男子汉，绝不跟歪风邪气妥协！"她笑惨了："娃娃气。"拿出一盒饼干，请我吃，说："只要老婆没看见，还以为你真在绝食哩！"我那时年轻气盛，革命精神有余，斗争经验不足，想在筒子楼独树一帜，以显我男子汉英雄本色，就拒绝了莉莉的饼干："我既然宣布绝食，能自食其言吗？"饿着肚皮，把自己拱成了大肥猪。快到晚饭时分，媳妇飘过来，要化干戈为玉帛，却用第三人称代言体："不谦，儿子喊你回家煮饭！"把众猪友笑惨了，齐声唤："谢不谦，儿子喊你回家煮饭！"

回家煮饭两年后，迁往四合院碉堡楼，蜗居升级版：没有独立卫生间，却有两居室加一间袖珍厨房。保密性能远远超过筒子楼，门一关，就是家天下。夫妻争吵，也就无所顾忌，不是我东风压倒她西风，就是她西风压倒我东风。有一年暑假，媳妇在家里摆开战场，邀甜姐姐、林妹妹等来"血战到底"。我申请参战，媳妇笑道："哪里有女人之间游戏，男人来搅和的哟?"让我为她们准备晚餐。我在厨房忙碌，却心不在焉，如样板戏小常宝唱："听那边演兵场，杀声响亮——"热血沸腾，摩拳擦掌，非要上战场。软硬兼施，逼媳妇让了位，她却要垂帘听政，指手画脚。我吼道："你烦不烦人啊?"不听她指挥，猛冲猛打，结果连连点炮，被大家誉为"神炮手"。媳妇推翻我："下去!"把我惹毛了，扬起手，要给她一耳光，却打在林妹妹迅雷不及掩耳盗铃之势的拳头上。媳妇吼道："你不是男人!"我顺手抓起麻将，向她掷去，被甜姐姐挥手一挡，砰砰砰，掉在地上。媳妇见我丧心病狂，一头冲进卧室，反锁上门。大家纷纷谴责我："谢不谦，你啥都好，就是个性太强，脾气不好!"请她们吃饭，都愤愤然道："吃得下去吗?"不欢而散。

我悔之晚也，请媳妇出来晚餐，她却紧闭双眼，岿然不动。我自知理亏，就独自睡外面沙发。早晨饿醒，到卧室床前，向媳妇请安："共进早餐?"媳妇没反应，装植物人。我只好自己解决肚皮问题。午饭时间，媳妇还躺在床上。我知道绝食的滋味不好受，就怜香惜玉，温言细语劝慰媳妇："天上下雨地上流，两口子吵架不记仇?"她却一根筋，继续装植物人。我饥饿难熬，只好将昨晚的饭菜加热，故作饕餮状，像猪吃食，吧嗒吧嗒，边吃边赞："猪嘎嘎鱼嘎嘎，好好吃哦!"以刺激媳妇的食欲。媳妇不为所动，貌似庄子笔下居住藐姑射之山的神人，吸风饮露，不食人间烟火。

那天适逢七夕，牛郎织女都要在天上相会，我们夫妻却在人间闹别扭。儿子去了都江堰外婆家，没有缓冲器。我正一筹莫展，陈胖娃和猪主席莉莉登门拜访，一进门陈胖娃就问："咋你一人在家？一鸣喃？"我指卧室道："还在床上怄我的气。"以手势比画："能为我化解这场危机吗？"陈胖娃智商高情商更高，心领神会，嬉笑怒骂道："你狗日的谢不谦，一鸣这朵鲜花插在你这堆牛粪上，还不知珍惜！要是当年，老子思想再解放一点，法制观念再淡薄一点，步子再快一点，哪里还有你娃今天的戏唱？"把莉莉逗笑了，也斥道："谢不谦，你娃就是该遭骂！一点男子汉风度都没有，居然跟老婆争麻将，还不快去跪搓衣板！"一唱一和，又把耳朵贴在门上，偷听里屋动静，却不见任何动静。陈胖娃只好点兵点将："钱一鸣，快起来！今天七夕，我请大家吃火锅？"

七夕吃火锅，共度传统情人节，太妙。我赶紧表态："我请大家吃火锅？"大家都很清贫，没吃餐厅的习惯，都是在家里自己炮制。莉莉说她提供一瓶剑南春，回家去取酒，顺便把硕士师兄大明夫妇也邀请来。我就和陈胖娃骑车去沙河堡采购火锅原料。等我们返回，媳妇居然还横卧床上，用毛毯蒙着头，貌似要将绝食进行到底。陈胖娃悄声道："看来，问题严重了！"

却说大明携媳妇甜姐姐来，甜姐姐快人快语："不谦，你太不男人！"说男人心胸开阔，得让女人，要我见贤思齐，向大明学习："媳妇一生气，赶紧缴械投降！"大明兄连声附和道："就是，就是。"我笑道："我早就缴械投降，但人家不愿受降嘛！"自去厨房炒火锅料，手碰触电饭煲，感觉温热，很奇怪，打开煲盖一看，剩饭明显减少一大截，第一反应是："莫非媳妇趁我们外出买火锅料的空当儿偷吃了饭，然后又躺在床上，继续假装绝食斗争，跟我持久战？"太狡猾了。我怕节外生枝，没敢当即对大家说明真相，只神秘一笑："我今天晚上好像有戏了？"我在锅边忙碌的时候，甜姐姐、林妹妹推门去卧室，先把我臭骂一顿，然后猛表扬我："谢不谦就是个爱死你的瓜娃子！"请媳妇不看僧面看佛面，看在她们面子上，出来与大家同乐。媳妇一出来，蓬头乱发，就字字血声声泪，向大家控诉："他好死歪万恶，简直像个恶霸地主！"于是，七夕火锅会就变成了恶霸地主斗争会，你一言我一语，把我骂得瓜兮流了，媳妇却笑嘻了，感谢大家伸张正义。

散会后，蛙鸣如鼓，虫鸣如织。七月七日碉堡楼，夜半无人私语时，我这才笑着揭穿媳妇假绝食的鬼把戏，她却哼哼道："什么鬼把戏，这是斗争的艺术！"说她早上趁我外出上厕所的时候，还偷吃了几块葱油饼呢，肚里有粮，心中不慌。我愤愤然道："我还以为你跟我当年一样真绝食呢！"她却笑道："你瓜娃子！自己饿自己，凭什么啊？"我发自内心赞道："媳妇，你不仅敢于斗争，还善于斗争！我心悦诚服，甘拜下风？"媳妇笑嘻嘻道："这还差不多。"

从此以后，我再也不跟媳妇斗法了，我道高一尺，她就魔高一丈。大家见我们风平浪静，互相稀奇麻了，反而很奇怪："谢不谦，你咋也怕老婆了？"我笑道："长大了，懂事了！"

2011 年 8 月 20 日

# 逃婚记

都说婚姻是爱情的坟墓，此言不假。浪漫情侣变现实夫妻，朝夕相处，神秘感没了，新鲜感没了，甚至日久生厌，感情出现裂痕，都是人之常情，婚姻之常态。有些人选择离婚，离婚当然是最佳选择之一，但离婚后还得再婚吧？新欢又能保鲜多久？这样离婚结婚，结婚离婚，很伤元气。所以我个人觉得，婚可逃而不可离。我和媳妇年过半百，却恩爱如初，让很多后生羡慕。秘密何在？我能适时地逃婚，每逃一次，婚姻就自动更新升级到最新版。

先说第一次逃婚。结婚四五年，我在外面装谦和，媳妇在外面装温柔，但在家里，个性都强，谁也不让谁，磕磕碰碰，吵架打架，她绝过食，我罢过工。我斥她是"文革"培育出来的悍妇。她骂我是"大巴山出来的土匪二流子"，说："现在新社会，哪个男人还敢动手打老婆？"越说越激愤，语不惊人死不休："我当初瞎了眼，嫁你这种男人！"儿子两三岁之间，不懂这是大人的气话，竟得意扬扬跟小朋友宣扬："我妈妈眼睛原来是瞎的，被我爸爸治好了。"

儿子这么天真可爱，化腐朽为神奇，就成了媳妇的精神寄托、战略后方。夫妻吵架，她铩羽而归，就跟儿子逗笑："我们家里谁最乖啊？"儿子笑嘻嘻说："妈妈最乖！"媳妇赶紧把儿子搂在怀里："鸥鸥最乖!"互相吹捧，把我晾在一边，貌似我是多余的人。有个周末，雨后天晴，夫妻没爆发战争，心情很好，带儿子去狮山丛林中玩耍，我想了一个很弱智的问题，以求同存异，加强团结："假设现在，前面丛林突然跳出来一头老虎，咋办?"儿子挥着小拳头说："打死它!"媳妇却断然回答："你去喂老虎!"把我气惨了。我与其喂老虎，不如逃婚，就远离狮山，去北京师范大学攻读博士。不是我功名心重，而是我有些厌倦了婚姻，想追求自由自在的新生活。

狮山老友陈胖娃对我知根知底，知道我好学不如好色，来京出差见我独处一室，与书为伴，都是些"之乎者也"、"子曰诗云"书，幽默我道："你硬是想修炼成坐怀不乱的圣人啊? 一点别的想法都没有?"我笑道："不是不想，是不敢。"说已婚男士，女生都敬而远之。他斥道："谁叫你供认自己是已婚男士?"我笑道："说假话骗人，我有心理障碍。"他就教我一招，说今后如有女生问我："结婚了吗?"先故作凄迷状，抬头遥望远方，缓缓地说："那是很久很久以前，结过一次——"然后猛一甩头，作痛不欲生状："就再他妈的没结过了!"把我笑惨了，我说我才三十出头，很久很久以前就结过一次婚，那我不是违反了婚姻法? 陈胖娃呸我道："谢不谦啊谢不谦，没想到你智商情商这么低! 钱一鸣啊钱一鸣，不知吃错了什么药，东选西选，选到你这个漏油的灯盏!"

我是漏油的灯盏，媳妇也吃错了药。但距离产生美感，想起远在蜀中的媳妇，就有一种甜美无比的感觉，浑身化学反应，原来还只是静夜思，后来竟发展为白日梦。我魂不守舍，人在北京，心在狮山;媳妇人在狮山，心却常在北京。夫妻念想，以前的不愉快，全忘了，想到的全是对方的好。没电话抒情，就鸿雁传书，航空快递，夫妻两地书，第一句不约而同都是"好想你"。有一次收到媳妇的信，刚拆封，就被现任清华大学中文系主任的师弟石兄一把抢过去，看到第一句就笑欢了："哈哈，想你，太肉麻了！"我抢回信，讽刺他："你未婚青年，不懂！不念想不肉麻，就不是真夫妻。"正是在这种远距离念想的折磨中，我们的婚姻，第一次更新升级换代。寒假回家，媳妇把我稀奇麻了，我也把她稀奇麻了。我说："今后就这样恩恩爱爱，多好！"媳妇说："那你不准再发猫儿毛？"我说："那你也不准再骂我是土匪二流子？"相视一笑，感觉幸福惨了。1983年版的婚姻，立刻自动更新，升级到1991年版。

再说第二次逃婚。我和媳妇相濡以沫，相呴以湿，度过了人生最艰难的蜗居岁月，年过不惑。儿子上初中，却很逆反，经常顶撞他妈。有一次，把媳妇气哭了，她居然旧病复发，迁怒于我："都是遗传了你的土匪基因！"经过第一次逃婚的洗礼，我已变得宽容宽厚，好男不和女斗，想春风化雨，化解媳妇身上残存的戾气，就笑着逗她："要是现在，狮山丛林那头老虎扑过来，又当咋办？"媳妇想了想，一边擦眼泪，一边哽咽道："还是你去喂老虎！"我心里骂道："他妈的！我对你再好，也只有喂老虎的命？"赶紧逃婚吧。

第二次逃婚，逃得更远，逃到了太平洋彼岸。临行前夕，媳妇突然问我："你会不会像有些狮山男人那样，一去不回，另寻新欢？"竟流下泪来。我正色道："你以为我多伟大多有魅力？这个世界上，除了你这个瞎了眼睛的瓜婆娘，谁会喜欢我这个瓜娃子全残废？"媳妇说："不谦，这么多年了，你还在记仇？"把我笑惨了，学儿子的娃娃腔："我妈妈眼睛原来是瞎的，被我爸爸治好了，重见光明。"媳妇说："你能不能原谅我年轻时候的任性？"我笑道："那你得先原谅我年轻时候的不懂事？"

新千年之交，我在美国，每周跟媳妇电话抒情一次，但相思之苦，还是把我搞得神经兮兮。第一次逃婚，若想媳妇，心血来潮，情不能已，就去北京火车站，即使是站票，也要杀回成都，乘兴而去，尽兴而归。但我在美国，远隔重洋，不可能想飞就飞回去，精神备受煎熬。抚摸"护身符"——全家福合影，就成了我每天晚上的功课。隔墙有耳，我压低嗓门，小声模仿媳妇娇滴滴娘娘腔："不谦——"模仿儿子稚嫩的娃娃腔："爸爸——"然后笑嘻嘻自答："哈哈，我胡汉三又回来了！"这样看照片"叫画"，变风变雅三重奏，聊慰相思之苦。

房东熊先生偶尔听见我发神经，试探着问："谢先生，你晚上是不是有梦游的习惯？"我笑道："不是梦游，是我在自编自导一个独幕话剧：婚姻不是爱情的坟墓。"熊先生原是宁夏某报记者，但移居美国后，忙于生计，对文学艺术早就麻木了，不以为然地说："都什么时代了，这独幕话剧，谁看啊？"我拿出我的"护身符"，全家福照片，递给他："她们看。"

熊先生笑道："你这是穷极无聊，自娱自乐吧？"说过去的房客都比我浪漫。我笑道："谁不想浪漫？"说我来美国前，去医院体检，媳妇防患于未然，让医生从老鼠体内提取出一种"忠诚基因"，移植在我体内，所以我能动心忍性。熊先生不懂幽默，以为我在忽悠他，不屑地说："如果男人被移植'忠诚基因'，就像古罗马男人远征，给妻子戴上贞节带，人还是人吗？"我只好实话实说，媳妇允许我在美国入乡随俗，浪漫一把，只要不忘记她和儿子。熊先生哈哈笑道："这是欲擒故纵！你媳妇真是太高明了。"我说："不是欲擒故纵，我媳妇是发自内心为我好。将心比心，我怎忍心去浪漫呢?"引古诗为证:"曾经沧海难为水，除却巫山不是云。"熊先生很震撼:"谢先生，我敬你!"请我喝酒，听我说中国故事，还主动为我理发，要把我修饰成中国学者形象大使，其貌不扬，海拔不高，却是个"华夏情种"。然后驱车带我去各处游玩，小湖边垂钓，赌场试运气，瓦尔登湖畔凭吊梭罗小屋，普利茅斯岸边拜访五月花Ⅱ号，等等。

每月最后一个周五的晚上，哈佛退休教授卞先生、卞赵如兰夫妇在家里举行"红白粥会"，邀请华人学者相聚。卞赵如兰老太太是清华国学院四大导师之一的赵元任先生的女儿，每次见到她，我耳边都要隐隐响起她父亲谱曲的《教我如何不想她》:"天上飘着些微云，地上吹着些微风。啊! 微风吹动了我头发，教我如何不想她——"堂堂男子汉，大巴山土匪二流子，年过不惑，竟有想哭的感觉。

临近期末，大陆访问学者纷纷申请延期，我却归心似箭，如古人云:"梁园虽好，非久留之地。"媳妇来机场接我，紧紧抓着我的手，生怕我要不翼而飞似的。车到狮山，熟悉的景色扑面而来。回家的感觉真好，门一关，就是家天下。媳妇轻轻抚摸着我风雨沧桑的脸，心疼地说:"不谦，你去美国，咋瘦了嘛?"我笑道:"想你想瘦的。"媳妇依偎在我怀中，燕语呢喃:"人家也好想你嘛，天天都在想。"我向媳妇发誓说:"今后，除非你我比翼齐飞，即使上天堂，我也不去!"把媳妇感动惨了，1991年版的婚姻，立刻自动更新升级到2000年版。

2005年，迁居江安花园。儿子长大了，不常回家。媳妇耐不住寂寞，去狮山找老朋友"血战到底"，彻夜不归，让我独守空房，与流浪猫为伍。我笑道:"你是不是也想逃婚啊?"媳妇说:"都老夫老妻了，天天鼻子对鼻子，眼睛对眼睛，有什么新鲜感嘛！"她陪儿子和女朋友去买家具，男女意见不统一，儿子不屑地说："你们女人——"云云。媳妇回家，却向我发牢骚："养儿有什么想头啊，翅膀还没长硬，就把我和女朋友当作'你们女人'！"我就笑着问她，还是二十多年前的老问题："假设我们重游狮山，前面丛林那头老虎扑过来，谁喂老虎？"媳妇瞪着豹子眼吼道："你以为我是弱智，还相信你这个周老虎啊？"一点情趣也没有。

所以前不久，我又逃了一次婚。考虑到年龄大了，再也经不起折腾，所以选择了为期只有四十天的全封闭拓展训练（不谦按：参加高考命题。当年为了保密，故托词"拓展训练"）学员大都是60后、70后，都是三十如狼四十如虎，问我："谢老，您这一大把年龄还能拓展出什么虎狼之力来啊？"我说："不是拓展虎狼之力，逃婚而已。"把大家笑惨了，说："当年男女青年为了逃婚，投奔革命圣地延安，逃出了一大批革命家。您能逃出什么家来啊？"我笑道："现在能革谁的命？革命就是反革命！"大家笑道："您老何不把逃婚的感悟写出来？"因写《逃婚记》。

媳妇审读后，斥道："别人莫以为我是瓜娃子？"我笑道："爱谁谁啦！我最爱的，就是你这个瓜娃子。"婚姻立刻更新升级到2011年版。

2011 年 7 月 22 日

# 一吻到永远

据说我们这代人思想很单纯，其实因人而异。我就不单纯，因为我有个幼儿园毛根同学程咬金，爸妈是医生，见多识广。小学五六年级，我们还以为男女"亲嘴"，嘴对着嘴一呵气，女生肚皮就像气球一样变大，怀上胖娃娃。把程咬金笑惨了，就跟我们讲他在医院耳闻目睹的科学道理，以及民间流传的男女龙门阵。前些年，老同学聚会，我称他"启蒙老师"，女生不解："启什么蒙？"我笑道："性启蒙。"女生笑道："你们男生好好耍哦。"现在好耍，当年却不好耍。程咬金传播黄色龙门阵，不知怎么被老师知道了，命他写检讨书，对照毛主席语录，联系实际，狠挖思想根源。他翻了半天"红宝书"，也找不到参照系，很委屈地问我："我违反了毛主席语录哪一条嘛？"我想一想，说："凡是错误的思想，凡是毒草，凡是牛鬼蛇神，都应该进行批判，绝不能让它们自由泛滥——你可能违犯了这一条？"协助他狠挖思想根源。检讨书交上去，老师看也没看。但到期末，老师给他写评语，最后一条："思想复杂。"把他气哭了："我热爱毛主席热爱党，凭什么说我思想复杂啊？"我惺惺相惜，为他抱不平，他却指我鼻子吼道："你娃思想比我还复杂！"

我思想是比他复杂。上初中后，偷看过不少"禁书"，"文革"

被禁的"黄色小说",如《青春之歌》《三家巷》等,竟无师自通,猜出"亲嘴"就是"接吻",程咬金可能连这个"吻"字都不认识。记得初三,借到一部残缺的苏联革命小说《钢铁是怎样炼成的》,少年保尔和冬妮亚拥抱亲吻的描写,看得我心旌摇荡,但却是纸上谈兵,发挥想象,也不得要领。那时的视觉艺术,宣传画,国产片,样板戏,都是没有七情六欲的革命英雄传奇;外国电影,除了斯大林时代的"阴谋文艺",《列宁在十月》《列宁在1918》,就是越南的飞机大炮,朝鲜的又哭又笑,阿尔巴尼亚的莫名其妙。却有一部罗马尼亚电影《多瑙河之波》,虽然也是革命斗争故事,地下党巧夺德国军火船,但电影中,不时闪现船长米哈依和新婚妻子安娜情意缠绵的镜头,拥抱接吻,强烈的视觉冲击力,让我这个青春朦胧觉醒的少年,为之怦然心动。

我那时已上高中,记得有次支农劳动,田边休息,男生议论起《多瑙河之波》,都说:"罗马尼亚电影好好看啊!"有个女生故作天真地问:"好看在哪里?"男生心照不宣,却一脸坏笑。语文老师貌似看懂了男生的心思,很严肃地说:"拥抱接吻,那是人家西方风俗。"现实生活中,我们的确没看见过男女拥抱接吻,那是流氓行为,严打对象,谁敢啊?但我内心深处,却有一种想入非非,想跟暗恋的女生拥抱接吻,像罗马尼亚电影中那样,但我不敢。被压抑的青春欲望,如弗洛伊德分析的那样,先是在想象中得到满足,然后升华为桃色的梦。想象丰富了我的梦境,梦境装饰了我的青春,而未敢越雷池一步。这可能就是我们这代人的单纯?

几年前,东北刘大侠回老家长春,半夜三更,打来骚扰电话,长途抒情,一唱三叹:"啊——我太激动了!啊——人生太奇妙了!

啊——"见我没反应，他急切地问："想不想听我跟初恋情人的故事？"我问："拥抱过没有？接过吻没有？"他讽我："你娃格调咋这么低下嘛？"我笑道："我低下，你多高尚？"他辩护道："不是高尚，是奇妙！啊——太奇妙了！啊——太令人激动了！啊——"我催促说："那请快讲，我洗耳恭听？"他却提出一个条件："但你不能跟别人讲，包括你媳妇？"激动得他夜不能寐的故事，却要烂在我肚子里，就跟当年地下党似的，对媳妇也要保密，我怎能做到？当即恳求他："那你千万别讲！"他再三问我："你真不能守口如瓶？"我说："真不能。"他很失望地"唉"了一声，挂上电话。所以，我至今不知道那个年代，他在中国北方城市的初恋故事，与我在西南大巴山区的青春梦幻曲，有何异同，更不知道他们拥抱接吻过没有。

却说上大学后，风气渐开。校园秘密流行邓丽君，第一次听到她低徊流连的咏叹："轻轻的一个吻，已经打动我的心；深深的一段情，叫我思念到如今……"我就觉得爱情就应该像这么痴迷，这么可以触摸。记得大二周末，学校放映国产新片，听说有男女接吻的镜头，把大家激动惨了。个个精神亢奋，赶去抢位置，却见礼堂内外，人山人海，水泄不通。临时改在大操场放映，人群潮水般涌出来。我在礼堂外，头顶凳子，迅速转向，潮尾变潮头，后浪变前浪，占据有利地形。那时正是年底，天气寒冷，天上竟纷纷扬扬飘下雪花，大家跺着脚，不时向冰冷的手呵热气，却目不转睛地盯着屏幕，等待着那个石破天惊划时代的镜头出现……剧情全忘了，现在只记得那一吻，和片名《生活的颤音》，建国后第一部出现男女接吻镜头的电影。

读研究生后，在狮山与媳妇相识相恋。我想爱得轰轰烈烈，创造性地再现电影小说中那些令人挥之不去的情节。但媳妇却很矜持，我想吻她，她却推开我；想拥抱她，她却避开我。貌似很有思想觉悟，问我："你们文科生，是不是受西方思想影响太深哦？"我赌气说："你太正统了！就像党团员谈心，哪里像谈恋爱啊？"她却很委屈地说："谈恋爱，首先要尊重对方嘛。"把人都要气死。

好多年后，我们都已结婚生子，住狮山筒子楼，有一天，哥儿们在一起说笑，突然，数学系78级留校的阿敏大叫一声："哈哈——阿静有一件事，我说出来，绝对把大家笑翻！"他媳妇阿静冲过来，怒目圆睁，指他鼻子斥道："你敢说？"阿敏却笑得前仰后合："太愚昧了，太愚昧了！"阿静红着脸吼道："不准说！"阿敏连连摆手道："不说，不说！"趁阿静奶女儿去了，我说："我能猜出来？是不是最开始，她不让你拥抱接吻？"阿敏一愣："你怎么知道？"我笑道："都是同代人，彼此彼此。"阿敏说："不是，她太不懂科学了，以为一拥抱接吻，就会怀孕！"我笑道："亏她还是大城市重庆人，都上大学了，怎么也这么愚昧？"

我们这代人，其实跟现在一样，有单纯的，也有不单纯的。但无论单纯不单纯，愚昧不愚昧，青春热恋最初那一吻，定情之吻，都是最刻骨铭心的，不思量，自难忘，这才叫"一吻到永远"。想起法国诗人普列维尔的诗：

> 一千年，一万年
> 也难以诉说尽
> 这瞬间的永恒——
> 你吻了我，

我吻了你。
在冬日朦胧的清晨，
清晨在蒙苏利公园，
公园在巴黎。
巴黎，地上一座城；
地球，天上一颗星。

2009年12月1日

# 银婚忆新婚

　　二十五年前的十二月二十一日，我们终于领到结婚证，国家执照。一个月后，寒假前夕，在媳妇任教的学校办公室，由校长证婚，举行简单的挂牌剪彩仪式，然后牵手入"洞房"，完成了人生最重要的仪式。既没办婚宴，也没购置家电，"洞房"是学校的公租房，大概有十几平方米，集客厅、书房、厨房、卧室为一体的"多功能厅"。按照今天的标准，应该叫"裸婚"吧？

　　我们也没去旅游度蜜月。媳妇任教的学校在都江堰灵岩寺下，远有崇山峻岭，近有茂林修竹，神仙境界。寒假中人去楼空，幽深而幽静，世外桃源一般。媳妇说她最喜欢我读书的神态，我就一天到晚捧着书，很恐怖的"子曰诗云"、"之乎者也"书，繁体竖排，作努力学习刻苦攻读状。媳妇以为我读的是"天书"，书中自有黄金屋，依偎在我身边，遥想美好未来，身居陋室，感觉却幸福惨了。

　　寒假结束，新婚蜜月也快到尾声，我们去成都春熙路照相馆拍结婚照，顺便回狮山请同学吃喜糖。记得从照相馆出来，我问："午饭吃什么？"此前，进城逛街或逛公园，我问吃什么媳妇都不明确表态，只说"随便"。我岂能随便？这不是我的风格，每次都尽可能奢侈，以显示我男子汉气派。这次，媳妇却明确表态了："吃碗杂酱面吧?"我笑道:"我们还在新婚蜜月中,一碗杂酱面就把新娘子打发了,不嫌新郎官小气?"媳妇狮子大开口道:"杂酱面,我要吃两碗!"讲给室友大明兄听,他呵呵笑道:"这就是女朋友和老婆的区别!"

我已上研三,进入撰写论文阶段,没有媳妇"红袖添香",我心不在焉。于是,又跟媳妇比翼齐飞,飞回灵岩寺下筒子楼中的安乐窝。媳妇对我的未来寄予无限希望,让我全身心投入事业,家务活她全包,常常一边哼着黄梅戏"寒窑虽破能避风雨,夫妻恩爱苦也甜……",一边奏响锅碗瓢盆交响曲,虽然是"裸婚",生活也很甜蜜。

却说有一天,春还未暖,花还未开,媳妇上课去了,我睡懒觉起床,去楼外的公厕方便。方便后出来,却见林荫道上巍然屹立着一位大妈,横眉怒目,猛喝一声:"为什么不去上课?"我左顾右盼,没有第三者,难道是问我?笑嘻嘻回答:"我没有课。"她声色不仅俱厉,而且咄咄逼人:"怎么会没有课?"我丈二金刚摸不着头脑,心想:"我不认识你,你好像也不认识我,我有没有课,关你什么事?"不理她。她却气势汹汹,向我逼近。我本能反应:"神经病!"拔腿就跑。却听见"神经病"在背后愤愤然吼道:"你跑得了和尚跑不了庙!"我跑回筒子楼,关上寝室门,心都还在怦怦跳。

媳妇下课回来,我把这惊心动魄有惊无险的一幕讲给她听,说有个"神经病"在外面林荫道徘徊,要她提高警惕,自我保护。媳妇先是洗耳恭听,继而哈哈大笑,把我笑得绿眉绿眼。媳妇说:"人家是值周老师,抓逃课学生的!"我坚决不信:"我像逃课学生吗?"媳妇任教的学校是省立中专,学生大都来自边远山区,很淳朴,也很土气。我虽然也是大巴山娃娃,没风度没气质,不洋盘不绅士,但好歹现在也是省城大学的研究生，还在北京熏陶过几年，跟边远山区初出茅庐的中专生迥然有别嘛，值周老师这么没眼水，竟分辨不出来？媳妇却讽刺我说："你以为你是谁啊，走个路八字腿，弓腰驼背，虾爬似的，贼眉鼠眼，东张西望，一看就是逃犯——不抓你抓谁？"

媳妇这样贬损我，用的是激将法，想激发我的向善之心向她看齐，走路时气沉丹田，昂首挺胸，从容中道，目不斜视，正步走，这才有君子气质绅士风度。言传不如身教，找个校园僻静角落，以身示法，教我正步走，雄赳赳气昂昂，反复排练。我感觉很累，不是身累，是心累。我五短身材其貌不扬，故作昂首挺胸目不斜视状，小人得志似的，有违我为人处世的一贯风格，人格严重分裂，哀求道："我邯郸学步，连路也不会走了！"拒绝继续排练正步走。媳妇瞪着眯眯眼斥道："你痴心妄想！"竟上纲上线到夫妻感情问题。这就是人们常说的夫妻磨合期。据说，贫困山区小地方出来的人，容易走两个极端，或极端自卑，或极端自傲。我大概属于后者，要媳妇向我看齐，面对现实，降格以求，嫁鸡随鸡，嫁狗随狗。但当年的我很朴实，缺乏浪漫想象，想不出什么寓教于乐的高招。

却说有一天，春已暖花已开，媳妇又昂首挺胸正步走上课去了，我在家看书，撰写学位论文。笔掉在地上，我弯腰拾，看见床底有一个排球。媳妇是学校排球队队员。突然想起小学初中时代男生让高傲女生出尽洋相的恶作剧，立刻付诸实施，将房门半开，将排球放在门顶与门框之间的缝隙间，然后靠在床头一边看书，一边想象媳妇昂首挺胸推门进来，排球突然从天而降，砸在她头上！媳妇还没回来，却听见门外有人喊："小钱！小钱！"急忙翻身下床，趑到门后，从门缝一看，原来是校长，我们的证婚人。我生怕排球砸在老人家头上，好尴尬嘛，赶紧堵在门后说："她上课去了。"校长却一边推门一边说："我来参观你们的新房，难道不欢迎？"话音还未落地，排球就从天而降，没有任何悬念，不偏不歪，端端正正，正好砸在校长白发苍苍的头上！

我怎样向校长赔礼道歉，校长又是如何撤离现场的，现在全忘了，只记得校长走后，我将排球放回去，然后躺在床上，一边看书，一边守株待兔。兔子终于来了！走廊上响起熟悉的脚步声，噔噔噔，噔噔噔，越来越近，却在门前戛然而止，半天没有响动。我很纳闷，蹑手蹑脚蹭到门前，探头一看，却见媳妇矗立门外，扬着手中的课本，皮笑肉不笑，不知她葫芦里卖的什么药。说时迟，那时快，媳妇突然扬起飞毛腿，猛一踢门，排球掉下来，砰的一声砸在了我头上！媳妇笑得趴在地上，眼泪都笑出来了。

原来，她下课后遇到校长，校长笑道："你们小谢太好耍了！"媳妇一听，心都抓紧了，以为我真的被当成逃课学生抓到办公室，好丢人现眼啊！赶紧问校长："他怎样好耍啊？"校长神秘地一笑："你回家就知道了。"媳妇顾不得淑女不淑女，拔起飞毛腿，以百米冲刺的速度朝筒子楼跑，跑到门前，心灵感应似的，愣了一下，驻足一看，一切尽在不言中。她中学时代是挨过男生这种"核打击"的，于是将计就计，引蛇出洞，主动攻击，排球掉下来，砸在我头上，却把她砸开了窍，从此情商猛增，彻底改变了夫妻幸福观：绅士淑女，昂首挺胸，装模作样，哪有这么性情中人好耍啊？

我们牵手二十五年，有阳光，也有风雨，就这样一路耍过来。耍到今天，老之已至，再也浪漫不起来。夫妻外出旅游观光，我近视她老花，优势互补，她看路标，我看地图，陌生世界茫茫人海中，不是她牵我的手，就是我牵她的手，生怕互相走失似的。语云："少年夫妻老来伴。"此之谓也？

2008 年 12 月 29 日

# 珍珠婚的悲喜剧：情侣鞋

　　我们夫妻三十年，珍珠婚，媳妇玩浪漫，买了两双红鞋子，点兵点将："你一双，我一双！"我说："这么妖艳的鞋穿在脚上，别人莫以为我为老不尊，冒充人妖啊？"媳妇笑道："呸呸！世界上有你这样满脸皱纹邋里邋遢的人妖吗？"我"子曰诗云"迂夫子，夫子的老婆也循循然善诱人："这是现在年轻人的时尚，情侣鞋，好流行哦。"我说："你退休老太太，我准退休老大爷，追什么年轻人的时尚，时空倒错玩穿越啊？"她瞪着眯眯眼斥道："你老土，懂个屁！穿，必须穿！"

　　我穿上"情侣鞋"，先对着照妖镜自查自纠：不像人妖，倒像个山寨版的圣诞老人。然后去望江文科楼开会，一路上战战兢兢，随时准备被人调侃、挖苦与讽刺。办公室主任小梁眼尖，最早发现我脚底新大陆，哈哈大笑："红鞋子，红鞋子！"四川话"鞋"与"孩"同音，众美女误以为喵星人空降文科楼，都跑出来看"红孩子"，异口同声赞道："好看好看太好看！"调侃之意溢于言表。我厚着老脸解释，不是我为老不尊，装酷装年轻，是钱老师给我买的圣诞老人鞋，图个喜庆吉利。突然感觉不妥，我中共老党员，信仰共产主义传播正能量，咋能宗教迷信装神弄鬼？赶紧实话实说，是钱老师买的"情侣鞋"，纪念我们的珍珠婚。大家都说好青春好浪漫，祝我们珍珠婚快乐。

谁知乐极生悲，距结婚证上的珍珠婚还有十二天，不幸的事情发生了。移居澳大利亚的筒子楼老友尚勃夫妇回成都，陈胖娃举行家宴，邀大家一聚，重温筒子楼快乐时光。他家的狗狗见了异性就亢奋，冷不防扑上来，我"躺着中枪"，小腿被咬一口。打狂犬疫苗，历时三周，禁烟禁酒，至年底最后一天，才恢复正常生活。结婚证上的珍珠婚，国家法定节日，也就无声无息，悄然而过。

西历新年伊始，又遭遇人生重创，下楼时，脚底踩空，摔一大跟斗，头破血流。120救护车送往空军医院，缝了七针，毁容毁三观，变成个光头和尚。不幸中的万幸，颅内未受损，也没脑震荡。媳妇不断用各种弱智问题折磨我，我说你讽刺我很"二"？她说不是，是担心你大脑痴呆，记不得自己的床位。我说我是花岗岩脑袋，颠扑不破。她说："不谦，你太任性了！这大把年纪，不比年轻的时候，跌倒了还能爬起来。你自己不知道，看着你血流满面，把人都吓死了——梦中惊醒，想起来都后怕！"我安慰她："怕什么怕？我福不大命大。甜姐姐说，你我都是好人，好事做得多，积了德，冥冥之中，老天会保佑我们的。"她居然忧心忡忡："你是不是在说胡话？"

出院后，在家静养，闭门思过。媳妇去望江校区为我交一张表格，办公处主任小梁关切地问我伤情，试探着问：谢老师摔跟斗的时候，是不是穿的那双红鞋子？媳妇一惊：是啊？人上了年纪容易迷信，回家就宣布："把情侣鞋扔他妈的算了！"我说凭啥子呢？她说："你穿这双鞋，先被狗咬，后摔跟斗，太不吉利了。"我哈哈大笑："狗咬我，是我跳颤；摔跟斗，是酒喝麻了——都怪我自己举止轻浮，不走正道，跟鞋子有什么关系？"媳妇说："那你得跟我约法三章：不准跳颤，不准喝酒？"我说第三章呢？她说一切行动听指挥，不准擅自行动。我说要得嘛，永远在你的视线里。她动之以情晓之以理："万一你有个三长两短，我咋个办嘛？谁还能像你这样宠我啊？"我笑着说："你粉我？"她说："我是你老婆，我不粉你谁粉你？"

却说今天，才是我们事实上的珍珠婚纪念日。三十年前的今天晚上，在媳妇任教的省林业学校办公室，举行简单婚礼，校长证婚，全校教师见证，然后光明正大，携手入洞房——单身教工宿舍，筒子楼蜗居。去年暑假中，重游旧地，在筒子楼故址前合影，怀念我们清贫清苦却青春飞扬时代的爱情。

今天午后，阳光明媚，媳妇说："我们去留个人生纪念？"特意穿上情侣鞋，去江安校园明远湖畔，在两人世界中，庆祝珍珠婚。一路上，阳光照耀，投射下我们的影子，我说，这就叫：相依为命，如影随形，形影不离。媳妇很甜蜜地一笑："啥子事情被你一说，好像都很诗情画意似的？"我说这就是我们"之乎者也"古典人文的生活智慧。

学校已放寒假，宁静空旷，好不容易看见一个女生，请她为我们拍一张合影。她可能以为我这个红鞋子光头党是江湖黑社会，犹犹豫豫："我不会摄影……"媳妇笑着说："随便拍一张嘛！"我们在长桥合影，脚下的地砖上刻着英文字母，据说是爱尔兰诺奖诗人叶芝的名诗 *When You Are Old*。老太太问："真的吗？"我说当然是真的，朗声而诵："当你老了，头白了，睡思昏沉，请取下这张照片，仔细看，回忆昔日眼神的柔和，回忆它们浓重的阴影……"

明远湖畔，空寂无人，就我们老夫老妻。坐在柔软的枯草上，你看我，我看你，看蓝天白云，湖光粼粼，简直是神仙境界。我说："拍一个天长地久互吻照？"老太太说："你瓜娃子，咋个拍嘛？"我说："拍个投影，太阳神眼中的人间情侣。"

　　三十年前的今天，新娘也穿红衣红鞋，光彩照人，照亮了我的青春，照亮了我的人生。媳妇感慨："不谦，你也照亮我的青春我的人生。"我说好，夫妻互粉，切合今天的主题。媳妇说："回去把这些照片都PS一下？"我说："干吗？"她说："脸上的皱纹太多了。"我说："你我都老了，皱纹是我们的人生印记，谁没年轻过？谁不会衰老？关键是夫妻之间互相欣赏，如叶芝诗咏叹：多少人爱你青春欢畅的时辰，爱慕你的美丽，假意或者真心，只有一个人爱慕你那朝圣者的灵魂，爱你衰老了的脸上痛苦的皱纹……"

2014年1月20日

花

花之季

两情若是久长时

# 陋室记

　　研究生毕业后留校，分得筒子楼一单间。筒子楼原是学生宿舍，二十世纪五十年代的老建筑，三层红砖楼房。"文革"后，一楼二楼改为校卫生院，三楼改为单身教工宿舍。我的蜗居在走廊尽头，屋顶漏雨，石灰墙壁千疮百孔，木地板龇牙露缝，典型的陋室。但我很满足，毕竟有了属于自己的空间，门一关也是个洞天福地。

　　媳妇在郊县林校任教，周末风尘仆仆赶来，把陋室布置得焕然一新。淡绿的窗帘，淡黄的蚊帐，雪白的床单，彩色的挂历，悬空的日光灯上还缠着红红绿绿的塑料花。我往床上一滚："真有点宫殿的感觉哟！"要和媳妇亲热。媳妇却神经兮兮说："就这样再滚几下，嚷几声——我出去听听？"我莫名其妙，原地不动，媳妇从门外探进头来，说："你咋不听指挥？"我就笑嘻嘻朗诵东坡词："不知天上宫阙，今夕是何年？"在床上连翻两个筋斗。媳妇推门进来，皱着眉头说："屋内的声音响动，连床架嘎吱嘎吱，外面都听得一清二楚！"她担心屋内响动被人有意无意间偷听了去，怪难为情的。我不以为然笑道："谁活得这么无聊，想偷听我们啊？"媳妇哼哼道："你晚上莫来碰我。"我拿过盒式录音机说："届时咱放《婚礼进行曲》，放到最大声，以干扰视听！"媳妇指我鼻子斥道："你这不是此地无银三百两?"那天晚上，夫妻小别胜新婚，说不完的相思之情，很甜蜜，也很别扭，像是电影里我党地下工作者接头似的，全是压低嗓门，悄声细语。门外楼道上若有风吹草动，赶紧屏住呼吸，原地匍匐，好像偷情似的：新鲜刺激，提心吊胆。

翌日午后，媳妇赶回学校上课，我也回到快乐的单身汉群中。筒子楼虽然简陋，但我们不觉其苦。孔子赞弟子颜回："一箪食，一瓢饮，在陋巷，人也不堪其忧，回也不改其乐。"我们虽居陋室，但食有鱼，出有车（自行车），偶尔还打平伙喝啤酒，比颜回还要幸福而快乐，叹曰："不恨孔子吾不见，恨孔子不见吾乐耳。"发工资那天，是筒子楼最开心之日，"拱猪俱乐部"猪友各凑两三元，中国式AA制，打平伙。不是去餐馆，而是自己动手。劳动分工：莉莉善于社交，负责采买；大明兄力气大，负责运输；吴老笨而细心，负责择菜洗菜；王老最笨，负责饭后打扫战场，刷锅洗碗。我婚后曾被媳妇耳提面命短期培训，虽尚未出师，但筒子楼人才严重匮乏，就毛遂自荐做了掌勺师傅。锅碗瓢盆交响曲中，我最受大家追捧。每每开吃，大家都啧啧赞道："好吃，好吃!"说我搞古典文学是选错了行，如果研究烹饪，绝对操到国际大师级。我很虚荣，大家一吹捧，就越发得意，专门进城买了一本菜谱，日夕钻研，辅以实践，孔子所谓"学而时习之，不亦说乎"的快感，切身体会。看着大家吃得有滋有味，赞不绝口，我虽然累得四肢发酸全无食欲，心里却美滋滋的，有一种成就感。一不小心，竟然成了享誉狮山的家庭妇男。甜姐姐至今还数落夫君大明兄："看看人家不谦，多能干!"大明兄笑嘻嘻说："他娃还不是被我们吹捧出来的?"当年打平伙动筷子前，大明兄都要笑着启发大家："好不好吃? 快说：好吃!"大家笑着齐声唤：

"好吃，好吃！"

翌年寒假，媳妇将调来狮山。儿子刚满周岁，须请保姆。去房产科申请房子，科长一句话顶回来："半间也没有！"我说："我家对面就有一间空房，已空置一年了。"科长说："这不是你操心的事，学校另有他用。"我笑嘻嘻说："科长大人，你总不能让小保姆和我们睡一间房子里吧？"科长居然说："屋子中间拉一副布帘，不就一分为二隔开了？"我忍无可忍："我革命意志不坚定，要是万一自我失控，犯了男女错误，我就告你诱民犯罪！"科长绿眉绿眼摇头晃脑道："岂有此理，岂有此理！"最后还是将空房拿出来，我和数学系留校的阿敏各分半间。就这样，媳妇儿子顺利迁入狮山，有一个完整的家了。

陋室冬冷夏热。冬季媳妇满手冻疮，夏季儿子浑身痱子。那年夏天遇暴雨，屋顶四处漏雨，滴滴答答，不绝如缕。地板上，书桌上，甚至床上，到处摆着盆盆碗碗接雨水。找维修科工人修补，他上房一看："太破烂了！必须彻底翻修，才能解决问题。"维修科长却说："这破房子迟早要拆迁，先对付着住吧？"读杜甫《茅屋为秋风所破歌》至"床头屋漏无干处，雨脚如麻未断绝"，不禁废书长叹："这哪是写万恶的旧社会哟？分明就是筒子楼我家的真实写照啊！"

我和阿敏共用的一间，用作保姆房兼餐厅。阿敏媳妇阿静是重庆人，当年插队到宣汉的重庆知青很多，当地人觉得他们很港很洋气。宣汉人若找个重庆知妹要朋友，全体人民都很羡慕。我就开阿静的玩笑："我最崇拜重庆知妹，你要是插队宣汉，说不定就轮不上阿敏的机会了。"阿静嘿嘿笑。阿敏就笑着问两位媳妇："现在把谢不谦的头割下来，装到我脖子上；把我的头割下来，装到谢不谦脖子上——重新选择，你们挑哪一个？"两位媳妇一齐骂道："流氓！"他们女儿焦娇小我们儿子半岁，常常是儿子一哭，焦娇就跟着哭；焦娇一哭，儿子也眼圈发红。有一天，我把儿子半岁洗澡哭闹的录音播放出来，焦娇听见录音机中的哭声，竟哽咽着抽泣，最后哇的一声大放悲声。阿静跑来，斥道："谢不谦，你太残忍了！"我笑嘻嘻说："我是测验你女儿的情商。看来，焦娇长大后特适合当电影演员。"阿静说："鬼才相信！"

筒子楼也是老鼠窝。老鼠之肥大之生猛，从来没见过。王老说："狮山的硕鼠，连打虎武松都打不死它！"大家都说不愧北大研究生，随便一个比喻都很经典，王老很自鸣得意了一阵子。我有一天回家，猛听见媳妇一声凄厉的惊叫，一匹硕鼠夺门而出，倏地射来。说时迟，那时快，我刚抬起脚，老鼠竟直端端射到脚底。我一个"飞马踏燕"，老鼠吱的一声，一团污血迅即在脚底弥漫开来。也顾不上打扫战场，赶紧回家。原来那匹老鼠竟敢在光天化日之下，跳到床上，要去咬儿子的耳朵。媳妇生平最怕老鼠，刹那间变了一个人似的，惊抓抓叫，赤手空拳扑向老鼠，老鼠才仓皇逃窜。我笑着说："老鼠已成我脚下鬼。"媳妇将信将疑道："咦？看你平时呆头呆脑，真有这种绝技？"大家誉我为"踏鼠英雄"，王老就不好意思再提他"打虎武松"的妙语了。

翌日周末，媳妇躺在床头逗牙牙学语的儿子，要我录音。按下录音键，磁带却不转动。一查，电源线被老鼠咬断了。我怀疑："老鼠报仇？"媳妇紧张："万一它们趁晚上我们睡熟了来偷偷咬儿子的鼻子耳朵怎么办？"我笑道："人还怕它老鼠？"骑车去沙河堡买了个鼠夹，放在屋中间。半夜梦中，听见啪的一声，眼前白光一晃，原来媳妇先惊醒，拉亮电灯，连声催促："快，快，老鼠！"我睡眼蒙眬中，见一匹硕鼠趴在鼠夹边，浑身抽搐，看来已被击成脑震荡。我说："死定了。明早再去收拾它。"媳妇命令道："现在就去！"我实在太困，说："要去你去。"说完，头一偏，再也叫不醒。翌日睁眼一看，老鼠早不见踪影，媳妇就责备我，忧心忡忡地说："都怪你！这回可跟老鼠结下深仇大恨了，咋办哟？"对小保姆说："从现在起，看好孩子，寸步不离！"小保姆唯唯。

不久，校医院发放鼠药，说是最新产品，药性慢，老鼠吃了三四天后才会死，可以保证全狮山的鼠辈同归于尽。各家领回鼠药，商量如何投放，才能一举歼敌。媳妇叮嘱道："说话小声点！老鼠听见了，就不会吃的！"我笑她弱智："狮山老鼠也进化成精了，听得懂人话？"媳妇说："你踩死一匹老鼠，大家誉你为英雄，满楼道都听见了，老鼠没听见？老鼠听不懂人话，那为什么专门报复我家，咬断我家的录音机线？"大家都说有道理，达成共识，一周之内绝口不提"鼠药"二字。

周末玩扑克游戏拱猪，说说笑笑，王老憋不住："我说个耗子药的笑话？"大家立刻说："不听，不听！"憋了十多天，筒子楼上上下下果真不见鼠影，王老这才有发泄的机会："我老家有个老农民，长了很多蛔虫，没钱看医生，就去买了一包耗子药，心想空腹吞下去，蛔虫饿急了必抢着吃，把药吃光，蛔虫药死，自己莫事。饿了两天，肚子咕咕叫，就把整整一包耗子药全吞了下去——"王老笑得前翻后仰，大家却没反应，王老瓜兮兮问："这个笑话不好笑吗？"吴老说："很好笑，好笑的是你！"我说："王老，这明明是个悲剧，咋能笑得起来？"王老自觉没趣，转身要走，突然站住，鼻子呼呼倒吸口气，说："我闻着有股异味，好像尸体腐烂？"大家都鼻子呼呼响，嗅了半天，笑道："啥异味？是王老味！"王老外面兼课多，早出晚归，常半月不洗澡，浑身汗臭。媳妇却说："真的有股怪怪的异味哩！"警犬似的在楼道上嗅来嗅去，嗅到保姆房间，站住，指床下楼板说："就这里。"大家都来嗅，真有一股令人恶心的怪味飘来。掘开楼板一看：哇塞！一堆腐烂的老鼠尸体！随后几天，筒子楼笼罩在惊恐之中，随时都有怪味冒出来，掘开一看，必是一堆堆腐尸。媳妇们个个花容失色，恶心呕吐，吃不下饭。男子汉个个精神抖擞，哪里有怪味就奔向哪里。猪主席莉莉临危不惧，要跟我们同甘共苦并肩战斗。我很男子气，一把将她挡住："战争，让女人走开！"莉莉哈哈大笑："死猫烂耗子，你吓谁哟？"

鼠患刚灭，臭气尚存，一楼就贴出校医院紧急告示：预防肝炎。据悉，肝炎流行，一二楼住的全是肝炎患者。大家去找校医院院长交涉，院长说："肝炎患者太多，一时找不到病房。"大明兄很生气："苍蝇蚊子飞上飞下不说，三层楼共用一个厕所，共用一个水龙头，不传染肝炎才怪！"院长说："用水的时候，把水龙头用纸包起来，就不会传染上肝炎。"我说："那就请您院长全家也住到这里来，我们就相信不会传染肝炎。"院长说："我没说不传染，我是说可以预防。"筒子楼群情激愤，集体找校长请愿。媳妇们把孩子都抱去了，哭着求校长："大家都只有一个娃娃，万一有个三长两短，咋办啊？"校长也很为难，劝我们以大局为重，与学校共渡难关。我们就提出要上街游行，游行口号："坚持四项基本原则，保护妇女儿童生命健康！"校长不为所动，我心一横，就拨桌上电话："成都市公安局吗？我们是四川师大青年教师，申请游行——"校长赶紧压下电话，口气变缓和："我们尽快想法吧。"

　　维修科在南墙一块坡地上，临时修建了一座两层楼的四合院，外观酷似老电影中的碉堡楼。碉堡楼四角为两居室，余为单间，楼上楼下，迁入了十八家青年教职工。我很幸运，双职工，分到楼底西南角的两居室，大概二十平方米左右，带一微型厨房，没有卫生间。经过媳妇精心布置，也很温馨。媳妇非常满足，感叹道："哪像筒子楼，两口子打架吵架，还得鼻子对鼻子，眼睛看眼睛，连个回避的空间也没有！"

　　筒子楼已拆迁多年，原址现为狮山"生态花园"，万紫千红蜂蝶翩跹，难寻旧影。问儿子筒子楼印象，儿子说，只记得和焦娇手牵手走到楼道口，脚未踩稳，竟顺楼梯咕咚咕咚滚将下去。屈指一算，两个娃娃才两三岁之间。

2007年1月2日

# 陋室续记

　　1991年1月17日，第一次海湾战争打响那天，我博士论文答辩，提前结束苦读生涯。同学都劝我留北京发展，但想到夫妻两地分居之苦，还是决定打道回府，依旧回狮山。

　　却说答辩前半月，赶回狮山落实工作。同门师弟石兄说："不谦，你也太没志向了！都说人往好处走，你即使想回成都，到川大也好，回狮山干吗啊？"我说："狮山规定，博士生到校，能分两室一厅。"石兄说："你到川大，还不是照样两室一厅？"我说："我媳妇在狮山工作，她两头跑，太辛苦。"没想到，狮山人事处某处长却不冷不热："现在还没到分配时间，你怎么就来联系工作？"我说我是提前毕业。处长居然说："提前毕业当结业对待。"我笑着说："我是学业优秀，经学校严格审查，才提前毕业的。"处长冷冷地说："现在是双向选择，你选择我们，我们还要选择你嘛。"我很奇怪，狮山考出去的博士生没一个吃回头草，我自愿回来，竟被拒之门外。私下一打听，原来处长老婆与我媳妇同在化学系，夫贵妻荣，不可一世。媳妇却不想巴结她，她就瞧媳妇不顺眼，迁怒于我。媳妇眼泪汪汪说："不谦，都怪我害了你。"我说："你有什么错？都怪人事处长怕老婆。"直接去找中文系张主任，主任很为难："古典文学教研室超编了。"我说："国家有正式文件，博士生自带指标。"主任沉吟半晌，说："古典文学不缺人。即使人事处同意你回来，也只有安排你去搞中学教材教法。"我实在忍无可忍："我毕竟是名校名师的博士生，让我去搞什么中学教材教法，是不是太挖苦人了？"拂袖而去。

翌日骑车到川大，路上跸了一跤，满脸血迹，瘸着腿，去找中文系龚主任。龚老师教外国文学，与我素昧平生，但看完我的简历，就笑着说："欢迎你来川大。"我小心翼翼问："还用找人事处吗？"龚老师笑着摇摇头。我又说："我1月17日答辩，能否此前寄出接收信函？"龚老师说："我们尽量争取。"当天晚上，家住狮山的川大中文系张一舟老师到四合院找到我，说龚主任让我立即给他去个电话。媳妇很紧张，生怕又黄了，我拍拍胸膛说："天无绝人之路！如果川大也不要我，我就去青年路摆个地摊，当个体户，说不定还能发大财，跟你买金银首饰高档时装，让狮山所有媳妇都羡慕你！"话虽掷地有声，心里其实也很虚。家里没有电话，媳妇陪我到学校总机室，忐忑不安地拨通电话，龚老师说："不谦，回去安心准备答辩吧。人事处已将接收函寄出。"媳妇听见，忍不住流下眼泪，连声说："龚老师真好，川大真好！"要我到川大后，一定要好好工作，

去川大报到那天，媳妇命我西装革履，把乱鸡窝似的头发梳理整齐，说川大是名校，得有名校教师的风度。我唯唯，就沐猴而冠骑车去川大，路遇川师人事处长，处长赔笑脸说："不谦，你的情况，人事处原来不了解。我们非常欢迎你回母校工作。"我一笑："现在不是双向选择吗？狮山选择我，我还不选择狮山哩！"扬眉吐气说声"拜拜"，哼着"向前向前我们的队伍向太阳……"抄小路杀向川大。先到人事处报到，然后去房产科打听房子。科长却问："已婚还是未

婚?"我一笑:"我都这大把年龄了,身体健康,心理正常,能是光棍一条?"科长又问:"爱人在什么单位工作?"我答:"狮山。"科长再问:"那她在狮山有房子?"我愣了一下,随口撒一个谎:"有,但是一个单间。"科长冷冷地说:"你不能在川大分房。"我急了:"学校不是明明规定博士到校之日,享受两室一厅的待遇吗?"科长面无表情地说:"那是指在成都市内无房者,如爱人在外地工作。"我很气愤:"这不是骗人吗?爱人在外地,一个人尚能分两室一厅,我这拖家带口的,反倒不能?早知如此,我就不来川大!"科长轻飘飘说:"又不是我请你来的——要走,悉听尊便。"我不屈不挠软泡硬磨,科长终于松口,答应在筒子楼,给我分一单间。他说:"你在狮山有一间,这边补上一间,不正好是两居吗?"我苦笑道:"我一家人搬过来,怎么挤得下?再说,我那么多书,总不能堆在门外楼道上吧?"科长沉着脸道:"你就是把书堆在马路上,也不关我们的事!"川大给我的美好印象,就这样蒙上了一层阴影。

我在狮山住的四合院,俗称"碉堡楼",还是我在读博士前,学校临时修建的过渡房,但这一过渡就是四年。媳妇盼我拿到博士学位,能分个两室一厅,结果竟是梦中楼阁。记得那天怏怏回家,不知怎样安慰媳妇,媳妇却笑着安慰我:"我不怪你,怪要怪川大房产科骗人。"一年后,狮山集资建房,媳妇有资格排上号,但一万二千元的集资建房费,我们却拿不出来。我读两三年的博士,家里的存款几乎花光了。儿子上小学第一天,媳妇说:"乖乖,从今往后当学生了,一定要好好读书哟。"儿子问:"为什么要好好读书?"媳妇认真地说:"好好读书,长大了才能住大房子新房子嘛。"儿子眨巴着眼睛:"妈妈,那你和爸爸小时候就是没有好好读书哟?"我责备媳妇:

"哪里有你这样教育孩子的?"对儿子说:"小时候不好好读书,长大了只有去捡垃圾刨渣渣!"

四合院老邻居先后乔迁新居,我们却原地踏步。有一家老邻居,老婆开日杂店,1987年底抢购风中,卖电冰箱发了财,算得上四合院的首富。搬离四合院前,她说想向我请教一个问题,她上初中的儿子问她:"四合院的人中,数谢叔叔学位最高,为什么最没有钱?"她不知应该怎样回答。我笑道:"我是个书呆子,只能拿干工资,挣不来大钱。"媳妇却冷冷地说:"他现在不想挣钱!"

有一天,偶然听说外系分来一位博士,情况与我相同,已婚,也在成都有房,却在川大分到两室一厅。就去质问房产科长,科长解释道:"人家现在离了婚,原住房归女方。"我问:"我如果离婚,是否也能分到两室一厅?"科长点点头:"只要你能拿出离婚证来。"回家跟媳妇商量:"我们搞一个假离婚,把川大的两室一厅拿到手?狮山房子出租,还可以创点收?"媳妇沉默不语。我就赌咒发誓,说离婚绝对是假,是曲线救国,这么贤惠漂亮的媳妇,我上哪里去找?云云。媳妇想了一晚上,翌日早起,很坚定地说:"就算住一辈子这破房子,我也不想离婚!就算假离婚,我也不干!"至今,媳妇还很自豪地对老同学说:"我这辈子最不后悔的,就是日子过得再苦,也没有跟不谦闹过离婚,哪怕是假离婚!"

我不可能为自己的学术追求,让媳妇儿子住一辈子蜗居吧?我别无他长,只能想方设法爬格子挣钱,为台湾一家出版公司翻译西方音乐家传记。两三个月翻译一本,用钢笔在方格稿纸上,一个字一个字爬格子,几乎天天都要爬到下半夜才上床睡觉。拿到第一笔稿费,一万二千多元,当年也算一笔巨款。钱有了,集资建房却遥遥无期。我跟媳妇合计，居室虽陋，但也得先享受一下现代化生活吧？学校对不起我们，我们要对得起自己。就买回组合音响、沙发、衣柜等家具。还有点节余，媳妇在青年路买了一套跳楼时装，穿起来四处招摇："我们不谦用稿费给我买的！"

却说衣柜依墙而立，却贴不紧墙壁，墙壁与柜头之间，有一道很宽的空隙。我怀疑是柜壁倾斜，媳妇却说："衣柜绝对没问题，好像是墙壁倾斜？"观察再三，果然如此。赶紧撤退出来，去维修科汇报。维修科派来一位师傅，屋内屋外勘察，说："是地基在下陷，墙壁被扯歪，随时有坍塌的可能，得立马迁出去！"我们赶紧去找房产科，人命关天，科长不敢怠慢，与维修科长亲临现场，危房属实。提出两个解决方案：第一，如果我们在学校现有旧房源中自己选房，不仅五年之内不得挪动，也不能参加集资建房；第二，听从房产科的指定安排，如再有集资建房，则随时可以参加。媳妇问："下一轮集资建房什么时候？"科长说："我们也不知道。"我当场拍板，接受第二套方案，迁入房产科指定的破房子。屈指一算，我们在四合院碉堡楼整整八年，过了一个抗战年代。

四合院是狮山的风水宝地。从"碉堡楼"中走出了杨天宏，川大第一个文科国家优秀博士论文得主，继罗志田离开川大后执历史系牛耳；走出了李培，现任狮山副校长；走出了李富才，中科院化学所研究生，现为某房地产副总；走出了王玲，西安交大博士，现为狮山计算机学院院长；走出了刘筑、王康英、吴平等，先后出国留学，定居美加诸国。媳妇讽我说："你还很谦虚嘛，咋不提自己？"我笑道："我算老几？"

几年前，"碉堡楼"拆迁了，在原址上矗立起一座"巴士底狱"

式的高层电梯公寓，狮山最气派的教授公寓。临窗俯视，有一览狮山小的况味？

2007年1月4日

# 陋室三记

　　狮山房产科指定的新居，名曰"新一舍"，其实是老建筑。我们住在四层顶楼，一室一厅一过道，厨房和卫生间是后来才扩建的。空间逼仄，名副其实危楼蜗居，比四合院碉堡楼还寒碜。

　　搬家时，媳妇心情悲凉："人家房子是越搬越好，我们反而是越搬越糟。"我笑着说："怎能这样说？我们在四合院立地，现在顶天，连跳四级，步步高！"又学《列宁在十月》中瓦西里的名言："面包会有的，房子也是会有的。"媳妇撇嘴说："就会耍嘴皮子。"说笑之间，新居布置完毕。客厅兼书房，一室夫妻卧室，过道儿子卧室。媳妇说："布置好了，也还看得过去。"我说："岂止看得过去？简直是洞天福地！"媳妇说："呸！"我很严肃地说："怎么呸？拥有独立的卫生间，免得再去挤澡堂，赤条条站在学生娃娃面前，一点师道尊严的感觉也没有，好难堪嘛！"媳妇一笑："你不老是鼓吹返璞归真吗？也有难堪的时候？"

　　儿子虽上五年级，恋母情结还很重。本来安排他睡过道小床，半夜却偷偷摸到室内来，三人一张床，着实拥挤。儿子睡着后，媳妇就蹑手蹑脚爬到外面小床上睡。我醒过来，也去挤小床。媳妇说："你就睡大床嘛，挤在一起，大家都睡不好。"我笑嘻嘻说："你不是说我们要长相厮守永不分离吗？"后来夜夜如此：上半夜，儿子在小床，我和媳妇在大床；下半夜，大床横躺着儿子，小床却挤着我和媳妇。媳妇说："让外人知道了，好搞笑哟！"

过道到厨房之间，有一走廊。走廊屋顶开一大孔，盖一透明塑料片，采光。暑假某日半夜，雷电交加，大雨如注。媳妇爬起来查看，发现塑料片被风刮开，暴雨哗哗从天而降，要漫入过道，就爬上楼梯去盖塑料片。我爬起来，见状，大吼一声："闪开，我来！"一把拉下媳妇，倏地爬上楼梯，手刚摸到塑料片，电光一闪，惊天动地一个响雷，楼身都在震颤。媳妇喊道："不谦，太危险，下来！"就冲过来拉。我脚一蹬，吼道："滚开！"迅速盖好塑料片，急忙爬下楼梯，全身湿透。原以为媳妇要因我吼她而怄气，正要赔罪，媳妇却说："不谦，你简直就像电影里的英雄！"我简直受宠若惊："有那么英勇？"媳妇说："反正我觉得就是。"上床相拥而睡。窗外雷鸣电闪，枕边燕语呢喃："不谦，我觉得这辈子好幸福哟！"

研究生同学小庄是出版社编辑，我第一部译著《钟与鼓》的责编，曾约我编写畅销书，我借用儿子的名字，编了一套"少男少女随笔"，三册，反响不错，至今还偶尔收到中学少男少女读者来信，竟有折叠成燕子形的。乔迁危楼蜗居后，小庄又来找我编写儿童读物，我笑着说："你想把我培养成少儿作家？"小庄说："少儿作家咋个啦？等小朋友长大后，回想读博士叔叔写的趣书，会记住你一辈子的！比你那些破学术著作有价值！"摸出一本台湾版《数学ABC》："能否编一本这样的趣味数学？"我将书草草翻过，很自信地说："超过台湾版！"小庄建议以故事形式，虚拟一个角色，比方说"鬼精灵"什么的，贯穿全书。我就编写了一本《鬼精灵漫游数学王国》，小庄翻看几页，连连赞道："想不到你老兄竟然有如此童心，如此想象！"

书很快印出，配以卡通，一年之内竟再版三次。又让我继续编自然、历史、语文系列，就这样脱了贫。

至今觉得，编写"鬼精灵"是生平最愉快最得意的创作。我蜷伏危楼蜗居，敲击着随时可能死机的黑白电脑键盘，喝一口红星二锅头，哼着《国际歌》："从来就没有什么救世主，也不靠神仙皇帝。要创造人类的幸福，全靠我们自己！"媳妇赞道："对，自己救自己！"飘飘然神游古今中外天上人间，五洲四海的飞禽走兽呼之即来笔端，干燥乏味的各科知识在书中皆化为动物王国妙趣横生的游戏。酒酣耳热之后，竟觉得自己就是"鬼精灵"了。天花板上老鼠成群，追逐嬉戏，媳妇很烦，我笑着说："男老鼠追求女老鼠嘛！"把老鼠也写入书中。后来，曾将"鬼精灵"系列分赠教研室同人小孩，一不小心，竟变成小朋友的偶像。记得在教研室同人家聚会，刘大侠的儿子嘟嘟宣称："男生中最聪明的是谢叔叔，女生中最聪明的是我妈妈；女生中最漂亮的是钱阿姨，男生中最漂亮的是我自己！"逗得大家哈哈笑。成都全国书展，小庄邀我去现场签名售书。我说："多不好意思！"小庄说："你是鬼精灵之父，有什么不好意思？"我一笑："那你就是鬼精灵之母？"这是我生平唯一一次签名售书。看着小朋友们虔诚的眼神，内心涌起一种神圣感。我也表情凝重，签名一丝不苟。小庄笑着说："不谦，你这一本正经的，别把小朋友吓跑了！"我说："我要让小朋友觉得，鬼精灵虽然搞笑，但他爸爸还是很严肃认真的嘛！"

发小阿成从广州飞成都，特意来狮山看我，走进蜗居一看，很吃惊："博士副教授竟住这样的破房子？成都真是太落后了！我都很难想象你们是怎样生活的！"我笑着说："我们生活得很快乐呀，天天还唱卡拉OK哩！"阿成一笑："穷快乐。"竭力怂恿我调往广州高校。

又说："你条件这么优秀，待在内地真是埋没了！以你的才气，怎么也不至于落到现在这般田地吧？"我说我编写了好些赚钱的书，很快就可以买房子。把"少男少女"和"鬼精灵"堆在他面前。贾诚说："不谦，你真是个坎井之蛙！我问你，有没有五十岁前挣一千万的计划？"吓我一跳："不可能，不可能！"阿成很认真地说："但在广州，就有这个可能！"他虽在高校，却涉足商海，如鱼得水，很得意地说："不谦，你可能想都想不到我在广州过的什么日子！"

寒假，阿成邀请我全家飞广州，见识他们的生活。这是我首次南方之旅，也是媳妇和儿子第一次御风而行。阿成夫妇盛情款待，天天美味佳肴，鱼翅、鲍鱼、北极贝、稻草虫、水蟑螂等，生平第一次见到。在珠海，让我们住进一家五星级酒店。他这是要给我造成心灵震撼，下定南下广州的决心。记得在深圳，他给朋友介绍我说："这是我毛根儿朋友，从小是个才子，就是莫得经济头脑。"媳妇补充道："得给他好好洗一下脑。"我和阿成中学不同级，却非常要好，就是因为我们都喜欢文学。他先被推荐上达州财贸学校，留校任教，然后考上狮山外语系，任学生会主席。毕业后改行读财经硕士博士，道不同不相为谋，渐行渐远，但友情转而愈深。离开广州前，在一家海鲜酒楼，阿成问我："感觉如何？"我说："感觉很好。但我发现，你根本不吃海味。"阿成说："我觉得最好吃的，还是四川老腊肉炒莴笋，韭菜炒鸡蛋，还有泡菜，说起来都要流口水了。"我说："看来还是四川生活好嘛！"阿成笑道："看来你读古典文学真的读迂了。人生难道就一个吃？我最不理解的是，住狮山那破房子，一鸣竟也觉得很甜蜜很幸福似的。"媳妇居然说了一句我的名言："幸福，不过就是一种感觉嘛！"回到狮山危楼蜗居，房子虽陋，但别有一种温馨。外面金窝银窝，真不如自家草窝。

我做副系主任后某日，同系张教授来危楼蜗居找我，却支支吾吾吞吞吐吐。我说："张老师，有话请直说嘛！"张教授这才说："看你这居住条件，我真不好意思开口。"我笑着说："两码事嘛。你请讲？"原来他在狮山虽住三室一厅，但因年老体弱，想搬到川大，生活就医方便一些，托我以组织名义向学校争取一下。我说："一定努力为你争取。"张教授连连拱手，说："真不好意思。"他走后，媳妇说："你怎么不为我们自己争取争取？"我说："情况不同嘛。张老师是老教授，对学校贡献大，现在体弱多病，理由充足。我算什么呀？"媳妇还是噘着嘴嘟囔："你算瓜娃子。"我就哄她："现在面包已有了，房子很快也会有的嘛！"

两年后，我已年过不惑，四十有二，乔迁狮山新居，三室一厅，七十八平方米。窗外农舍田园池塘，鸡犬之声相闻。不远处是成都市内唯一原生态丛林。简单装修一过，我就要搬过去。媳妇说："急什么急？敞个十天半月，散散毒气。"我说："什么毒气？我不信。"媳妇说："要搬你搬，我不去。"我说："好！就当我是先遣部队。"将书柜搬进新居，买些快餐面豆腐干二锅头，乐在其中，竟三天未出门。媳妇从危楼蜗居过来："咋个把家都忘了？"我说："这里才真正有家的感觉。"媳妇讽刺道："说你虚伪，还不承认！房子诚宝贵，心情价更高。只要心情好，到处都一样——你说的吧？"我笑着说："逗你开心嘛！"媳妇嗔道："当我是瓜娃子？"我笑着说："我有个绝妙创意，咱给儿子留下个遗嘱，你我百年后，墓碑编号就用这门牌号，如何？"媳妇真的生气了："你有病！"

2007年1月5日

# 洗澡记

二十五年前初到狮山，见到的第一大奇观是：象牙塔"教授楼"四楼外墙上，竟悬空吊着个大黄桶！狮山同学说，楼上住的是老美外教，很古怪，居然天天要冲热水淋浴。学校就半空中悬吊了那个大黄桶，派专人天天挑热水上楼，注入桶中。热水顺着塑料管流入楼下卫生间喷头。狮山第一家淋浴就以这样独特的形式横空出世。

80后们也许觉得不可思议，咋个不去买台淋浴器？我儿子就曾如此问过，说淋浴器又不是高科技，竟然弄出个大黄桶！我说，那时压根儿就没有家用淋浴器的概念。为了让儿子生在福中要知福，我常给他忆苦思甜，说我中学自学英语，课本和录音机都没有，全凭叽里呱啦背词典。儿子居然说："你妈不去买台电视机？"我说："傻小子，录音机都没有，哪里来的电视机？"儿子很茫然："爸爸，那你是生在古代的？"

闲话休提，还是说大黄桶。狮山人私下议论纷纷，或说老美知道享受生活，或说老美生活奢侈腐化，天天淋浴，至于吗？更多的是"同情的理解"：人家老美可能是因体味重浑身膻气，不天天热水淋浴，不熏死个人？学校澡堂隔天开放，说是澡堂，其实不过是一间四面透风的大棚子。自备塑料桶，先到锅炉房接大半桶温吞吞的开水，然后在自来水龙头前加入冷水，提进澡堂，自冲自洗。狮山海拔高，自来水压力不够，因此常常停水。狮山民谣："开水不烫事事烫，水管不水样样水。"据说出自狮山著名"愤青"吴老之口，未获求证，姑且存疑。

水龙头哗哗一响，狮山群情振奋，到处都在欢呼："来水啦，来水啦!"迅即提着塑料桶，争先恐后涌向澡堂，这里用得着一句成都方言：打拥堂。洗个澡简直就跟打仗一样，冲锋、抢占、碰撞、紧张、恐怖，毫无乐趣可言。我就速战速决，衣裤一脱，肥皂一抹，提水兜头一冲，毛巾一擦，完事，前后五分钟。后来与媳妇恋爱结婚后，仍然如此神速。媳妇说："不谦，你身上咋个老是臭烘烘的哟?"亲自押我去洗澡，规定必须半小时后才能出来。但积习难改，总是提前结束战斗。媳妇就数落："你这是哄哪个哟?"

记得第一次带媳妇回宣汉老家，媳妇最抱怨的就是，一路火车汽车，风尘仆仆到家，居然没个地方冲澡。媳妇悄悄问："宣汉人咋个洗澡?"我说："夏天到河里洗澡，冬天不洗澡。"媳妇很惊讶："浑身痒痒受得了? 长了癣咋个办?"我笑着说："我们天生抗痒抗癣，皮肤光洁，没有任何毛病。"我妈说："瞧你把宣汉人损的，都像你邋里邋遢?"说家里有澡盆，烧锅热水，就可以洗。我爸说河对岸五里路之遥的变压器厂有个澡堂，托熟人可以带我们去。工厂澡堂比狮山澡堂还要简陋，水也温吞吞没有腾腾热气。最恐怖的是澡堂无门，也无人看守，我就让媳妇先去洗，我在门外站岗。媳妇洗完出来，水也没了。媳妇很过意不去，我说："你能洗上澡，我比你还高兴哟!"

回校时，我们在重庆下了车。媳妇第一次到山城，我虽然来过一次，但游览范围不出火车站口两百米。那是到北京上学，第一次出远门，第一次坐火车，第一次到重庆，第一次住旅馆，下榻火车站外的山城饭店。觉得重庆人好怪，明明是旅馆却说是饭店。翌日早晨，签转到北京的T9次火车，晚上八点后发车。还有整整一个白天，想到市内转转，开开眼界，就乘缆车出站，先往左走出百来米，觉得心里没底，折回，再往右走出百来米，觉得幽深莫测，生怕迷路，就倒回火车站。一会儿觉得实在难熬，又乘缆车上去，向左向右来来回回，不出两百米范围，再原路折回来。如此三番五次，好不容易磨到检票入站。所以我的重庆印象就是乱糟糟的火车站和站外川流不息的公交车。

下火车后，灯火已黄昏，就带媳妇径直去山城饭店，结果客满，仅余大房间中一个上铺床位。跟服务员央求半天，同意在走道上给我临时加个铺。安顿下来，媳妇想到的第一件事是：洗澡。山城饭店不是今日所谓饭店，而是名副其实的大栈房，没有澡堂。打听山城景点，有个南温泉，风景优美，还可洗温泉，就跟媳妇说："我们明天去洗个温泉。"媳妇点头说好。

翌日赶到南温泉，媳妇排队买票，我去了解温泉信息。得知是温泉淋浴，分隔成单独的淋浴间，我就冒出个新鲜刺激的想法，跟媳妇小声商量："我们两个人同洗个淋浴间，如何？"媳妇脸腾一下红了："说出去好羞人哟！我不干。"媳妇家教很严，很正统，我就耐心细致地做媳妇的思想工作："我们不说，谁知道嘛？再说，我们都要结婚了，婚前洗个温泉淋浴算什么越轨哟？"又举若干同学为例，都是未婚就已享受已婚待遇，哪像我们这样保守僵化？媳妇还是不肯，嘟囔道："结婚后你想怎样都行，反正现在不行。"我觉得媳妇正统得简直不近人情，就沉着脸说："你一个人去洗，我不想洗。"媳妇犹豫半天，才悄声说："那你发誓不说出去。"我赌咒发誓后，就去问守门员："买两张票两个人同用一个淋浴间，可不可以？"守门员说："当然可以。"我正要回头，他又补充一句："但必须是同性的！"我问："难道夫妻也不行？"他冷冷地说："结婚证拿来看。"我立刻有一种跌入万丈深渊的感觉，媳妇却冲我直乐，我苦笑："你还要幸灾乐祸？"

住筒子楼时，同楼物理系尚勃的媳妇刘叶从乌鲁木齐调来狮山，在图书馆工作。刘叶父母是乌市高官，家庭条件好，对筒子楼深恶痛绝，说到处都是臭烘烘的。就激励夫君争取出国，家务活全揽，让夫君专心考托福。尚勃果真不负所望，拿到澳大利亚某大学全额奖学金，漂洋而去。刘叶自带儿子留守筒子楼。儿子尚潇五六岁，个高体壮，外貌酷似维吾尔族。刘叶洗澡也带他同去女浴室。我逗刘叶："你家尚潇可是狮山最幸福的男人哟！"刘叶是不懂玩笑的人，问："你找那么贤惠一个媳妇，就不幸福了？"我笑着说："那也不能与尚潇比嘛。狮山除了他，哪个男人能自由出入女浴室？"刘叶竟生气了："尚潇一个小娃娃，懂什么男人女人？"就找我媳妇告状，说我随便拿她儿子开玩笑。我对媳妇说："这个刘叶也太缺乏幽默感了。"媳妇也说："尚潇那么大个娃娃，刘叶都不想想这样对儿子会有什么影响？"让我带尚潇去男浴室洗澡。猪主席莉莉说："谢不谦马大哈，自己脸都洗不干净，能给人家尚潇洗澡？"就让夫君带尚潇去男浴室。两年后，刘叶带儿子去澳大利亚与夫君相聚。多年后，尚勃回国探亲，请筒子楼猪友相聚，席上，尚勃再三向莉莉夫妇道谢，说刘叶老在念叨，当年若没有他们相助，儿子尚潇洗澡都是严重问题。

迁出筒子楼，入住四合院，还是没有独立的卫生间，照样挤澡堂。某日中午，媳妇下班回来，兴高采烈地说，他们化学系在二楼男厕所弄了个简易淋浴，壁上挂个大铁皮桶，储存实验室制造蒸馏水产生的多余热水，箱底装上水龙头，同时可供三人淋浴。从此，只要里面无人或人少，媳妇就抽空跑回来叫我。常常还在蒙头睡懒觉，媳妇进门，不管三七二十一，掀开被盖，软硬兼施，迫我就范。有回下午，正伏案写作，媳妇又回来，连连说："赶紧赶紧，一会儿又有人了。"我说你把我灵感都打断了，媳妇笑着说："回来让你喝两口酒，什么灵感都有了嘛！"总之，不管我有情绪无情绪，乐不乐意，有事无事，都必须听媳妇指挥。后来竟然形成条件反射，只要看见媳妇上班时间急匆匆赶回家来，我就本能地反应："是不是又要去洗澡哟？"

2007年2月8日

# 洗衣记

　　我离家独立生活之前，衣服都是我妈洗，下乡插队后，无依无靠，才自己动手。乡下男人不干家务活，煮饭洗衣，女人全承包。记得我第一次去堰塘洗衣服，一群小娃娃就围过来看稀奇，拍着手唱："竹子长，我也长；长大了，结婆娘——"我一乐："娃娃晓得结婆娘干吗?"小娃娃齐声吼："结婆娘，洗衣裳——"我心里一亮：嘿，有道理！

　　但在没结婆娘之前，如诗人闻一多《洗衣歌》感慨："脏了的衣服你不得不洗，洗了的衣服还是得脏！"脏了洗，洗了脏，循环往复，周而复始，单调乏味，毫无创意，既费马达又费电。摸索试验，我发明了一种洗衣法，简便易行，事半功倍：把脏衣服用开水烫，泡上三四天，然后胡乱抹上肥皂，揉几揉，透去污水，不用拧干，挂在屋檐下的绳子上，夏季两三天，冬日四五天，自然干爽。上大学后，如法炮制。北京气候干燥，即使严冬，衣服三两天就干了，取下来，就是换洗衣服。将此法传授同学，也算大学四年干了件助人为乐的好事。

　　到狮山读研究生，与媳妇相识，第一次约会，我觉得头发乱鸡窝似的，很对不起观众，就去理了个偏分头，抹上发油，梳得倍儿光，然后换上最提劲打靶的新衣服，化纤布料的，风度翩翩去赴约，自我感觉良好。第二次约会前，化纤衣服已脏得不是一般般，就用开水烫，为赶时间，只泡了半天，然后抹上肥皂，使出浑身解数，猛揉猛搓——这在我的洗衣史上，还是破天荒。晾干之后，衣服却变了形，穿在身上，上下都是皱巴巴的，怎么也弄不平。媳妇看着我笑，笑得我浑身不自在，于是我解释说："可能是我揉搓的时候太用力了？"媳妇不置可否。晚上回到宿舍，我脱下皱巴巴的衣服，用开水烫，清水反复透，然后挂在窗台晾干，取下来一看，皱得更厉害，惨不忍睹。无计可施，就丢进垃圾坑，捡破烂的如获至宝。某次约会，媳妇突然问："咋好久不见你穿化纤衣服？"我说："皱成一团，当破烂丢了。"媳妇哈哈大笑，笑完之后才告诉我：第一，化纤衣服不能开水烫，一烫即皱；第二，熨斗可熨平褶皱。我问她："你为何不早告诉我？"媳妇笑道："我就是想看看，你到底能瓜到何种程度！"

　　这是媳妇最早教我的生活常识。婚后不久，媳妇对我进行启发式教育，说她好羡慕某某同事，换下来的衣服都是男人洗。我还未说"结婆娘，洗衣裳"的道理，她却抢先一步，要把我当成洗衣机。我古今中外旁征博引，得出结论："那个男人肯定有病！洗衣服本来就是女人干的活儿嘛！"媳妇竟不惜篡改最高指示："时代不同了，男女都一样，女同志能办到的，男同志也能办到！"我说："那也不是说洗衣服嘛！"媳妇反驳："那你为何要穿衣服？穿衣服就得洗衣服！"我这媳妇是"文革"培养出来的悍妇，我不和她一般见识："男子汉大丈夫，说洗就洗！"拖出大塑料盆，将脏衣服泡上。媳妇问："你准备什么时候洗？"我说："泡两三天再洗。"告诉她"谢氏洗衣法"，多快好省。媳妇却斥道："这哪里叫洗衣服？能洗干净吗？难怪你身上臭烘烘的！"命我把衣服端到楼下洗衣台，先示范表演，袖口、领口、胸口抹上肥皂，使劲揉使劲搓，然后说她去煮饭，把肥皂递给我，命我完成接力赛。

筒子楼邻居王老王恩，拱猪俱乐部最臭牌手之一，踅过来，笑着讽刺我说："吔，谢不谦，大老爷们还洗衣服啊？"我苦笑道："还不是被媳妇逼的？有什么办法嘛！"王老顿生怜悯同情之心，现身说法，献计献策："你要不想做家务活，又不让媳妇生气，而且她自己抢着做，唯一办法就是，以最诚恳的态度，把事情做得最糟！例如洗衣服，该搓的地方，坚决不搓，不该搓的地方，使劲搓，搓烂也在所不惜。"我将信将疑："管不管用哟？"王老自豪地一笑："我就是这么对付媳妇的，百试不爽！"我就把水管开到最大，刹那间，盆中沸腾，把我溅得浑身湿透。我奋不顾身，猛抹肥皂，搓啊揉啊，把一盆衣服变作一盆泡沫。媳妇来现场视察，竟感动万分，又是爱又是怜："你咋整成个落汤鸡哦！"检查盆中衣服，却惊叫起来："你这洗的什么衣服啊？肥皂用了大半块，胸口、袖口、领口还这么脏，等于没洗！"我诚恳地请战："我重新洗？"媳妇一挥手："去去去，去看着炉子上蒸的排骨！"当天晚上，媳妇就剥夺了我的洗衣权，家务活重新分工，发配我下厨房。

下厨房煮饭炒菜，比洗衣服有创造性，我很乐意。但饭后还要洗碗刷锅，很烦。我不露声色，继续采用王老战术。每回洗刷完，媳妇检查质量，都不满意："咋还是油汤滴水哦？"袖子一卷，重洗一过。后来，我只要收拾碗筷，媳妇就赶紧说："放下放下，你洗，等于没洗！"我这才感慨：王老战术，果真是偷懒耍滑逃避家务的法宝啊！

一年后，我们有了积蓄，逐步进入电器化时代。先是电冰箱，然后是洗衣机，而且是全自动。虽然还住在筒子楼，但洗衣服再不用下楼，把洗衣机从房间里推到楼道水槽边，接上水管，脏衣服往里一放，按下开关，自动洗涤自动脱干，取出晾晒即可，比我发明的"谢氏洗衣法"还多快好省。再后来，乔迁新居，三室一厅，洗衣机固定留守卫生间，就更省事，媳妇把洗衣机一开，就去看电视或卡拉OK，甚至进城逛商店，然后突然一个电话打到家里："不谦，把洗衣机里的衣服取出来，挂在阳台上！"

我却战斗在厨房第一线，烟熏火燎，二十年如一日，哪还有什么新鲜感？我就想换工种，与媳妇商量："我洗衣你煮饭？"媳妇说好，忙活半天，端上桌的菜不是太咸就是太淡，而且酸甜苦辣不成比例，连儿子都说："还是爸爸做的菜好吃。"连续数日，我实在忍受不了，只好重返灶台前线。我在锅碗瓢盆交响曲中，隐隐奇怪：媳妇原来是我师傅，一手好菜咋可能就退化到这般地步？怀疑她是故意，饭桌上问她："你是不是以最诚恳的态度，把事情做得最糟哦？"媳妇一听，眼泪都笑出来了："你也知道王老战术的厉害啊？"

我想起来了：原来，迁居江安花园后，回忆狮山筒子楼往事，感慨沧桑之际，我把王老战术当笑话说给媳妇听，说者无心听者有意，她竟活学活用，以其人之道还治其人之身，竟拿我当年对付她的战术来对付我！

2008年3月21日

# 书生炒股记

最近，听说股市疯涨，全国股民都赚欢了。前些日与狮山朋友聚会，听熊哥说，他有一朋友，竟把新装修的豪宅卖了，不惜租廉价房寄人篱下，孤注一掷，发誓要从股市赚回下半生的快活。其慷慨悲壮，令人肃然。媳妇不免有些动心："我们也去赌一把？"我威胁道："股市潮起潮落，凶险莫测，万一跌了呢？"媳妇不以为然："大家都说，明年奥运前，国家肯定会托市！"我笑道："全国人民赚得盆满钵满，奥运前皆鸣金凯旋，留下国家来当冤大头？鬼大哥才信！"媳妇貌似沉稳，其实心理很脆弱，拿得起放不下。我之所以竭力反对媳妇涉足股市，非我故作清高不能与时俱进，而是因为媳妇心理脆弱，患得患失；而我比她承受能力更差，赢也赢不得，输也输不得，一有风吹草动就连夜失眠，即使赚下万贯家财，宝马别墅，却落下个神经兮兮股市综合征，食不甘味，卧不安寝，欲求终南高卧东篱采菊而不可得，如古人东门黄犬华亭鹤唳之叹，何苦来哉！

且说当年，也就十五六年前，我家住东郊狮山"碉堡楼"，交通不便，通讯落后，与"市"隔绝。再加上我这个人不喜社交，消息闭塞，红庙子股市横空出世如日中天，我竟不知庙门朝哪个方向开。记得那也是个初夏，半夜改完博士论文，翌日怀揣书稿，骑车下山，去出版社找硕士同学陈舒平。到盐道街出版大楼，却见人去楼空，正在纳闷，舒平却从厕所冒出来。我急忙呈上书稿，舒平看也不看，单刀直入问："不谦，想不想赚钱？"我那时最是潦倒，连一万元集资建房款也凑不齐，就说："赚钱？做梦都在想啊！"舒平又问："你晓不晓得什么叫股票？"我笑道："你也太小觑我了！我再孤陋寡闻，股票是什么，我还是略知一二嘛！"舒平再问："那你晓不晓得什么叫炒股？"这我真还不晓得。舒平说："你来得正好，我正要去红庙子买股票，跟我去见识见识？"我就说"好"。舒平转身把书稿丢在办公桌上，然后快步下楼，骑上哐当哐当的破永久，领我东绕西拐，朝红庙子迤逦而来。

红庙子不是什么庙子，而是个十字路口。远远看见人山人海，水泄不通，把街道都压断了。好不容易挤进去，见夹道而立的男男女女，手里都拿着花花绿绿的纸飞飞。舒平指点着说："这就是股票。"然后问街边一位眼镜："你这亚细亚咋卖？"眼镜冷冷地说："一千五。"舒平故作心不在焉地说："你这是渣渣股。说个卖价？"讨价还价，最后以一千三百元成交。舒平从西装兜里抽出一叠伟人头，丢给眼镜，换过一张淡绿色的纸飞飞。一千三百元可非小数，据我所知，舒平月工资与我差不多，也就一百二三。十个月不吃不喝，就值这样一张纸飞飞？舒平却踌躇满志地说："等它涨了，就抛出去，差价就是我赚的钱，这就叫炒股。"

我把纸飞飞拿过来仔细端详，见上面印着一行字：成都国际亚细亚股份有限公司证券。猛然想起成灌公路旁边铁丝网圈了一大块地，荒草丛生，竖着个广告牌，好像就是这个"亚细亚"。八字还没见一撇，就发行股票？搞不懂。我问舒平："万一没人接招，这不成了一张废纸？”舒平笑道：“不可能。”我不解：“就像击鼓传花，最后总要落到一个人手上传不出去。”舒平拍拍我肩膀说：“读书人就是这个毛病，什么事情都喜欢钻牛角尖，结果钱都让那些没文化的粗人赚去了，自己还不服气，说什么脑体倒挂！”我知道舒平是在讽刺我，无可奈何一笑，跟着他往前面人群慢慢挤动。舒平一路上都在跟熟人打招呼，一会儿是多年不见的中学同学，一会儿是分隔多年的知青战友，连我也遇到几位宣汉老乡，问我“买了几手”，我摇摇头，指着舒平说：“我是跟他来开眼界长见识的。”

挤来挤去，挤得我浑身发热满头大汗，却见舒平正跟一位时髦女士讨价还价，最后女士甩出一千五百元，把他手中的“亚细亚”接了过去。我很兴奋：“吔，前后不到半个小时，竟赚了两百？”舒平点点头，潇洒地说：“比一个月工资还多啊！你看，多简单，多好耍！”然后总结炒股之三大乐趣：“第一是赚钱，第二是好耍，第三还可以会会多年不见的老朋友老熟人，何乐而不为呢？”耳听为虚，眼见属实，我不由得赞叹道：“有道理有道理。”

正说着，一个莽大汉挥舞着两三张白纸，边走边喊：“红光，红光！”舒平立马叫住那莽大汉：“嘿！红光，卖价？”莽大汉停住脚步：“一千五。”舒平也不讲价，抽出刚刚到手的一千五百元扔给大汉，换过一张白纸，铅印黑字，盖着个红疤疤公章。我很吃惊：“这像是张证明书什么的，也算股票？”舒平胸有成竹地说：“只要炒得起来的，就是股票。红光原来是家军工企业，现在转产彩电显像管，据说引进日本生产线，很快就要上马。我有一种预感，红光绝对猛涨。我劝你也买一手。”我倒是有些动心，但囊中羞涩，嘴上却说：“我得回去和媳妇商量商量。”舒平讽刺我说：“无非就千把元，你连这点经济决定权也没有？"我只得实话实说："我身上就一张大团结，还有几张毛票。"然后向舒平拱拱手："你且去转，我先打道回府？"

挤出红庙子，骑车杀回狮山。一路上，眼前尽是花花绿绿纸飞飞，挥之不去。回到家里，气也未歇，就把红庙子所见所闻如实道来，媳妇激动得两眼发亮："简直像神话啊！我们明天就把三千元定期全部取出来，去买股票？"我点点头，当机立断："机不可失，失不再来！我明天就去红庙子！"媳妇却说："你一个人带那么多现金，我不放心，万一遭贼娃子偷去，那不惨了？这样，我请一天假，陪你去。"我一皱眉头："儿子中午咋个办？"儿子正上小学二年级，家里不能没人。媳妇说："我明天就去把我妈接来？"翌日一早，兵分两路，我去银行取钱，媳妇乘车去都江堰，当晚即把岳母接来。没了后顾之忧，我和媳妇轻装上阵，比翼飞下狮山，直杀红庙子。那场面比前日还热闹还壮观，简直成了成都人民的盛大节日。

我们斜着身子，挤进人群，满眼皆是花花绿绿纸飞飞。我摸着挎包里的票子，心有不甘地说："一叠人民币，换一两张纸飞飞，心里总觉得不踏实。"媳妇责备道："全国人民都踏实，就你不踏实！"说着，顺口问旁边手持红光的人："卖价？"答曰："两千。"我心里一惊，拉过媳妇，激动地说："果如陈舒平预言，红光真的涨了！他前天买的一千五，仅两天工夫，就赚了五百啊！"媳妇果断决定："那就先买一手红光！"战斗令一下，我就四处搜索，突然觑见前面一个西装瘦高个儿，持着一张盖红疤疤的白纸飞飞，就三步并作两步挤上前去，正要拍那高个儿肩膀，媳妇一把拽住我，转身向后紧急撤退，弄得我丈二金刚摸不着头脑。我嗔道："你这什么意思啊？"媳妇埋怨说："你这个睁眼瞎！没认出那是陈舒平吗？你也太喜剧了！"我不觉莞尔："这股票搞得我头昏眼花，连同学都认不出来了。"目送陈舒平背影消失在人群中，我说："难道我把股票买来，也像陈舒平这样满街游行？"媳妇斥道："你这个死脑筋！不知就在街边找个空位，把股票拿在手里，自然会有人来买嘛！"我苦笑道："关键是我教的中文系学生，这几周大都在报社电视台实习，这个热闹地方，他们不来采访报道？学生那么多，我岂能认得完？万一撞见我也拿着一张盖红疤疤的白纸飞飞问他们'要不要，要不要'，多可笑，多难为情！"媳妇就自告奋勇说："你买，我卖！我才不怕难为情！"媳妇看看手表，说下午还得赶回狮山上班，临行前下死命令："晚上回来，我只要股票，不要人民币！"我信心百倍地说："保证完成任务！"

　　任务却未完成。三千元是我们的全部家底，换一两张纸飞飞，心里总是依依难舍。这不能怪我书生性格优柔寡断，古语云"长袖善舞，多钱善贾"，我连小康也算不上，智商中等偏下，岂敢一掷千金妄下赌注？旋到下午时分，红庙子人越聚越多，纸飞飞花色品种也越来越多，连三医院圆珠笔开出的收据，盖个红疤疤，油墨未干，也有人拿来当股票兜售，真把我弄糊涂了。冷眼旁观，却见叫卖的人多，接招的人少。钱毕竟不是纸啊！隐隐有一种不祥预感。转到天黑，我紧捂挎包，也未敢出手。快快骑车而回，一进家门，媳妇劈头就问："买的什么股票？"我说："什么也没买。我感觉非常不好。"媳妇就数落我："你这样前怕狼后怕虎，只有一辈子受穷！"我驳斥道："你没见红庙子下午那阵仗，我心虚得很，怕万一——"媳妇叹口气道："你这样前怕狼后怕虎，干得成什么大事哟！"然后悲歌慷慨道："明日周末，你留守家里，我一个人去红庙子！"

　　翌日早晨，媳妇正在梳妆打扮，尚未单刀赴会，就听邻居焦敏喊:"谢不谦,电话!"当年"碉堡楼"唯有焦敏家有电话,焦敏是个豪爽人,愿意无偿为大家提供方便,我就把他家电话号码留给同学朋友,以备万一。我闻声跑过去,拿起电话,是舒平急切的声音:"不谦,你买股票没有?"我说还没有,舒平长长舒口气:"我这就放心了!"然后叮嘱:"千万千万不能买啊!"舒平说,红庙子股市原是个怪胎,乱了人心乱了市场,市政府决定大刀阔斧整顿,甚至要取缔,消息尚未正式公布,已不胫而走,纸飞飞股票溃不成军,一泻千里,红庙子正乱成一锅粥。

我当即目瞪口呆,媳妇也后怕不已,半夜里还在连锁反应,口中喃喃:"幸好啊幸好……"我也辗转反侧:"幸好啊幸好啊!"相视而笑,莫逆于心,从此与股市绝缘。原因很简单,怕晚上失眠睡不好觉。即使金窝银窝,提心吊胆,就不是安乐窝。我们平凡夫妻,不奢望大紫大红,大富大贵,但求宁静而内心自足的生活。古今中外,人生本来就多姿多彩:钱多有钱多的活法,钱少有钱少的活法。仿古诗自赞曰:"日出而作,日入而息;授徒而饮,笔耕而食。股市于我何有哉!"

2007 年 5 月 14 日

# 给媳妇买礼物的故事

　　媳妇外地出差，都会给我买个礼物，开过光的佛像、观音挂坠、石雕猴子（我属猴）、香木珠手镯之类。也不管我喜欢与否，从来是自作主张。最搞笑的一次是从湖南张家界回来，居然买一张电脑制作的彩色条幅，上书"送给我亲爱的老公"，还得意扬扬挂在客厅最显眼处。我说："别人看见，会觉得很俗气很肉麻。"媳妇说："啥子俗气啥子肉麻？我们系同去的人都说，我这件礼物最有情调。"我一笑："你们化学系那些科学脑壳的情调，实在不敢恭维。你说这'老公'，纯粹是个市井称谓，我好歹也算是个知书识礼有些品位的人，不准你这么叫我！"媳妇说："哟，充高雅啊？我就要叫老公！"我就威胁："你若叫我老公，我就要叫你老母！""老母？"媳妇眼泪都笑出来了，连声说，"太难听太难听！"就把那张彩色条幅藏了起来。

　　我却从来不给媳妇买礼物。不是不想买，是媳妇不让买，说我审美没有观，我买东西，纯属浪费糟蹋人民币。记得婚前，我们游学到上海，逛南京路百货商场，给媳妇买了一件绿花花衣服。媳妇穿在身上，到处提劲打靶（吹牛）："我男朋友在上海南京路买的！"婚后，媳妇就剥夺了我的购物权，连我穿的衣裤鞋袜，也由她一手包揽。我说："那年我在上海买的绿花花衣服，你不是很喜欢吗？"媳妇一撇嘴："我是怕打击你的积极性！人人见了都说：是不是你男朋友在地摊上捡的哟？"

后来，我访学哈佛，归国之前，越洋电话请示媳妇："给你买个什么礼物？"媳妇犹豫半晌才下指令："买套美国时装。"千叮咛万嘱咐，款式、尺寸、颜色，不厌其烦，皆详细交代，生怕我给她弄回一套村姑行头似的。我就去波士顿各家商店，转悠半天，看中一款。又生怕买到国货，就反复检查，果真洋货，纽约制造。不敢擅自做主，不顾万里之外的狮山还是后半夜，即刻电话请示，向媳妇如此这般描述："你穿在身上，绝对洋盘绝对霸道！"媳妇半信半疑："是不是哟？"又问价格，我说："两百多美元。贵是贵了点，便宜无好货嘛！"媳妇睡眼朦胧之中，下达同意令。越过千山万水，回到狮山家中，急不可待地取出衣服，让媳妇穿上，正等待表扬，媳妇镜子前照一照，却说："咋个美国人跟你一样，审美莫得观哦？这身穿出去，人家不说我是疯婆子才怪！"我说："美国人本来就是疯婆子。你觉得好看的，那都是中国制造。我若买回来，你不骂我是瓜娃子？"我取出给儿子的礼物，钥匙链，五美元，在迪士尼乐园买的。媳妇反复观赏，说这个礼物买得最好。儿子放学回来，也很高兴，立刻挂在皮带上，出去炫耀。回家，满脸不高兴，把钥匙链扔在沙发上，说："爸，你让我在同学面前出好大洋相！你也不仔细看看，英文小字明明是Made in China！"媳妇指着我鼻子说："咋个遇到你这个瓜娃子哟！"我只有苦笑："我这真是浪费表情哦。"从此，媳妇对我彻底失去信任，说这么多年，我买得最好的礼物，还是谈恋爱时，我送给她的生日礼物——一本扉页题诗的影集。

前些年，学院组织海南双飞七日游，川大中文系第一次自己不掏腰包的集体出游。有几个老教师竟是生平第一次乘飞机御风而行，大家都玩得很兴奋。某日晚上，在兴隆，我与王红、亚丁、阿彤等人围坐在宾馆外草地上喝啤酒。得意忘形之际，竟把眼镜当空酒瓶扔在乱草丛中，下落至今不明。回来骗媳妇说是在船上看海里的鱼，被人挤掉，落到了海里。这样一路疯狂到最后一站，一家台商玉器店。本来就没有购物欲望，转了一圈准备走人，这时玉器店老板闪亮登场，听说我们是四川大学的，就说他祖籍也是成都，父亲是国军，随国民政府去了台湾，还拿腔拿调说了两句很别扭的川话，最后拿出一款玉镯，标价两万三，说是看在四川老乡情分上，只收七百，等于送我们。众人顿时来了情绪，但又不懂，生怕受骗上当。学院党委毛书记自诩是行家，以钻研学术的严谨态度，拿着玉镯子琢磨半天，说："是真的。"悄声对我嘀咕："同样的货，成都至少也要两三千。"竟一口气买了三只：一只给老妈，一只给老婆，一只给女儿。在他老人家带动下，其他老师也纷纷解囊。毛书记说："谢不谦，不给媳妇买个惊喜嘛？"我说媳妇不让我买。毛书记说："看你喝酒吃海鲜那么潇洒，给媳妇买个玉镯子却这般吝啬，不是好男人！"我说我钱也不够。王红当即将我一军："我借给你！"我也就来个将在外君令有所不受，选了一只。这竟然是婚后我未经申请独立自主而给媳妇买的第一件礼物。又找老板贴上原价标签，要送给媳妇一个万分惊喜。

回到成都家中，我取出玉镯给媳妇戴上，媳妇真的很惊喜。我问："喜欢不喜欢？"媳妇连连说："太喜欢太喜欢！"然后问："多少钱？"我指着盒子上标签，媳妇吓一大跳："两万三？ 这么贵！ 是捡到钱包了嗉？"我说："王红借我的。"媳妇一把取下玉镯，扔给我，冷冷地说："我不要！"我连忙改口："哄你的，实际买价只有三千。"媳妇还是说："我不要。谁要，你卖给谁去。"我只好老实交待："七百元。"媳妇这才喜笑颜开："这还差不多。"扬扬得意拿起玉镯戴上，至今还在腕上。

去年年底，媳妇参加全国化学奥赛筹备工作，听北大来的段教授讲了一个类似的真实故事：1990年代，北大化学系某老教授到香港开会，心想老伴一生节俭，从未戴过像样的首饰，就一咬牙，花五千元买个玉镯子，怕老伴嫌贵不肯要，回家就谎称买价三百元。老伴自然很高兴，戴在腕上，四处炫耀。某日老教授回家，老伴不无得意地说："我把玉镯子卖给了人家，五百元。赚了两百！"老教授不敢点穿，怕激发老伴的心脏病，口中喃喃："卖得好卖得好！"心里流血。我唏嘘不已："看来人还是要诚实，千万不能跟老婆说谎哟！"

2007年2月23日

118

# 三八节有感：夫妇有别

今天"三八"妇女节。早上起来，媳妇就开始乔装打扮涂脂抹粉，我讽刺她："徐娘已老，何苦来哉？"她就提醒我："别惹我生气？今天是我的节日！"说上午要去狮山新校区参加"运球"比赛，下午赶回来跟我共进晚餐，庆祝她的节日，然后上网参加歌咏晚会：妇女能顶半边天。我唯唯。她面对化妆镜，把自己整成《小二黑结婚》中的"老来俏"三仙姑后，还要加上现代元素，脚蹬一双耐克运动鞋，跟我飞吻："祝我节日快乐，拜拜？"我还没来得及还吻，她就蒸发了。这个世界，貌似男女平等，却阴阳颠倒。我越想越不是滋味，就写了这篇人生感想。

"文革"革了古今中外文化的命，把很多女中学生培养成悍妇，我媳妇就是其中杰出的代表，美其名曰"半边天"。结婚后，我忍受不了，想让半边天母夜叉转化成淑女型的贤妻良母，相夫教子，就推荐她读《红楼梦》。她没找到感觉，只记住林妹妹一句名言："但凡家庭之事，不是东风压了西风，就是西风压了东风。"而且付诸实践，仗着有几分姿色，想西风压倒我东风。今天说，她在菜市遇到一个女同学，提着一条大花鲢，得意扬扬说："回家叫男人给我烧酸菜鱼。"启发我向人家学习。我回答："我不是厨师。"明天又说，有一个男同事，回家就抢着洗衣服，要我见贤思齐。我回答："我不是洗衣机。"媳妇瞪着眯眯眼，哼哼道："那你为什么要结婚啊？"我大惑不解："难道男人结婚，就是为了给老婆烧酸菜鱼洗衣服？"媳妇说："我喜欢这样的男人。"我理直气壮反驳道："那你为什么不去嫁给厨师或洗衣机？"

媳妇学理科，情商不高智商高，见硬攻不行，就采取迂回战术，找些莫名其妙的文件让我学习。有一天，她翻开《家庭》杂志让我看：一个女人需要三个丈夫，谈情说爱的丈夫（德），挣钱的丈夫（智），做家务活的丈夫（体）。我年轻气盛，最瞧不起这种"三位一体"女兮兮的假男人，当即予以反击："一个男人需要多少个老婆，你知道吗？"媳妇哼哼道："不就封建社会三妻四妾吗？"我说："韩信点兵，多多益善。"把她吓一大跳，双手掐我："你们男人好坏！"我笑道："不是男人好坏，是这个世界上，既没有完美的男人，也没有完美的女人。"媳妇脸一沉，疑神疑鬼："我哪一点不好？"我斥道："你想破坏婚姻法，一妻三夫，能叫好女人？"媳妇辩解说："我是为你好，想让你德智体全面发展嘛。"

我学文科，智商不高情商高，就给她普及马克思主义，说人的全面发展，只有共产主义社会才可能实现，私有制消灭了，家庭也消亡了，还争论谁做家务活？媳妇却很现实："那关键是现在，共产主义社会还没到来，一大堆家务活，比如煮饭洗衣服，谁做啊？"我引先圣孟夫子道："夫妇有别。"说男主外，女主内，扬长避短，优势互补，才是夫妻平等之义。媳妇斥道："封建思想！我不干！"她根本不懂"夫妇有别"的道理，是考虑到女性生理心理特点，若在外面跟男性平等竞争，既劳心，又劳力，回家还要带娃娃，身心折磨，吃亏的是女性：青春折旧率太高。连黑社会都懂这个道理：男人去抢银行，女人在家里数钱。媳妇年轻气盛，心高气傲："让你的大男子主义见鬼去吧！"一剑封我喉："我相夫教子，你能养活我吗？"我当然不能。最后达成妥协，夫妻分工：我当厨师，她当洗衣机。没过多久，托改革开放之福，经济条件有所改善，鸟枪换炮，请回电冰箱，请回洗衣机，她就金蝉脱壳，晾衣收衣而已；而我，早已年过半百，至今未能解脱，天天围着锅边转。

却说上月某日，我去华西医院给正在化疗的朋友刘大侠送饭。刘大侠笑嘻嘻说："你今天好像抹了发油？"我很吃惊："你看走眼了吧？我从来不烫头不美发，怎可能抹什么发油？"刘大侠很天真地问："那你头发为什么油光水滑的？"我说："天天围着锅边转，油烟子熏的嘛。"陪护的王同学笑着说："刘老师，你好瓜！我都看出来了，谢老师不是抹发油，是好久没洗头了。"刘大侠"哦"一声，转移话题："你前年不是'鬼剃头'吗？怎么头发又茁壮成长起来了？"我说："天天被锅里挥发出来的菜油分子滋润，头发怎能不茁壮成长？"刘大侠却摸自己的头，哀叹道："才第二个疗程，我的头发就开始掉了。"我安慰他："干脆把头发剃光，来一个'红太阳光辉照全球'？"他却怀念起"大海航行靠舵手"式的波浪型："好酷啊！"把王同学笑惨了。

回家向媳妇汇报："刘大侠被化疗整得老眼昏花，居然以为我抹了发油！"本想触动媳妇的笑神经，却冒犯了她的虚荣心，凶神恶煞地喝道："叫你昨天洗澡，为什么没洗？"我发誓道："我向毛主席他老人家保证，瓜娃子没洗澡！"媳妇穷追猛打："为什么没洗头？"我说天气太冷，神经短路，想速战速决，结果欲速而不达，忘了。她就攻其一点，不计其余，把我骂得狗血喷头，说我这辈子枉为男人，把她的脸都丢尽了！居然把我当成她的面子工程形象工程。不由分说，叫我立马去洗头，改头换面，重新做人。我的自尊心被严重伤害，严词拒绝："你想得美！"把媳妇气得双脚跳，指我鼻子斥道："我都是被你气老的！"

这是什么女权主义的霸道逻辑啊？青春不可能永驻，人由衰而老，是不以人的意志为转移的自然规律，怎么可能是被我气的？跟媳妇摆事实讲道理："要不是我天天围着锅边转，被油烟子熏得满脸沧桑满头油光的就是你！老妖婆一个，今天还能在网上歌厅装年轻冒充大姐大？"媳妇高校教师知识女性，还是懂道理的，换位一思考，转怒为喜："硬是的哈？"说这么多年来，我不惜毁自己的容，而降低她的青春折旧率，让她很感动。咿咿呀呀抒情道："不谦，我们这辈子，好幸福！"我笑道："不是我们，是你比我幸福。"媳妇莫名其妙："为什么啊？"我说："你的配偶比我的配偶富有自我牺牲精神嘛！"媳妇一愣，随即把眼泪花花都笑出来了。

却说今天临近半夜，我去现场拍摄晚会实况，媳妇关掉视频，回头斥道："讨厌！"我说继续啊，媳妇打开视频，节日晚会继续进行，该媳妇接麦了，我笑道："你唱啊？"媳妇唱道："我骑在马上箭一样地飞翔……"已老徐娘，快退休了，却不知今夕何夕，还幻想着"白马王子"，把我笑惨了。我插科打诨道："我是一匹大巴山驽马，全残废，飞不起来了。"媳妇不理我，骑马飞呀飞呀，也不知想飞到什么地方。

2012年3月8日

# 现代体验：唯女子与小人为难养也

中国人不擅形而上，孔子也不是哲学家，他老人家所说的大多是经验之谈，如云"唯女子与小人为难养也。近之则不逊，远之则怨"，简直说到我心坎里去了。

媳妇却愤愤然："谁要你养了？你养得起吗？你那个孔老二胡说八道，就该被打倒！"媳妇是"文革"中学生，会唱"叛徒林彪孔老二，都是坏东西"，说当年批林批孔，全班女生集中火力，批的就是这句话。我说："你们那叫胡批！人家孔子说的'难养'，不是养二奶那个'养'，而是说难将就。你不是这样吗？"媳妇不以为然，列举一大串朋友同学，在家里动不动就要闹罢工闹绝食，反问道："哪个不比我难将就？"我笑道："这不恰恰证明孔子说的是大实话吗？"媳妇又问："那小人又是谁？"我不敢联系实际，说"小人"是小孩，是独生子女。我若说儿子难将就，媳妇一定指着我鼻子问："你不将就儿子你将就谁？"我老老实实按照传统解释，说"小人"指仆人保姆。媳妇更不干了，说："我一天到晚忙里忙外，当你的仆人保姆，还落下什么'不逊'啊'怨'啊？""文革"培养起来的典型"悍妇"，一点道理也不讲。

却说媳妇有个毛病，讲究太多。我晚上或读书或写博客，常至深夜，摸黑上床，媳妇就喝令："脸也不洗脚也不洗，睡沙发去！"我说："我一天未出门，浑身一尘不染，洗什么脸脚嘛！"媳妇绝不通融。我人困马乏，黑云压城，眼皮打架，不想再去卫生间折腾，就赌气回书房睡沙发。我这才发现睡沙发的好处：不用洗脸洗脚，倒头即睡，干净利落。感叹前半辈子活得好拘谨！一连睡了几天沙发，鼾声如雷，好梦联翩。媳妇就疑神疑鬼，问我是不是讨厌她，宁睡沙发，也不与她同床共枕。这难道不叫"远之则怨"？

为了不让媳妇沦为"怨妇"，我就煞费苦心，利用博客讨好她——这算我的一大发明吧？我把所有女性优秀基因全用鼠标复制过来，粘贴在媳妇身上，咋能不光彩照人？媳妇竟自鸣得意，早上起来，第一件事不是洗脸刷牙，而是审读我的博客，但见有损她"伟光正"形象的文字，辄命我删去。后来，她竟得寸进尺，指斥我审美没有观，博客版面比我脸面还难看，命我立即整容。但一换再换，都不合她意，竟亲自坐镇，钦点一片"绿叶"，说："这个模板多雅致，一看就很有品位！"不容商议，就实施了整容术。其实也不怎样。趁她外出，我自己另选脸谱，她一回家，发现花容失色，命我立即改回去。我据理力争："这又不是你的博客！"她竟引《婚姻法》说："我们婚后所有财产，包括你的版权你的博客，都是夫妻共有！"这难道不叫"近之则不逊"？

年过半百，终于想通男婚女嫁组成家庭的道理：女人嫁给男人，就是找个能将就她的男人；男人爱一个女人，也就是能将就这个女人。总而言之，不能将就女人的男人，不是好男人；男人不乐意将就的女人，是不幸福的女人。关键问题是，我家这个媳妇，幸福过了头，不是一般的难将就。我把买菜煮饭等家务全承包了，她却横挑鼻子竖挑眼，见我买的菜总是埋怨："你买的什么菜哟？这么老！"我幽默她："总比你年轻！"媳妇竟想到一边去了："你是不是嫌我老了？"我笑道："天啊！莴笋白菜，最多半岁，你能跟人家比？怎么是我嫌你老？"

　　于是心里恍然若有所悟：孔子之所以周游列国，与媳妇两地分居，是因为孔夫人比我媳妇还难将就啊！而且，他不是很爱媳妇，夫妻关系比较紧张，想离婚而又不能。孔子的郁闷，我深有体会，老夫子实在想找人倾吐，却在课堂上冷不丁冒出这句牢骚话。孔门弟子大多是未婚青年，不知夫妻间的奥妙，误以为是老夫子谆谆教诲，微言大义，赶紧刻在竹简上，流传后世，竟成名言。有打油诗为证：孔门弟子瓜兮兮，误把牢骚当格言。妇女翻身闹解放，一脚踢飞孔家店！

2008 年 1 月 5 日

# 世界上歌唱得最好的蜜蜂

　　这个世界上，会唱歌的鸟雀昆虫多得很，如百灵、夜莺、蟋蟀、蚱蜢等，但我印象最深的是蟋蟀。记得上小学的时候，老师就讲过这个外国寓言：蚂蚁勤恳爱劳动，蟋蟀却贪玩好耍，整天唱歌，从夏天唱到秋天，从秋天唱到冬天，最后冻饿而死。结论放之古今中外而皆准："小时候贪玩好耍，长大了就不好耍！"要我们向蚂蚁学习。

　　光阴荏苒，日月如梭。今年暑假，我们不仅早已长大，而且老之将至，行将退出历史舞台。媳妇未雨绸缪，为自己先留退路，开通网上歌厅，要我为她起一个"艺名"。我先想起小时候的学习榜样："蚂蚁？"她斥道："蚂蚁会唱歌吗？"又想起为艺术献身的歌唱家："蟋蟀？"媳妇很迷信，说："蟋蟀冻饿而死，太不吉利。"问我："蜜蜂，怎样？"我笑道："蜜蜂会唱歌吗？"媳妇说："怎么不会唱？"背诵小学课文："小蜜蜂，嗡嗡嗡……"把我笑惨了："那能叫唱歌吗？翅膀振动的声音，而已还要罢了。"她却振振有词："艺术家演奏钢琴小提琴，手指滑动或颤动，不就像蜜蜂振动翅膀吗？振动出声波，只要赏心悦耳，就是唱歌！"她把我当乐盲，连声乐器乐也分辨不清，不管我是否接受，就悍然摇身一变，变成了网上唱歌的蜜蜂。

　　有一天晚上，雨后暴热，我赤膊上阵，在网上写博客，隐隐听到媳妇在楼上咿呀咿呀唱："请你吃个哈密瓜……"我心想："人家吃了你的哈密瓜，就跟我一样，变成哈儿瓜娃子！"一会儿又听见杀猪也似的超级女高音："我想去西藏，我想去西藏，我是一只温柔的绵羊……"太假了！我曾多次提议去西藏一游，欣赏高原风光，都被她否决，说高原反应好恐怖。现在却在网上装酷，貌似对西藏一往情深，还娇滴滴作"羊羔体"：咩～咩～咩～最喜剧的是，拿腔拿调，以变声川普自报家门："我是巴山蜀水飞来的蜜蜂，现在上麦……"太肉麻了！我实在忍无可忍，冲上楼，实话实说："半百老太太学二八佳人，变态！"她不以为耻，反以为荣，哼哼道："你懂不起！"说这叫"美声"，网上歌厅流行腔。

　　我搞不懂：官场说话要打官腔，难道网上唱歌也得打"网腔"？媳妇却讽刺我说："看你被挂在'超星图书馆'网上的演讲视频，不也一样国语蜀语双语交错开黄腔吗？入乡随俗，走到哪座山唱哪座山的歌，你懂吗？"这个问题太复杂，非三言两语能澄清，剪不断理还乱，我主动宣布缴械投降："新生活，各管各？"媳妇说："一言为定？"从此，我博我客，她型她秀，楼上楼下，同在互联网，同顶一片蓝天，却互不干扰，各得其所。

　　却说有一天，风云突变，媳妇神情沮丧，说不想在网上唱歌了。我很奇怪："这是为何？"媳妇很悲观地说："人家说我唱得不好。"我问："人家是谁？"她说："音乐学院的老师，还有专业歌手。"我笑道："你真是初生牛犊不畏虎，竟敢跑到人家鲁班门前要锯子弄斧头！"说古今中外，皆物以类聚，人以群分。你就一只蜜蜂，怎能不自量力，去跟百灵、夜莺、蟋蟀、蚱蜢比赛歌喉？这不是自讨没趣吗？

现身说法，就像我写博客，自娱自乐，孔子所谓"为己之学"，却不知天高地厚，去跟专业写手、职业作家竞争"鲁迅文学奖"，不是贻笑大方自取其辱吗？告诉媳妇说这个世界上歌比蜜蜂唱得难听的动物多的是，比如鸡咯咯、鸭嘎嘎、猫喵喵、狗汪汪，等等，要是去那里发展，绝对震翻一大片！

媳妇一笑，从善如流，当天就去网上歌厅寻找，上穷碧落下黄泉，众里寻他千百度，蓦然回首，终于找到成就感，如鱼得水，左右逢源，纷纷邀请她加入，还被多个歌厅聘为"管理员"。据我所知，管理员就是网上虚拟空间割据一方的小诸侯。我勉励媳妇道："你终于名副其实，不鸣则已，一鸣惊人了？"媳妇一点也不谦虚，跟我交流人生成功秘诀："宁为鸡头，不为凤尾；宁为猫头，不为虎后。"令我感叹："啊！太深刻了！"她备受鼓舞，再接再厉，要给我更大的惊喜。

暑假开学后，媳妇一改过去满天飞的习惯，两点一线，从江安花园直飞狮山，上完课，又从狮山直飞回家，云游网上虚拟空间，诸侯割据，百家争鸣，她就像孔子一样，周游列国，合则留，不合则去。这个歌厅唱"请你吃个哈密瓜"，那个歌厅也唱"请你吃个哈密瓜"，广结善缘，四海之内皆兄弟也，全世界无产者联合起来，所到之处，备受欢迎，甚至允许她"一国两制"，多重国籍。她原来有"退休恐惧症"，退休后无所事事，不好耍，现在却天天打退堂鼓："好想早点退休哦！"我笑道："然后到处请人吃哈密瓜？"

却说有一天，我应邀去某市级机关演讲"国学"回来，忘带门钥匙，听见媳妇在楼上唱："这里的人们最好客，带你走进绿色的家，请你吃个哈密瓜……"按门铃，没反应。把我惹毛了，也顾不得绅士风度，在门外楼下仰天咆哮："我也要吃哈密瓜！"咆哮半天，她才向窗外探头探脑，斥道："你发什么猫儿疯？"还有一次，她的顶头上司、学院小汪书记电话找她，说有急事。我拿着子机噔噔噔跑上楼："小汪书记电话，十万火急！"她竟置若罔闻，头也不回，貌似古代"上不臣天子，下不事诸侯"的游方外之士，继续高歌猛进："我要去西藏，我要去西藏……"我只好对小汪书记表示歉意，说："等她从西藏神游回来，再给你打过去？"小汪书记哈哈笑道："这样走火入魔，是不是被邪教鬼迷心窍了啊？"

今年中秋，成都阴雨绵绵，无月可赏。我在楼下看书，媳妇在楼上唱歌，一如既往，去西藏后，又请人家吃哈密瓜，将近半夜还精神亢奋，意犹未尽。有个广东网友问："这么晚了，不怕影响周围邻居？"媳妇说家住农村，周围田野，影响不到任何人。网友感叹："难怪说四川天府之国，连农村妹妹都这么歌美人美！"把媳妇笑惨了，噔噔跑下楼来，质问我："你还嫌我老？"我说："那个网友八十老翁吧？"媳妇斥道："人家比你年轻！"我笑道："这家伙是不是喝醉酒，看走了眼？"媳妇跟我透露了一个惊天的秘密，说网上视频能把人变得貌似年轻。我很好奇："这样神奇的高科技，莫非就是《红楼梦》中的"风月宝鉴"？我也去网上唱一个，变成个农村帅哥？"媳妇呸道："你烂眉烂眼鸭子喉咙，把网友全吓跑了！"我恳求道："只唱一首？"想扫荡网上装腔作势伪美声，就点唱著名红色摇滚《我们走在大路上》："我们走在大路上，意气风发斗志昂扬。毛主席领导革命的队伍，披荆斩棘奔向前方。向前进，向前进，革命气势不可阻挡……"但我在网上吼唱的歌词，却是当年插队在我老家大巴山区的重庆知青的篡改版："我们走在大路上，迎面走来一群姑娘。有的瘦得皮包骨，有的病得脸发黄。瞧不起，看不上，回到山城找个好姑娘……"

媳妇连声斥道："流氓！流氓！"我笑道："我是流氓我怕谁！看看你的网友怎么评价？"媳妇却说："没评价。"我说："不可能！"媳妇笑嘻嘻说："你唱歌的时候我把声频视频都关闭了。"就像天涯社区屏蔽我的博文，让我浪费表情，把我气惨了，吼道："你越老越霸道，比希特勒的法西斯中央宣传部还霸道！"媳妇迫于我的舆论压力，把声频视频重新打开，说："再唱一个？"我兴致全无，说："这辈子都不想唱了！"

今天，媳妇得意忘形，貌似彩票中了头彩，说有个网友回帖，说她是"世界上歌唱得最好的蜜蜂"。我笑道："这是讽刺你吧？"媳妇哼哼道："你羡慕而忌妒！"我说："我早就获得过这种殊荣，凭什么羡慕你忌妒你？"那是前年，有个央视名嘴哗众取宠，迎合现代社会"三俗"，说司马相如与卓文君，才子佳人不般配，原来是骗财骗色。把我肺都气炸了，卓文君是我们成都的名片，比名导张艺谋"一座来了就不想走的城市"的空头支票更具文化魅力，有韦庄词为证："垆边人似月，皓腕凝霜雪。未老莫还乡，还乡须断肠。"我愤怒之后，化名"川大藏獒"，嬉笑怒骂之：汪汪汪！有网友赞我："汪汪汪！世界上文章写得最好的狗狗！"我问媳妇："你以为是夸我呢，还是讽刺我呢？"

2010年11月19日

# 鱼相忘于江湖，人相忘于网上

媳妇本姓钱，也最爱钱；我是个"妻管严"，唯媳妇之命是听，家里家外，一切向钱看。妇唱夫随，貌似幸福和谐，其实活得很累很假。年过半百，才看穿看透：这人生，好大个男女关系嘛。想换个活法，就在天涯社区开博，不为名不为利，只图找回被异化的自我。却如鱼得水，乐在其中，一天不上网，心里就发慌。媳妇怀疑我中了邪，我笑道："子非鱼，安知鱼之乐也?"她却临渊羡鱼："博客真那么好耍?"我想拖她下水，就在天涯社区为她注册中西合璧的网名"谢钱一鸣"，要夫妻同乐，如鱼相忘于江湖。谢钱一鸣却斥道："变态!"

万万没想到，她比我更变态。今年暑假，媳妇开通网上歌厅，唱歌的电脑，是儿子淘汰下来的已有七年工龄的老牛破车，网速很慢。她却毫不在乎，如列子神仙飞人，御风而行，泠然善也，一会儿去西藏，一会儿去新疆，以歌会友，貌似四海之内皆兄弟姐妹也。日近黄昏，夕阳西下，鸡栖于埘，羊牛下来，有诗为证："山气日夕佳，飞鸟相与还。"歌友纷纷下网，媳妇却乐不思蜀，还在咿咿呀呀唱："我要去西藏——"歌友问："你不去做饭?"媳妇答道："有人在做。"歌友感慨："你好幸福!"

媳妇在网上无限幸福，我在锅边有限忙碌，把饭菜做好，恭恭敬敬端上餐桌，千呼万唤，她还在网上发神经："我要去西藏……"把我惹毛了，是可忍也，孰不可忍？发出最后通牒："饿死人了！"面对我精心炮制的人间烟火，她却发布两道懿旨：第一，今后周末，一天只吃两餐，以节省时间；第二，饭菜不要做得太好吃，以免吃得太多。我以为她想饿身材，好在网上装年轻、秀窈窕，笑道："年过半百，何苦来哉？"她却豪迈地回答："我乐意！"我说："你乐意，我不乐意！"发表声明：不喜欢白骨精瘦老太太！媳妇这才解释说："吃得太饱了，歌都唱不动。"原来是为唱歌。我笑道："难道你想当饥饿艺术家？"借卡夫卡小说讽刺她变态，把绝食当艺术，她却说："饿唱才能唱出'最给力状态'。"我问："那为什么我们朋友聚会，都是酒足饭饱后才去卡拉OK呢？"她很不屑地说："那不是唱歌，是娱乐，是发泄。"原来，她在网上唱歌，不是娱乐，而是艺术，为艺术而艺术。

我不敢抗命，只有舍命陪老婆，从此粗茶淡饭，周末两餐，随便将就。媳妇貌似个女颜回，一箪食，一瓢饮，人也不堪其忧，她却不改其乐。孔子喟然而叹："贤哉回也！"我却喟然而叹："怪哉媳妇也！"媳妇不以为怪，莞尔一笑："你懂不起！"炫耀说网上有好几家歌厅请她去"主麦"呢。我以为"主麦"就是"主唱"，类似大学精品课程的"主讲教师"，医院外科手术的"主刀医生"，顿时心生敬畏，对媳妇崇拜得五体投地。

却说有个周末晚上，草草吃完剩菜剩饭，按照革命分工，本来该媳妇洗碗，我竟神经短路，瓜兮兮说："你去'主麦'吧，我来洗碗？"要成就她"为艺术而艺术"的伟大事业。媳妇笑嘻了："不谦，我这辈子好幸福!"欣然而往。我洗完碗,看了一会儿"之乎者也"书,突发奇想:何不把媳妇"主麦"实况录制下来,挂在网上,让大家看看50后的夕阳是怎样红的?但一到现场,却笑翻了。

原来,媳妇提劲打靶的所谓"主麦",不是什么"主唱",而是类似小学值日生,代偷懒的班主任点名:"请××接麦!"等歌友唱完后,说:"请大家给她送小红花!"我一边拍照一边笑:"太喜剧了!小学值日生干的事情,你也感觉无限风光?"媳妇回过头,瞪着眯眯眼斥道:"总比你自封的猫主席风光!"我笑嘻嘻对媳妇说:"歌厅请你当'主麦',给你多少钱?"她瞪我一眼:"你在'天涯'玩博客,难道是为钱?"说网上歌友,东西南北素昧平生,或为她怪腔怪调的川普正音,或教她咏叹时怎样换气,或在千里之外帮她调试声频,都不为钱,只为快乐好耍。我问媳妇:"这些歌友姓甚名谁,都在哪里发财?"媳妇说:"谁知道啊?"我不由感叹:这就是超功利的人生境界。想起庄子云:"泉涸,鱼相与处于陆,相濡以沫,相呴以湿,不如相忘于江湖。"人相与处于现实的功利人生中,互相利用互相折磨,却能相忘于网上?

却说昨天圣诞节,午饭后,我要去望江校区,跟两位博士生谈论文,媳妇却提出要求:"早点回家做晚饭?"说有家"军人风采"歌厅最近任命她为"校官"级"主麦",今晚要随"将军"们去其他歌厅友好演出,庆祝圣诞。我讽刺她:"你又不是基督徒,圣诞关你什么事啊?"媳妇却振振有词:"很多歌舞明星不是中共党员,一样在舞台上庆祝建党节;难道我不是基督徒,就不能过圣诞?"貌似很有道理。结果,我这个中共党员,跟博士生谈完论文,去餐厅喝酒,共祝"圣诞快乐",电话非党员非基督徒的媳妇:"你泡快餐面凑合吃?"媳妇告诫:"不准喝酒!"将在外君令有所不受,等我飘飘然打的回到家,圣诞晚会已临近尾声,没一点神秘的宗教气氛,倒像是个热闹的山寨版"春晚"。

酒不醉人人自醉,醉眼朦胧之中,我见青山多妩媚,料青山见我应如是,竟情不自禁大叫一声:"谢钱一鸣,你我比年轻的时候还年轻!"谢钱一鸣却不理我,只顾用怪腔怪调的川普,答谢网上歌友:"谢谢大家的小红花,谢谢大家的鼓励!"

2010 年 12 月 26 日

# 我家的"足球流氓"

　　媳妇平时说话柔声柔气，貌似很淑女，但自从世界杯开幕，只要坐在电视前，就完全变了个人，一会儿惊抓抓叫"太×气人了"，一会儿跳起来吼"狗×的"。我实在忍受不了这种语言暴力，冲出书房吼道："人家外国踢球，关你屁事！"她却瞪着豹子眼，回敬一句："你懂个屁！"继续看世界杯，继续发飙。

　　儿子一回家，她就逮住儿子讨论世界杯，说她好想韩国队被踩扁。我笑道："人家韩国队又没惹你，为什么这样咒人家？太好笑了吧？"媳妇却不屑地说："你才好笑！"幸好她只在家里收看，若到现场观战，动辄就是粗话，泼妇骂街似的，绝对被人当作"足球流氓"。

　　我从来不看足球，看不出所以然，不知足球何以能颠倒乾坤。记得好多年前还住狮山的时候，亚洲杯还是世界杯，不知道；只知道韩国队踢了个第一，据说是裁判偏心，故意吹黑哨，把媳妇气惨了，义愤都填到膺里去了，却对我吼道："韩国太不要脸了！"我笑道："我又不是韩国！"劝她赶紧息怒，上床睡觉，她却迁怒于我："你睡沙发去！"好像是我吹的黑哨，简直不可理喻。

　　第二天，我睡沙发起来，去学校上课，在文科楼前遇到教研室主任刘大侠，他问我："你班上有没有韩国留学生?"我说："好像有一个?"他就以不容商议的口气命令："给他不及格!"我莫名其妙："为什么嘛?"刘大侠愤愤然道："韩国太无耻了!"我笑道："这跟人家韩国留学生有什么关系嘛!"他就威胁我："那我们从此断交!"我不可能为个足球，把自己搞得内外交困，就找到韩国留学生，说明原委。现在还记得那位韩国留学生可怜兮兮地说："谢老师，你们中国有那么多第一，像一个巨大的存在，压在我们韩国头上。我们现在好不容易得了个第一，还是踢足球，你就不能同情同情我们?"如实向刘大侠汇报，他貌似怒气已消，挥挥手，笑嘻嘻说："这次暂且放他一马。"我至今闹不明白：中国足球那么臭，为什么中国真假球迷却同仇敌忾，跟人家韩国过不去?

却说昨天晚上，媳妇在楼上看世界杯，我在楼下书房上网，新生活，各玩各。来了两个学生，我请她们到客厅，天南海北，说的都是很严肃的话题，学习、人生、社会，等等。学生正听我议论滔滔，楼上却突然飘来歌声，庆祝胜利的歌声，越飘越近，竟飘下楼来，学生猛吃一惊，回头去看。当然不用我介绍，学生也知道，哼着歌儿飘然而下的准老太太，只可能是这里的女主人。她为足球而狂，学生却不知道。我斥媳妇道："你也太颠花了!"媳妇笑道："我不晓得你们在下面嘛!"赶紧转身，哼着歌儿回楼上。学生相视一笑，赞叹道："钱老师看起来好像比照片上还年轻?"她们不知道，钱老师这几天看世界杯，得意忘形，老还小，看起来怎不比照片上年轻?

2010年6月14日

# 我想成为真球迷

　　昨天下午，川大"犀利哥"刘大侠电话我，说找我媳妇钱老师。我问："干吗？"他笑嘻嘻说："侃足球。"我说她不在，他就很失望，责问我："你为啥不看足球？"我说："看不懂。"他就鼓励我："可以学习嘛！"然后循循善诱："足球好好看哟，真神奇啊！"说巴西马拉多纳"上帝之手"之神，英国贝克汉姆"贝氏弧线"之奇，竟自我陶醉起来："哇塞！啊啊，太神奇！"见我半天没反应，说声"没劲"，叹息一声，把电话压了。

　　媳妇钱老师回家，我向她汇报，说刘大侠好瓜哟，明明晓得我从不看足球，却在电话上跟我浪费表情。媳妇却讽刺我说："你才瓜！现在哪个正常人不看足球？"貌似很有道理。最近几天，天下正常人都为足球而狂，众人皆醉而我独醒，是有点不正常，就说："今天晚上我也来学看一场足球，变成个正常人？"把媳妇高兴惨了，赶紧打开电视，日本迎战荷兰。

　　我眼睛近视，坐在沙发上，只见屏幕上白影点点，红影点点，除非近距离特写镜头，否则不辨雌雄。媳妇说："把眼镜戴起嘛！"我说眼镜放在车上，懒得去取。突然想起前年买过一部军用望远镜，不知放在哪里。媳妇笑道："望远镜看电视，太夸张了吧？"就自告奋勇跑去停车场，把眼镜取来，让我戴上，问道："看得清楚不？"看得很清楚，却看不出什么奥妙。媳妇就给我普及足球常识，我问一，她就举一反三，不厌其烦。结婚这么多年，她好不容易逮住这个给我上课的机会，想把我迅速培养成球迷，夫妻之间好像才有共同语言。我当然不能辜负媳妇的一片苦心，专心听讲，虚心请教，慢慢能看出一点门道来："好像守门员最重要？"说好几个球眼看要射门而入，都被守门员拦截，只要守门员把好关，就能一夫当关万夫莫开。媳妇却指出："这样的守门员，还没生下来。"

却说球赛才开始，媳妇就明确表明倾向性："把日本踩扁！"日本射门不中，她就幸灾乐祸："该背时！"荷兰射门不中，她就扼腕叹息："好可惜！"不仅对日本，包括对韩国朝鲜，她好像都这种态度。身为亚洲人，却为欧洲喝彩，也不知道这是为哪般。如果说我们跟日本有世仇，那韩国呢？人家又没惹我们。反而是荷兰，历史上还侵占过我们的台湾呢！我就故意气她："把荷兰踩扁！"媳妇却斩钉截铁地说："绝不可能！"说日本跟荷兰根本就不在一个档次，必输无疑。我说："比赛才开始，就知道了结果，那还有什么看头？"媳妇说看足球不是看结果，是看过程，给我分析带球传球过程，但半天没进一个球，不刺激，我就有些兴味索然，想站起来走人。媳妇诚恳挽留道："足球都这样，上半场都打得比较保守，精彩在下半场。"

下半场好像也不见精彩，满场嗡嗡塞啦的噪音，把人都整晕了，就想去书房上网，耳根清净一下。刚坐在电脑前，就听见媳妇大叫一声："好！进啦！"不用问，肯定是荷兰进了。我赶紧回到电视前，又看见荷兰射门，喝彩道："好家伙，又进了一个！"却把媳妇笑翻了，说："瓜娃子，那是刚才射门的回放。"然后为荷兰加油："踩扁日本!"日本好像被惹毛了，攻势越来越猛，连我这个刚刚被扫盲的初级观众都看出了精彩，媳妇却念念有词："快点结束！快点结束！"我莫名其妙："为什么嘛?"媳妇激动地说："现在结束的话，日本就死定了！"我笑道："你这很像是在体会借刀杀人的快乐，哪里是看什么足球比赛?"她却哼哼道："你不懂！"眼睛盯着电视，嘴里开始倒计时：二十，十五，十，五——裁判口哨一吹，旗儿一挥，她就从沙发上跳将起来欢呼："啊！胜利啦！"我不知道中国球迷是不是都这样。

　　这是我生平第一次看完一场足球，貌似找到了感觉，想从此成为真球迷，跟所有正常人都找到共同语言。但我怀疑，媳妇这样太情绪化的老师，会不会把我误导成一个假球迷?

2010 年 6 月 21 日

# 班导师

大概十年前，我家革命根据地还建立在狮山丛林中的时候，狮山师范大学试行"班导师"制度，请一些专业课教师客串班主任。媳妇荣膺此选，自豪惨了，好像官升一级似的。还没走马上任，就跟我讨论切磋，如何把班导师当得有声有色，名副其实。我讽刺她自作多情浪费表情，一大把年龄，跟学生有代沟，能指导他们什么？她却别出心裁，说女生不够活跃，她想教她们跳舞，培养她们的文娱细胞。

我跟她抬杠道："我就没文娱细胞，只会唱红歌跳忠字舞，难道我不够活跃？"媳妇不以为然："你不是活跃，是会搞怪！"说男女有别，男生可以搞怪，而女生不能。我就为男生抱不平："你只教女生跳舞，那男生跳什么呢？"说这些学生，无论男女，今后大多是到中学，教书育人，人文素养比文娱细胞更重要。媳妇眼睛一亮："嘿！硬是的哈？"眉头未皱，计上心来："我就请你来给学生讲一讲文学与化学的关系？"我叹道："这题目太难讲了！文学跟化学能有什么关系啊？"媳妇幽默道："你文学，我化学，还能结为夫妻，怎么没关系？"我笑道："难道让我去讲文学与化学的男女关系？"媳妇瞪着眯眯眼斥道："你装×疯，迷×窍！"不容商议，非让我出场。我跟她摆谱：

"出场费多少？"说到钱就不亲热，媳妇哼哼道："你给川大学生搞讲座，为什么从不言钱？"我说："为本校学生服务，是我分内事；外校外单位请我，不是我分内事——为什么不能要报酬？"媳妇一剑封我喉："什么外校外单位？是本老婆请你！是本老婆看得起你！"

切身体会：被老婆看得起，是男人最大的幸福。连自己老婆都看不起的男人，谁还能看得起你？我不能辜负媳妇的看得起，就答应去为她的学生搞一次人文讲座。她的过场又来了，故作神秘状："但不能暴露我们是夫妻关系？"我讽刺她道："都老夫老妻了，还怕我海拔不高其貌不扬，有损你在学生心中的光辉形象？"媳妇说不是，她是想让学生感觉她很有人脉，请得动川大的文学教授——别的班导师能吗？我说："那我干脆给全学院的学生讲？"媳妇却要垄断资源："不准！"只能给她的班讲，让别的班去羡慕。我笑道："太虚荣了吧？"她却讽刺我："你不虚荣？"说她当年去川大进修的时候，非要让她坐我的破摩托，头顶钢盔，满校园兜风，难道不是想让别人看见你猪八戒娶了一个俊媳妇？是啊是啊，人谁没虚荣心？记得当年，学生辅导员现在学院党委的罗书记，远远看见猪八戒媳妇的背影，疑神疑鬼审问我："你摩托上搭的那个妖精十怪长发飘飘的女娃子，是哪个年级的学生？"我说："你的师母！"罗书记是我的学生，年纪轻轻，却对中老年心理很有研究，故意赞叹道："钱老师看起来还这样年轻？"我笑道："她会装年轻。"但心里还是很得意。

却说那次狮山讲座，在一间普通教室举行，却像演戏似的，媳妇装得客客气气，我装得彬彬有礼，互相点头哈腰，然后握手。我趁机抠她手板心，想逗她笑，她却狠狠掐我手指一下，然后以班导师身份登上讲台致辞："今天晚上，我们有幸邀请到四川大学文学与新闻学院教授谢不谦先生在百忙之中——"全场果然一片惊叹声：
"啊啊！"向班导师投去敬仰的目光，貌似在说：钱老师，你真能啊！
媳妇要的就是这个效果，笑在脸上，喜在心头，恭恭敬敬做了一个
礼贤下士的手势："谢教授，有请？"我心里骂道："你在家里，死歪
万恶，几曾这样相敬如贵宾？"走上讲台，出于礼貌，投桃报李，先
把班导师大大赞美了一番，好像赞美别人老婆似的，感觉很滑稽，
然后开讲，普通话四川话双语交错，生动活泼，把学生笑惨了。

　　演讲完毕，学生围上来，或请我签字留念，或请教问题。媳妇
过来解围说："天这么晚了，谢教授还要赶回川大。"十几个学生却簇
拥着我，送我走出教学楼，送到家门与校门的岔道口，我向大家拱拱
手道："送君千里，终有一别？"但大家执意要送我出校门，让我有家
难回，这是事先没想到的。我想善始善终，把这出戏演好，成全媳妇
的虚荣心，就想："干脆在校门口打个野的，绕一圈再回家？"媳妇善
于应付突发事变，脸不改色心不跳地撒了一个谎："谢教授还想去见
见狮山的几位老朋友——请大家留步？"却有个女生提出请求："谢教
授，能不能留下你的电话号码？"我脱口而出：4760245。她却疑惑
道："咋跟钱老师的电话一样啊？"另外几位学生诡秘一笑："还用问
吗？"女生恍然大悟："哦哦，我明白了——"大家在笑声中挥手而别。

　　回到家，媳妇表扬我讲得还将就，让她脸上很有光。我备受鼓
舞，主动请战："下次再讲什么？"她却怪我岔嘴巴泄了密：一点不
好耍，一点不神秘。我笑道："又不是泄露国家机密，好大个男女关
系嘛！"

2012 年 10 月 28 日

# 减肥气功

　　人过中年，最担心身体发福，容易导致多种疾病。尤其是女性，不仅怕疾病，更怕肥壮，身材变形，影响美观。或吃减肥药，或节食饿身材，无所不用其极，总之，想保持体形科学发展。我媳妇年过不惑之后，体重也开始稳步上升，体形也开始横向发展。我无所谓，胖瘦都是我媳妇，她却有所谓，如俗话所说，天下本无事，庸人自扰之。但她不相信减肥药，也忌不了嘴，就在我的密切配合下，经过多年摸索，创造出一套简便易行的减肥气功，分外功与内功，内外双修，所以发展至今，年过半百，能吃能睡，吨位却很标准，体形也不肥壮。

　　先说外功，就是热爱劳动。现代城市家庭，强度最大的劳动，莫过装修房子。买到江安新房后，我想图轻松，就跟媳妇商议："包给装修公司，省心省力？"媳妇却悍然宣布："不要你管！"命我在家当后勤部长，自封为项目经理，托搞建筑的老同学找来几个装修工，完成她闭门造车的设计蓝图。我想参政议政，被严词驳回，美其名曰"尊重妇女的合法权益"。从跑装修装饰材料，到购买家具、家电，甚至连我书房的桌椅、台灯、书架，都是她一手包揽。那时我们还没买汽车，早出晚归，来去挤公交，我看着都累，建议她打的，她却斥道："你包包里的钱，多得用不完嗦？"

媳妇完全无视我的存在，独往独来，一手遮天。只是买瓷砖的时候，她看花了眼，拿不定主意，才礼贤下士，请我当参谋，同往北郊建材市场。转了大半天，货比十几家，把我头都比大了。媳妇问："哪种瓷砖最好看？"我实话实说："都好看。"她竟讽刺我："你娃什么眼水？"我据理力争："请问，世界上有哪一家瓜娃子公司，会故意把瓷砖设计得不好看？你我审美观不同罢了。"她居然骂我："你真是他妈个二百五！建材公司咋不聘你这种瓜娃子去当托儿？"将我就地免职，发配回家，继续干后勤。我乐得清闲，她任劳却不能任怨："哪家不是男人在跑装修？"我开导她："你比我还能吃能睡，如果不加强运动，来回折腾，就要变成肥猪婆！现在很多人花钱去健身减肥，你不花钱也能健身减肥，何乐而不为？"媳妇德行不好悟性好，在我的启发下，终于发现了跑装修的人生意义，一惊一喜："嘿！就是哈？"果不其然，装修完工，我发福了，她却窈窕了。

乔迁新居后，强度最大的劳动是打扫卫生，楼上楼下，累死人。拟将家庭卫生承包给保洁公司，每周一扫荡，媳妇却想省钱，只让保洁工每月来大扫荡一次。我严正声明："日常卫生咋办？反正我不想干！"媳妇哼哼道："你打扫的卫生，我还瞧不起！"自封为环卫局长，负责日常卫生。媳妇有洁癖，见我书房有一点点烟灰纸屑什么的，就斥为"猪圈"，一边打扫一边数落，说我不珍惜她的劳动。我笑道："我总不能为了家庭卫生，整天谨小慎微，变成家奴吧？"她却斥道："那你为什么不投胎为猪，当猪八戒？"我笑她用词不当，自己损自己："你嫁猪随猪，不也成了猪八戒媳妇？"但凡有客人光临我家，即使是学生，她只要事先得知消息，就抢先紧急行动，楼上楼下大扫荡一遍。我笑道："又不是中央首长或外国元首光临咱江安花园，至于这样假装门面吗?"媳妇斥道："你懂个屁! 保持家里的整齐清洁，是对客人的尊重!"我坚决不同意这种似是而非的谬论："去朋友家，若谁家窗明几净，一尘不染，反而感觉拘谨，手足无措，不自在。"媳妇斥道："你这是二流子习性，还不以为耻，反以为荣!"一如既往上下跳颤，如做健美体操，脂肪在体内熊熊燃烧，想肥胖都不可能。

再说内功，就是喜欢怄气，我戏称为"忧国忧民"。不是褒扬她关心国家前途、民生疾苦，而是讽她忧心太重，动辄就要怄气。不是我怄她，是她自己找气怄。且不说年轻时候，媳妇仗着有几分姿色，常跟我吵架打架，气冲霄汉，就说今年寒假，她的老同学在青城山下聚会，特邀我前往同乐。媳妇主动让贤，请我掌握革命方向盘。年前儿子看我常迷路，特意买了一个导航仪。为了验证导航仪灵不灵，上车后，我请媳妇选择：或者当一回哑巴，不要在路上发号施令，或者在嘴巴上贴一张不干胶，二者必居其一。媳妇斥道："你娃少废话!"然后摸出手机，戴上耳塞听音乐，边听边哼："我要去西藏，我是一只温柔的绵羊——"很超然物外的样子。

导航提示语音是美女之声，标准国语，不带感情色彩。我在美女之声指引下，出江安花园，上绕城高速，直杀成青快速通道。车过温江，导航美女提示："前方五百米，向左!"媳妇却突然发飙："别听她的，向右。"我感觉媳妇有点变态，警告她："你违反了我们事先的约定哈!"坚定不移沿导航美女指引的革命方向，左转，再左转，转来转去，竟转到温江城区内一个偏僻角落。导航美女被转晕了，指引的方向无论向左还是向右，都牛头不对马嘴。媳妇也被转晕了，找不到北，愤愤然骂道："尽他妈的瞎指挥！"把导航美女骂成了哑巴。我重新调试导航仪，媳妇竟阴阳怪气道："色迷心窍！"把我气惨了，怒斥道："你这个人莫名堂！心胸如此狭窄，居然跟虚拟的美女争风吃醋！"她扭头看窗外，不言语。我知道她开始练气功了。练到青城山下，老同学相见，才故作欢颜，貌似我们夫妻多么和谐美满。

晚上驱车回家，白天的不愉快我早忘了，媳妇却黑着一张脸。我笑嘻嘻说："好像在老同学中，你身材发展还比较科学？"誉她为"科学发展观"的形象代言人。她还是黑着脸，一副苦大仇深的样子。我莫名其妙："你到底跟谁怄气嘛！"她没在沉默中灭亡，却在沉默中爆发："跟我自己怄气！我莫×名堂！我心胸狭窄！我争风吃醋！"原来白天的事，她还没气过。我笑着讽刺她："都老夫老妻了，居然还要记仇嗦？"媳妇哼哼道："谁叫你故意气我？"我笑道："我要不气你，你整天乐呵呵，心宽体胖，早就变成一头大肥猪！"

2011 年 7 月 14 日

# 劳动的快乐

最近，为迎接蛇年春节到来，我媳妇发起春季攻势，全面大扫荡。有一天，突然兵从天降，扫荡到我书房，横眉怒目道："简直像个猪圈！"挥舞拖布，直捣电脑桌下，横扫我脚底，连声喝令："滚，滚出去！"楼上却飘来咿咿呀呀的变风变雅："我想去西藏，我是一只温柔的绵羊——"我一边撤退出猪圈，一边笑道："还以为你网上神游去西藏了哩。"媳妇得意地说："电脑上放的录音！"原来，她把自己唱的歌录了音，一边大扫荡，一边欣赏。我讽刺她："你太自恋了吧？"她反唇相讥："你不自恋？一边喝酒，一边看自己博客上的烂文章，还自鸣得意！"是啊是啊，我自恋以文，她自恋以歌，都在自己创造的精神世界里，各得其乐。

却说上周末，立春前后，清洁大扫荡进入最后攻坚战：擦洗飘窗。这个唯一有技术含量的任务，包括楼上楼下的清洁大扫荡，原来是承包给保洁公司的。媳妇退休前，决定解除保洁公司的合同，自己来完成。我不同意："你我都五十大几奔六的人了，又不差这个钱，何必自讨苦吃嘛？"媳妇瞪着眯眯眼道："不要你管！"说她怕退休后，无所事事，衰老得更快。

记得社会学家李银河教授曾在一篇博文《麻将是中国人的民族

性象征》中说:"人按照本性是懒惰的,好逸恶劳的,除非有非做不可的理由,人自然地趋向于无所事事,游手好闲。"我不以为然,别侈谈什么人性民族性,就是连动物性,李银河教授都不太了解。因为人是动物,动物的本性是动,动就不是懒惰。好逸恶劳,关键是恶什么劳?无所事事,关键是事什么事?没有意义的劳动,谁喜欢?没有意义的事,谁乐意?

就说我媳妇,大学退休副教授,不缺吃不缺穿,没有所谓"非做不可的理由",却不愿意游手好闲,很想有所事事,连清洁大扫荡擦洗飘窗这样普通的体力劳动,也在所不辞。因为,她在劳动中找到了生命的意义。劳动不分贵贱,事情没有大小,关键是要有意义。禅家云:"担水砍柴,无非妙道。"此之谓也?

媳妇早先也有"恐退症",问我认不认识川大图书馆馆长。我说干吗?她说,退休后,就近去江安图书馆兼个职,找个事做,以免饱食终日,无所用心,智力衰退,变成老年痴呆。我跟图书馆马馆长很熟,但我不愿去为难人家。因为第一,媳妇是个颤花,好动不好静,坐不住;第二,媳妇以教书育人为业,图书馆却是为人服务,转变角色意识,礼贤下士,谈何容易?媳妇精力旺盛,不甘退休后无所事事,问我:"我适合干啥子事情嗬?"我想一想,建议她去找交警总队,申请当个义务协警,穿着黄马褂,手挥小红旗,跳来跳去,喝五吆六,指挥过往行人,最适合她颐指气使的颤花性格。把她气吹了:"啥子嗬?你让我去跟那些站马路的老太太老头子为伍?"我认为站马路有意义,她认为没有意义,人各有志,不能勉强。

所以,媳妇决定收回清洁大扫荡工程,自己的事情自己做,我没坚持不同意见。我发自内心,为她这一英明决策叫好,并发掘出更多意义：第一，可以省钱，省钱等于挣钱；第二，可以活动筋骨，防止衰老；第三，可以减少肥肉，保持舞蹈身材。尤其是第三重意义，保持舞蹈身材，正中媳妇下怀，笑嘻嘻道："硬是的哈？"

媳妇从小喜欢跳舞，小学跳过忠字舞，中学跳过"白毛女"，大学跳过"刑场上的婚礼"，都没跳出名堂来。不是舞姿不跳颤，而是缺乏深厚的无产阶级革命感情，张牙舞爪，徒有其表。媳妇斥道："你瓜娃子舞盲，懂个屁！"退休第一个暑假，雨后清晨，老妇聊发少年狂，为我一个人翩翩起舞，越跳越精神，不知老之将至。

却说前些天，媳妇擦洗门窗。我觉得，媳妇擦洗飘窗的姿态，比舞姿更美丽，只是表情太严肃，好像是在给地主资本家打工似的。就举起傻瓜相机，学记者对媳妇启发式地说："劳动是快乐的，笑一个？"媳妇却绷着脸道："你来快乐嘛。"我笑道："我又不想跳舞保持身材。"说改天去为她买一台磅秤，每次劳动前后，称一下体重，看看擦洗一次飘窗，能减多少斤的肥？媳妇一边擦洗一边叹道："今后老了，爬不动了，咋办？"我笑道："想那么远干吗啊？整天想到老，越想越老！"说人家农村老大娘七八十岁了，还下地劳动哩。媳妇斥道："那是农村！"我笑道："我们这江安花园，门外就是菜地，墙外就是农田，难道不是农村？"顺手抓起傻瓜相机，给她咔嚓劳动照，她却躲闪道："我这副清洁工模样，有什么照头？"我说："等我们今后真的老了，爬不动了，看这些旧照，回忆劳动的美丽劳动的快乐，一定别有感动。"

大扫荡结束，飘窗明亮，一尘不染。召开工作经验总结会，我抛文赞美道："啊！多么快乐的颤花，多么明亮的飘窗，洞开我心灵的窗户——"媳妇哼哼道："比央视记者还肉麻！"仔细研究窗玻璃，不无遗憾地说："还是没完全擦干净，不能细看。"我笑道："你对自己要求也太严格了！谁会用显微镜来看飘窗啊？"

2013年2月6日

# 夕阳是这样红起来的

　　媳妇是狮山化学学院副教授，原来有"恐退症"，怕退休后无所事事，很失落。我主动让贤，请她出任江安花园"猫主席"。被媳妇劈头盖脸一顿臭骂："你神得慌！"退休后第一个暑假，毅然去川大工会"老年大学"声乐专业报名，面试，快、中、慢、差四个班，却被编在慢班。我以为媳妇会气馁，拂袖而去。因为，她从中学到大学，都是学校歌舞队的颤花。前年预备退休，就开始在网上歌厅抒发革命豪情。虽然起了个很低调的网名"蜜蜂"，但得网上各路高人指点，据她自己吹嘘，"蜜蜂"只要一嗡嗡嗡，小红花就飞来了。

　　出我意外，媳妇被"老年大学"编在声乐慢班，不仅不气馁，日薄西山，还想喷薄而出。暑假中暴热，她不分白天黑夜，把自己关在楼上主卧全封闭的歌厅，咿咿呀呀："青山在，人未老……"好像非要把夕阳唱红似的。我生怕她走火入魔，推门而入，一股热浪扑面而来："这么高的气温，咋不开空调？"以为"蜜蜂"向猫主席学习，过低碳生活。"蜜蜂"却说："唱歌的时候呼吸了冷空气，声音会变沙哑。"我在文星场上买来扇凉面的蒲扇，被她拿去当芭蕉扇，一边扇风，一边上网，貌似很低碳，结果脖子上居然生出了痱子！我说："你咋这么疯狂啊？"媳妇却哼哼道："我愿意，我乐意！"继续在网上发飙:"我爱你中国……"

却说开学前夕,晚饭后,去江安河边散步的时候,媳妇说她现在唱歌大有进步,天天都要得很多小红花。突然变风变雅吼了两句:"啊啊——""哦哦——"请我当评委:"哪种唱法好听?"我说都好听,她却说:"你是不是敷衍我啊?"我笑道:"你明明晓得我五音不全,怎么当评委嘛?"她就试着发挥我所长,说想改一个比"蜜蜂"有文化底蕴的新网名,让我帮她想一个?我脱口而出:"野狼嚎?"用的是革命样板戏《智取威虎山》的典。我以为很有文化底蕴,媳妇却瞪着眯眯眼道:"你才野狼嚎!"然后循循善诱,启发我:"比如叫'灵——什么的?'"我就举一反三:"灵魂?灵岩寺?灵机一动?"供她选择。媳妇斥道:"亏你还是文学教授!连一个网名也想不出来?"我笑道:"灵格风?"媳妇眼睛一亮:"嘿!好像有一点很文化的感觉?"问我"灵格风"什么意思,有何文化底蕴。我说,"灵格风"的文化底蕴太深厚了,是"文革"中唯二两本"内部发行"的英语原版教材,一本是美国的 *English 900*,一本就是英国的"灵格风":*Linguaphone Institute English Course*。还配有原声唱片。我当年就是通过这本教材自学英语的。把她鼻子都气歪了:"你真是个二百五!"哼哼道:"你以为你多拽?没有你,我一样想得出来!"晚上继续在网上歌厅发飙,中途休息,哼着:"请你吃个哈密瓜……"下楼来喝水,润喉。貌似有文化底蕴的新网名,她已经想出来了?我笑着问:"起的什么新网名?"她得意扬扬地说:"跟你无关!"

却说昨天教师节,却跟我有关。学生从全国各地发来短信息:"节日快乐!"吃晚饭的时候,媳妇得意扬扬告诉我,她已连升三级,被川大"老年大学"声乐专业破格升为快班。我笑道:"是不是搞不正之风走后门？"媳妇斥道："你咋这么不相信老婆的实力？"貌似她就能把夕阳唱红。风雨潇潇，媳妇却要我陪她去江安河边散步，说撑着伞在细雨中慢慢走，边走边忆旧，怀念青春浪漫，最有情调。得意忘形，竟将她的新网名解密：Qīng Meí。问我："有没有文化底蕴？"我赞道："'青梅'好！青梅煮酒论英雄，太有文化底蕴！"跟她侃"三国文化"："勉从虎穴暂栖身，说破英雄惊煞人。巧借闻雷来掩饰，随机应变信如神！"媳妇斥道："你瓜娃子！就知道酒！"跟我纠错："这个'青眉'，眉毛的眉，不是煮酒的青梅！"我笑道："这'青眉'有什么文化底蕴啊？不如直接叫'黑眉毛'，还有文化底蕴一些。"媳妇一剑封我喉："你懂个屁！"

今天下午，我去望江校区给硕士新生上第一课，讲"望天书"；她也去"老年大学"声乐快班上课，吊嗓子。放学后，夫妻双双把家还。媳妇一边开车一边兴高采烈地说，十月金秋的时候，她们"老年大学"夕阳红歌唱团要在望江校区表演，我能不能前往扎场子？我问："表演什么，为什么表演？"她说，表演《洗衣歌》《再唱山歌给党听》等，向中共"十八大"献礼。我说好！

2012 年 9 月 11 日

# 我们的雨巷

　　三十一年前暑假，我还未满二十六岁，上研一，青春还很飞扬的时候，跟上大三的媳妇第一次回娘家，拜见未来的岳父母。那时都江堰还叫灌县，大街小巷都是低矮的旧房子烂房子，只有县城主街幸福路，梧桐成荫，爽眼又爽心。媳妇当导游，不无自豪地解介绍，一九五八年"大跃进"的时候，毛主席视察都江堰水利工程，走过这条街，还在附近的国营食堂吃过一顿饭，食堂与街共享荣光，也改名"幸福食堂"。毛主席站在玉垒山俯瞰都江堰全景的那块泥巴地也陡然生辉，被铺上水泥，美其名曰"幸福台"。媳妇带我登上玉垒山，脚踏幸福台，说毛主席就站在这里，遥指伏龙观下呈立凹形的崖壁，问灌县县委书记："那里会不会垮下来？"县委书记答："一百年都不会垮下来。"毛主席又问："那一百年后呢？"县委书记顿时语塞，赶紧采取补救措施，将凹进去的崖壁用混凝土填平。我们今天看见的伏龙观，也就失去了原先有惊无险的感觉。

　　记得当年，我正感叹毛主席英明伟大高瞻远瞩，突然下起雨来。我们没带雨具，赶紧抱头鼠窜。媳妇带我抄近路下山，钻入一条小巷，在屋檐下避雨，有肥女撑着一把花花伞，哼着邓丽君："你是星我是云——"飘然而过，很有几分浪漫情调。我那时还很文艺，很自然想起戴望舒很神经分分的《雨巷》："撑着油纸伞，独自彷徨……"想象如果是媳妇撑着花花伞，走过这雨巷，绝对比肥女更有情调。因为那时，媳妇虽然不是二八佳人，但风姿还有一点绰约，眼神凄迷又惆怅，哀怨又彷徨，与今天夕阳红之目光炯炯死歪万恶判若两人。

却说今年，我们结婚三十周年，据说叫珍珠婚。上周四，老夫老妻驱车回都江堰，与其说避暑，不如说怀旧。我们当年是在幸福路附近的镇政府领取结婚证的，儿子也是在玉垒山下幸福路尽头的人民医院诞生的。我想重走幸福路，重上幸福台，重在雨中穿过那条狭窄却温馨的老巷子。但灌县升格为都江堰市后，我戏称联合国管辖的特区，旧貌变新颜，物非人也非，找不到感觉。唯有幸福路两旁浓荫可以蔽日的梧桐，与西街老巷子，旧曾相识。

我们沿老巷子走到尽头，翻墙过去就是玉垒山。我说："咱们老夫聊发少年狂，翻墙去幸福台？"媳妇哼哼道："除非你能飞檐走壁！"我退而求其次："给你拍个照，三十年河东三十年河西，青春离家老大回，到此一游？"媳妇说："这副烂杂洼样，好煞人间风景嘛。"我说三十一年前，我们从幸福台跑下来，雨越下越大，你我淋得落汤鸡似的，就是在这里屋檐下躲雨的。媳妇笑道："嘿！硬是的哈？你还记得？"我说党国大事我都记不得，但我们从这里开始的风雨人生，点点滴滴，记忆如昨。

却说昨天，我们驱车去游田野，走马观花，在稻田表演丰收行为艺术，在农家乐感慨风雨人生。人生真是过得太快，一晃，青春没了；再一晃，三十年没了，人老了。前一天，在崇义镇豆花饭店，老板问："你们老两口想吃啥？"媳妇吃了人家价廉物美的豆花饭，赞不绝口，背后却诋毁人家："这个瓜娃子太没眼水了！咋叫我们老两口？"我笑道："难道我们还像小两口？"

日近黄昏，回到都江堰，天雨。晚饭后，媳妇在iPad上看电视剧，我以微博下酒，飘飘然还未欲仙之际，突发奇想，去西街老巷子演绎戴望舒《雨巷》的夕阳红版："撑着油纸伞，独自彷徨在悠长悠长又寂寥的雨巷，我希望逢着一个丁香一样结着愁怨的姑娘——"媳妇斥道："你是不是喝麻了啊？"我说："谁喝麻了啊？你不去，老夫一个人去发思古之幽情！"媳妇只得放下iPad，当窗理云鬓对镜贴花黄，然后舍命陪君子，撑着花花伞，雨夜重游灌县老城。

雨巷深处很凄迷，比白天有情调。媳妇却不在状态，兴高采烈地挥舞旋转雨伞，一点不惆怅。我说："你咋像杂技演员啊？"跟她讲《雨巷》诗意，惆怅凄迷哀怨彷徨，她却说："这个诗好像是男恋女，该你撑着伞彷徨啊？"我说："让你年轻浪漫一把，你却懂不起，不照就算了。"她说："又不是我想出来，不照就不照！"一赌气，背过身去，我说："嘿！终于找到三十年前的感觉了！向前走？"咔嚓咔嚓，拍下我们的夕阳人生我们的雨巷。我让媳妇欣赏这些手机拍摄的照片，她说："咋不清晰啊？"我说："朦胧美，如果照得太清晰，把你脸上的皱纹都照下来，老妖精忸怩作少妇状，那好肉麻好恐怖啊！"

2013年8月28日

秋之季

多情应笑我

# 骑车兜风记

我在上大学前，曾有一个梦想，骑着洋马儿满世界兜风。所谓洋马儿，就是自行车，虽然在四五十年前，或更早，已被好事者引进大巴山老家，却英雄无用武之地，是中看不中用的玩具，如柳宗元笔下的"黔之驴"。老家宣汉是一个依山而建的古镇，出门就爬坡上坎，山城重庆缩微版，再洋盘的自行车也跑不起来。

县城最大一块平地，临西门河，名西门操坝，宣汉人民的天安门广场，也是公审、枪毙罪犯的刑场。记得上中学时，凡遇公审公判大会，我们停课也得参加，听见主席台高音喇叭一声吼："判处死刑，立即执行！"罪犯就被拖至操坝临河处，跪立，"啪啪"枪响，罪犯应声而倒，浓而红的污血，在沙滩上渐渐漫延开来。

这样的恐怖之地，也是宣汉人民的游乐场。周末或节假日，总有一些"二杆子"骑着自行车，在那里兜圈子。车上挤着三四个颤花，洋洋得意，风头十足。说是练车，不如说是杂技表演，引来围观者无数，场面甚是热闹，也算是一道独特的风景线。现在说来不好意思，我也是围观者之一。记得上中学，去西门操坝看洋马儿绝技表演，就暗自发誓：有朝一日，老子要骑着自行车，载上个大美女，到北京天安门广场兜风！

天安门广场距大巴山很遥远，我大巴山娃娃，载一个美女去兜风，无异于痴人说梦。托邓大人之福，恢复高考，考上北京钢铁学院，好梦成真一半。到校翌日，就去天安门广场查看地形，但我孤家寡人，圆梦还遥遥无期。

却说全班同学三十六人，就我来自大巴山，蹬不动自行车，有点鸡立鹤群的感觉。大家觉得不可思议，想象不出我说的大巴山区是个什么样的鬼地方。报纸上连载影星刘晓庆回忆录《我的路》，说她插队宣汉城郊农场，每每想起李白诗："两岸猿声啼不住，轻舟已过万重山。"徜徉之间，有置身原始荒林的感觉，云云。同学这才恍然大悟，原来是深山老林飞出的凤凰男啊！北京高校首届英语竞赛，我却荣获二等奖第一名，吓他们一跳。前三名一等奖，都是北京或上海高校教授的子弟，家学渊源；而我，连自行车也不会骑的大巴山娃娃，爸妈小学教师而已。太原同学庞健赞叹道："鸡窝窝飞出金凤凰！"向我请教学鸟言兽语的诀窍。我说没诀窍，鹦鹉学舌，死记硬背。后来，我弃工学文，考上狮山古典文学研究生，他很真诚地说："不谦，你是我认识的第一个以知识改变命运的山里人！"

记得某周末，庞健推出他新买的飞鸽，说要把我训练成飞车能手。先演示，骗腿儿上车，嗖的一声，如离弦之箭，射出百米远，又旋风般席卷回来，看得我眼花缭乱，叹为观止。庞健却激将我："骑车还难过鸟言兽语？"说着扶我上车，我却笨手笨脚，身体不是东歪就是西斜。好不容易找准平衡，庞健说送我一程，推车向前，但他一松手，我就连人带车跌倒在地，鼻青脸肿却慷慨悲壮。庞健心疼他的飞鸽，忍不住上纲上线："不谦，平衡原理你都搞不懂？你丫的理论力学咋学的？"我理论力学并不差，就是不能落实在行动上，心里很自卑，不好意思拿他的新车当教练车，嘴上却说："看来我这辈子没有骑车兜风的命啊！"暗自发誓，今后找女朋友，也要找一个能骑车如飞的女将，弥补我的人生缺憾！

大二寒假回老家，与大巴山老同学相聚。两位老同学弄来一辆二八圈永久，邀我去西门操坝兜圈子。当年在老家这算是高档娱乐。我耸耸肩说："我还不会骑车。"他们惊诧莫名："不可能吧？你娃在北京两年，还没学会骑车？"我说："我太笨，也无车可骑。"把学车连连摔倒的故事讲给老同学听。老同学就自告奋勇当我的教练，要把我在北京给宣汉人民丢的脸挣回来。结果还是掌握不好平衡，折腾半天，也只能在两人挟持之下，踮着脚尖，平地挪上车座，急踩踏板，射出十来米，就晃晃悠悠摇摇欲坠。两人急冲上前，扶我下马，才免于鼻青脸肿的悲剧。我仰天浩叹："朽木不可雕也！"两人倒没说我是朽木，却悄声嘀咕："他娃是不是小脑有问题？"

寒假后回校，三天两夜火车，百无聊赖，就慢慢回味学车过程。车到北京站，突然若有所悟。翌日午餐后，即找庞健切磋车技，交流心得体会，庞健笑道："甭废话，实践出真知！"把他的飞鸽推到宿舍楼前，说："快快上马！"庞健扶我上车，猛地向前一推，我急踩踏板，东歪西倒。我猫着身体，稳住平衡，摇摇欲坠而终于未坠。信心陡增，猛踩踏板，箭一般射将出去，路旁的梧桐，齐刷刷向后飞驰而去，那感觉真爽啊！绕校园一圈，回到宿舍楼前，庞健连连赞道："好！好！"第二圈回到宿舍楼前，我精神抖擞意犹未酣，庞健就让我继续操练，他先回去打个盹儿。我说声"拜拜"，车已飙出去老远。这样围着校园飙了四五圈，两腿乏力，速度慢下来，车就摇摇晃晃，猛一蹬，又四平八稳。想下车歇口气，却不知如何下车，真所谓骑虎容易下虎难啊，只好围着校园不断兜圈子。不知兜了多少圈，车过宿舍楼，正遇庞健出来，我紧急呼救："咋个下车哟？"庞健边追边吼："捏刹车！"我一捏刹车，车身腾地一个倒栽葱，把我甩出老远，两手扑地，鲜血淋漓。庞健急来扶我，笑着摇头："你啊你啊，捏刹车前咋不知减速哦？"我苦笑："你事前没告诉我，我咋个知道嘛！"

两年后，回川读硕士，与媳妇相会狮山。某日周末，约媳妇去杜甫草堂，我小心翼翼试探："嘿，你会不会骑车？"媳妇莫名其妙："骑什么车？"我说："当然是自行车。"媳妇嫣然一笑："那明天我们就骑车去杜甫草堂？"我说好，就去借来一辆飞鸽，媳妇也借来一辆凤凰，翌日上午在校门会师，比翼齐飞，冲出校门。

此前在北京还从未上过路，骑车兜风都在校园，心里虽然有点虚，但在媳妇面前，不甘示弱，强作镇静，从容上路。谁知一到沙河堡，便险象环生。那时狮山入城是一条窄而陡的土马路，坑坑洼洼，没有车道标记，来往车辆横冲直撞，路人也是随便乱穿，吓得我浑身虚汗，手脚发软，就下车推着走。媳妇飘出老远，回顾，不见我人影，就在路边等我。见我推着车，很奇怪："轮胎破了？"我苦笑道："车来车往，太吓人了！"媳妇笑道："大路朝天，各自半边，有什么吓人的？"我只好如实相告，今日乃第一次上路，情有可原。媳妇说："我在前面带路，你紧跟着我！"媳妇前面开道，我步步紧跟，看媳妇飞车自如，就暗自庆幸：终于找到了梦中人！

后来，经过媳妇耳提面命精心培养，我终于能独立上路，骑车如飞。媳妇姐姐姐夫得知我中学时代就有骑车兜风梦想，送我们的新婚礼物就是一辆真资格的凤凰，花了若干外汇券。我骑着这辆凤凰，风里雨里，奔向小康，也屡屡险遭不测，但非关车技，而是事出突然，人力不可抗拒之因素。

记得儿子两岁生日，媳妇命我去沙河堡买土鸡蛋。骑车至沙河堡，买来土鸡蛋十枚，顺利完成任务。志得意满，左手提鸡蛋，右手轻握刹车，哼着歌儿，飞车回家。下坡，突遇一小孩横穿而过，右手急捏刹车紧急制动，没想到车陡地来个前拱翻，我被甩下车去老远。说时迟，那时快，右手撑地，左手高擎鸡蛋，顺势一个前拱翻，土鸡蛋居然完好如初：覆巢之下，全是完卵。路人啧啧称奇，誉我为杂技演员。媳妇见我右手皮开肉绽鲜血淋漓，左手却提着一袋鸡蛋，斥道："你这个瓜娃子，鸡蛋值多少钱？"但从此就认定，我是临危不乱可以托付终身的人。

却说我赴京考博那一年，媳妇正在北航进修，也是五六月间。乘特快硬座到达北京，已是近半夜十一点后，公交地铁皆已收车，那时也没有打的的概念，媳妇借了一辆自行车来接站。现在还记得，走出车站，媳妇突然站在我面前，她推开自行车，扑上前来，三个月的相思、三个月的压抑，化为相视而笑、相拥而泣。在北京站那个二十年多前的夏夜，满天星斗，地上的两颗星，旁若无人，心心相印。

媳妇说她已在北航招待所定好房间，我就飞身上车，后座搭上媳妇，出北京站，沿东长安街，一路飞驰而来。车过天安门，灯火辉煌之中，夜深人静之际，突然记起中学时代的梦想，就折向广场，围着人民英雄纪念碑兜圈子。媳妇说："不谦，你疯了？"我吼道："我是高兴疯了！"然后载着媳妇，沿西长安街过西单，向西郊学院路杀去。结果到西四十字路口，昏头昏脑，转错方向，竟南辕北辙，骑到北海公园门前。媳妇说她来换骑，我坚决不同意："世界上哪有女人搭个男人兜风的哟?"迅速调转车头，直杀北航。赶到北航招待所，已是下半夜两三点之后，我这才向媳妇说出我当年载个大美女在天安门广场骑车兜风的梦想。媳妇默默无语，夜色朦胧之中，我看见她泪珠闪亮。

　　前些天，阳光灿烂，和媳妇骑车去文星场兜风，我竟被媳妇抛得远远。等我追上去，回忆当年广场兜风横穿北京城，媳妇感慨："不谦，我们那时好年轻哟!"

2007 年 5 月 20 日

# 骑车追梦记

上大学的时候，很羡慕那些能骑飞车的同学，遇前面有背影迷你的女生，就嗖地追上去，超过女生，然后故作不经意状回过头，以迅雷不及掩耳盗铃之势，很自然地完成男女审美艺术，又飞车而去。我那时青春还很飞扬，也想这样跑马观花，无奈我生长大巴山区，起步晚，大三才勉强学会骑车，加之基因遗传，小脑不发达，平衡能力很差，骑在车上，战战兢兢，如临深渊，如履薄冰，左右都不敢顾盼，岂敢掉以轻心回头看花？

记得有个周末，借同学庞健的车，独自在校园林荫道上练勇往直前而后蓦然回首的车技，前面却有一窈窕淑女晃晃悠悠，左右流之，走之字形，也是在练车。燕燕于飞，颉之颃之，姿势很优美，却挡住洒家去路。我左右为难之际，麻起胆子，一鼓作气冲过去，第一次超车，几乎是擦肩而过。刚冲出四五米远，还没体会到超车的成就感，就听见后面哐当一声，钟鼓乐之，淑女哎哟哟叫唤。我以为是被我碰倒的，惊回首，车身一下失去平衡，也哐当一声，跌倒在地。貌似她投之以桃我报之以李，互相扯平，把坐在地上揉腿的淑女笑惨了。记忆中，淑女什么模样，早一片模糊了。

这个发生在北京校园的交通事故，很多年后，却被狮山老友陈胖娃移花接木，张冠李戴在我媳妇谢钱氏头上，说谢钱氏是我当年的梦中情人，骑车追梦追不上，就出奇制胜，反其道而行之，迎头去撞她的车，居然好梦成真，撞出爱情的火花，熊熊燃烧至今。听起来好浪漫好励志啊！可惜是小说家言，凭空杜撰的。我当年就是有这种贼心也无贼胆，有贼胆也无贼技，万一神经短路情绪失控，把人家撞得人仰马翻脑震荡，浪什么漫啊？励什么志啊？即或爱情令人目盲，甚至铤而走险孤注一掷，我毕竟"之乎者也"研究生，深受"子曰诗云"熏陶，发乎情止乎礼，没这么流氓，这么瓜兮兮。

现在回想，我蓦然回首而能"不倒翁"的车技，还是媳妇教我的。媳妇生长成都平原，从小就把自行车当玩具，出游从容，来去如风。我想跟她比翼齐飞，共同追梦，总是追不上，她频频回首，现身说法：无论身动车动，心不能动。爱情的力量是无穷的，我浑身化学反应，脱胎换骨似的，车技突飞猛进，后来居上，能一手掌车，一手飞吻，浪漫惨了，连媳妇也自叹不如。有个周末，跟媳妇骑车进城，刚出狮山校门，见前面一蹬飞鸽的女子，头上拖一根超长辫子，还扎了无数小辫子，太妖精了！我纯属好奇心切，猛踩踏板，如离弦之箭，嗖地射将出去，飞车超过她，身动车动心不动，微微偏转车头，还没来得及定睛一看，妖精就瞪我一眼，轻飘飘扔下一句："流氓！"扬长而去。媳妇追上来，阴阳怪气道："没看清楚啊？追悔莫及啊？赶快追上去，再仔细看看啊？"我这才回过神来，自嘲自解道："嘿嘿！这种妖精，猛一看不好看，仔细一看还不如猛一看！"媳妇瞪大眯眯眼，下达禁令："今后无论遇到什么妖精，都不准乱看！"非礼勿视，简直跟孔老夫子一样封建。

却说我三十而立，车技已出神入化，即使醉驾，也能动心忍性，视路人如土芥，飞驰而去。都说人过三十无少年，但我壮心不已，重新杀回北京，圆我博士梦。很多瓜娃子以貌取人，说媳妇嫁我这个其貌不扬的全残废，是鲜花插在牛粪上，但在媳妇眼中，我却是一块金子。西谚曰："金子在哪里都会闪光。"三年博士生涯，两大亮点：一，终于骑着一辆破自行车，载着风姿还有点绰约的媳妇在天安门广场绕了几大圈，圆我巴山少年梦；二，荣获北师大研究生拱猪大赛双打冠军，圆我出人头地梦。天朗气清，常一个人骑自行车到处晃悠，晃来晃去，发现京城居大不易，如古人云："梁园虽好，非久留之地。"博士毕业后，毅然杀个回马枪，回到成都，到川大中文系任教，革命根据地依然在东郊狮山。

那时成都还没有二环，一环之外的川大就是城乡接合部。从狮山骑车去川大上课，沿途鸡鸣犬吠田园风光，一路走马观花，桃花梨花油菜花，如梦如幻，好不喜煞人也么哥！但路面凹凸不平，大小车来来往往，尘土飞扬，稍不留神，即险象环生。有好几次，想精想怪走了神，险些跟迎面而来的公交亲密接触。幸喜司机眼疾手快，急刹车，伸出头来骂道："你瓜戳戳，打梦脚！"成都方言，白日做梦的意思。骂得我灰头土脸瓜兮兮，驰入校园，遇飞车而来的莘莘学子，还有些自惭形秽，无颜见江东父老似的。

但我从小接受党的教育，树立了正确的三观，追梦不成，就痴人说梦，能化自卑为自信，百试不爽。记得当年，我风尘仆仆跨入教室，登上讲台，提劲打靶道："说不定哪一天，我一不小心发达了，骑一匹白骏马来上课，系马楼外柳树下，手挥马鞭当教鞭——"学生笑惨了，给我鼓巴巴掌，以为我穷且益坚不坠青云之志。回家向媳妇炫耀："嘿嘿！今天终于把学生震翻了！"说我要是生在革命战争年代，投笔从戎，骑马挂枪走天下，嘿嘿，说不定，九死一生，命大福大，你现在就是将军夫人？媳妇学理科，很理性，当头给我一棒："将你妈的脑壳军！你这吊儿郎当邋遢样，就是骑唐三藏西天取经的白龙马，也不过马戏团杂耍小丑，只有去哄瓜娃子？"

我不在乎讽刺打击。茫茫世界，大千人海，人活的就是自己的感觉。风雨飘摇中去川大上课，身披塑料雨衣如裹着战袍，路长人困塞驴嘶的时候，每以中世纪骑士自励，未尝不精神亢奋，好像随时可能演绎英雄救美的浪漫故事。但现实人生没这么传奇，常常是自作多情浪费表情。记得有一天课后，在九眼桥头苍蝇馆子与狮山下海弄潮儿陈胖娃畅饮跟斗酒，怀念过去，畅想未来，然后一起飞车回家。一路跌跌撞撞，撞至狮山山门前，醉眼朦胧中，见一美少妇踽踽独行，孤苦伶仃，怅然若有所失。我见犹怜，况从来就怜香惜玉见义勇为的陈胖娃乎？他喷着酒气说："追上去？"我说好，策马飞奔而去。追上美少妇，笑惨了，原来是数学系朋友焦仲卿的老婆刘兰芝！好不容易逮着 个弘扬骑士精神的机会，岂能失之交臂？即使演戏，也要假戏真做，弄假成真。一左一右，拱卫刘兰芝前行。刘兰芝却是个理科数学脑袋，毫不领我们文科骑士之情，笑着斥道："你们两个，一个酒鬼！一个流氓！"话音未落，我们人仰马翻，双双跌倒在地。刘兰芝笑弯了腰："你们泥菩萨过河自身难保，还好意思冒充护花使者为我保驾护航？"

这类骑车追梦的故事还有很多，至今是老朋友聚会的热门话题，但格调不高，没有正能量，有损我共产党员先锋队光辉形象，按下不表。且说我走体制路线，晋升副教授，依旧两袖清风，蛰伏蜗居。我不怨天不尤人，怨只怨自己志大才疏，心比天高命比纸薄，从此脚踏实地：无产阶级解放全人类，先得解放自己。再也不好高骛远，想精想怪，去冒充骑士演绎英雄救美的故事。媳妇看在眼里喜在心头，笑嘻了，表扬我终于长大了懂事了。我备受鼓舞，骑在破自行车上，风里来雨里去，逐渐脱贫，奔向小康。

我已年近不惑，幻想俱抛，唯媳妇之命是听，她本姓钱，我也一切向钱看。当是时也，成都街上开始流行一种助力车，不是电动，是烧汽油，摩托车的简装版。媳妇慕虚荣追时髦，要斥资给我配备一辆，说现在有钱人都骑摩托，副教授骑一辆破自行车，太寒碜，被学生瞧不起。我说川大学生没这么势利，谁在乎老师骑什么车啊？何况自行车虽旧，却是名牌凤凰。媳妇哼哼道："哪年哪月的老皇历？"说落地的凤凰不如鸡，坚持要我鸟枪换炮。恭敬不如从命，去挑选了一辆高档的，价格三千二百元，相当我半年的国家工资。助力车果然名不虚传，不仅助我一腿之力，更长我革命志气。穿行自行车如流的大街小巷，常鹤立鸡群似的顾盼自雄，居然想起红小兵时代横冲直撞的革命口令："闪道闪道，革命需要！"气象跟自行车时代迥然不同。

媳妇时在川大化学系进修，想体验鹤立鸡群的自豪感，搭我助力车去上课。现任学院党委副书记的罗美女，当年还是年级辅导员，很严肃地问我："那天，坐在你助力车上长发飘飘的女妖精，是哪个年级的学生？"可能以为我为师不尊，跟学生玩浪漫。我正告她："哪里来什么女妖精？是女妖精她妈，你的师母！"罗书记将信将疑："是不是哦？咋背影看起来像个大学生嘛？"回家向媳妇汇报，媳妇高兴惨了，重新找回人生自信，不顾皱纹已爬上眼角，居然花巨资去影楼拍了一组黑白艺术化妆照，放大，装在画框里，或挂墙上，或立地上，好像影展似的，顿时让陋室蜗居蓬荜生辉，照亮我无梦无幻的人生。媳妇今夏大学毕业三十周年，居然要我把这些助力车时代的老大妈黑白艺术化妆照翻拍，发到同学少年QQ群中。我说不合适吧？她瞪着眯眯眼斥道："你懂个屁！"因为人生只此一回，后来至今，再也没有这样妖里妖精光彩照人过。

　　却说艺术化妆照后，时代变化太快。做梦也没想到，助力车不到两年，就跨越式进入摩托车时代。当年骑摩托者，大多是没有文化敢想敢干的暴发户，四川民间谚语曰："瓜戳戳，骑摩托。"我不是暴发户，却一不小心，当了个芝麻官，中文系副系主任，分管教学。我从闲云野鹤一变而为敬职敬业的学官，天天骑车去学校，日出而作，日入而不息。分管行政创收的老副系主任吴老师怜我太辛苦，说系上有一辆旧摩托，外地某私企老板不能偿还我系借款抵债的，放在学校车库，与其闲置锈蚀，变成一堆废铁，不如让我骑。我说，老师们会不会以为我公车私用搞特殊化？他说车是公家的，维修保养油费你自己出，特殊什么？系党政联席会议，还为此通过一项动议：今后谁工作需要，都可以骑这辆摩托。吴老师带我到车库验明正身：日产本田。风尘仆仆，瘫痪在地，近乎全残废。推到南校门外维修站，修车师傅怀疑道："这车是从外地偷来的吧？"我笑道："我像贼娃子吗？"他笑道："不是很像。"更换零部件，给车洗澡，花了我三百多元。临时抱佛脚，请教师傅：摩托车如何开？然后试着在校园练了几圈，迅速找到感觉，不过助力车的豪华升级版而已，立马飞驰回狮山。媳妇以为是学校给我配的专车，激动惨了，貌似终于夫荣妻贵，神采飞扬地说："我要坐你的摩托车去兜风！"我说你真是狗撵摩托不懂科学，我连驾照都没有，咋敢带你去兜风？

很快拿到驾照，载媳妇去兜风，升级她的中国梦。记得在三环之外的成龙路上，跟汽车赛跑，一路狂追，风驰电掣，追风的感觉。媳妇吓得惊抓抓叫："慢点，慢点！"紧紧搂住我的腰，无限感慨人生："好爽！好安登er逸哦——"简直像没见过大世面的刘姥姥。我此时才有一种成就感，没有辜负媳妇对我这个大巴山瓜娃子的爱。那个时候，无论是她，还是我，绝没想到十年后还能驾私家车逍遥游。只觉得摩托车就承载了我们的梦想，一路驰向夕阳人生。

却说这辆抵债的摩托，外地牌照，没有入城证，只能在二环外行驶，入二环就要罚款扣照。我从距二环最近的南大门出入校园，东张西望，偷偷摸摸，做贼似的，远远望见交警，就如老鼠见到猫，吓得飞叉叉跑。俗话说：人在江湖漂，哪能不挨刀？某日，刚出校门至郭家桥，就迎头撞上骑摩托巡逻的交警。无论我怎样嬉皮笑脸，百般告饶，请求看在川大教授面子上，放我一马，交警眉毛都不抬一下地说："无论什么人，教授还是农民工，我们都一视同仁。"照开罚单扣驾照。还警告这是一辆从未年审过的黑车，如果新账旧账一齐算，要罚得我吐血。搞得我神经兮兮，做梦都梦见跟交警躲猫猫，杀死脑细胞无数。媳妇说，我们现在也不差这几个钱了，不如自己去买一辆新车，办齐证件，免得这样人不人鬼不鬼担惊受怕？我说没用，成都早已限制摩托车入城，没有很硬很铁的关系，休想办到入城证。媳妇居然突发奇想："为什么不鼓励你的学生毕业后去当交警？"我笑道："你的理想太遥远了！即使我的学生毕业后去当交警，等他们混上一官半职，有权力为老师办入城证，我可能老得连摩托车也骑不动了！"

这辆骑之心惊弃之可惜的黑摩托，后来居然被盗了。那是摩托车二年，距今十五年前，学校宣布新任命，我被任命为新组建的文学与新闻学院副院长。任命会议结束，我春风得意马蹄疾，走出文科楼，想一朝看尽蓉城花，座驾却不见了。东寻西找，也不见踪影。赶紧去保卫处报案，回答：凶多吉少，失望大于希望。虽说乐极生悲，但塞翁失马，我反而有一种如释重负的轻松感。一了百了，了结了我的摩托车时代。从此见到交警，昂首挺胸迎面而上，再也不提心吊胆不做躲猫猫的噩梦，再也不存鼓励学生去当交警的私心杂念了。

2013 年 8 月 13 日

# 男人的私房钱

据说，男人存私房钱，是现代男性争取独立的表现。传统家庭，男女不平等，存私房钱的是女人；现代家庭，说是男女平等，其实大多是母权社会，经济大权都掌握在女人手中。夫妻博弈，控制与反控制，男人存私房钱，就是这样被逼出来的。这跟单位私设"小金库"一样，上有政策，下有对策，无非是想自己手头留有活钱，活得才潇洒。但我自结婚后，从来没存过私房钱。不是不想存，最早是无钱可存，现在是无法可存。

我刚参加工作时，工资很低，生活拮据，捉襟见肘，最盼望的，就是发工资。记得当年姜昆有个相声叫《电影漫谈》，讽刺国产电影的模式化，有一段叫"英雄不死"，我军战士冲锋陷阵，身中数弹，倒在地上，气息奄奄，命悬一线，却没完没了地抒发革命豪情："指导员，我的党费，在内衣兜里——永别了！"指导员鼓励他说："我们的大反攻就要开始了！全国就要解放了！坚持啊，坚持……"战士喘着气，问："还有什么特大喜讯？"指导员附在他耳边大吼一声："发工资啦！"

这一句台词，当年不知笑翻了多少听众，我是差点笑闭了气。那年头，大家都掰着指头，计算着发工资的日子。发工资之日，就是全体人民开心之时。摸着新崭崭的人民币，那手感真爽。爽是爽，但就那么一点点工资，入不敷出，存什么私房钱？我就是个经手人而已。工资经过我手中，从单位领回家，如数上交媳妇，媳妇见钱眼开，脸都笑烂了。其实，她也不当家，穷当家，谁也不想干，我的钱和她的钱都放在抽屉里，任谁取用。她只是喜欢我把工资交到她手里的那种感觉，所谓当家作主的感觉。

后来，国家富裕了，我们也水涨船高，工资慢慢上调，然后在1990年代末，来了个空前猛涨，涨得人人喜笑颜开。发工资那几天，大家群情亢奋，奔走相告，财务科忙得不可开交，穷于应付，就人手发给一本工行存折，把工资打进去。我的工资存折自然由媳妇统一管理，我连经手人的角色也不用扮演，摸不到现金钞票，原来领工资的兴奋感也就逐渐消失了。

不过，近几年，除了工资，还有津贴、奖金、课时费、指导费、书报费、过节钱、年终奖、评审费、答辩费，等等，五花八门。除了津贴，都是现金交易，数百元数千元不等，回家交给媳妇，媳妇眉飞色舞，一边数钱，一边表扬我，夸我是世界上最顾家的男人，然后抽出若干张，塞在我口袋里。周末换洗衣服，媳妇搜查口袋，常常问："咋只剩下这点钱了？"好像搞审计似的。我很烦："谁还记得啊！"她就疑神疑鬼，旁敲侧击："是不是掉了啊？或被小偷摸了？"其实，她是听信了社会上的传言：男人有钱就变坏。我就讽刺她："你也太小看这个社会了！就那一点点钱，能让我变多坏？"

朋友就劝我存私房钱，说有了私房钱，"小金库"，生活才潇洒嘛！我也动了心，计划学院每次发钱的时候，截留一定比例，连藏私房钱的地方都想好了，夹在《资治通鉴》第五册里面。但还未付诸行动，学院就宣布，根据学校指示，今后所有的钱，不发现金，全打在卡上。这个杀手锏让我的计划胎死腹中，心里很不爽，看到很多男同胞，都是夫妻很恩爱的，也怅然若失。大概中国的幸福家庭都这样：夫妻一体化，不搞AA制，也不搞独裁制，貌似夫妻平等，但这样卡，那样卡，实际上都卡在老婆手中。后来，连我在外面兼课，在出版社出书，所有钱都打在卡上。想存私房钱，操作难度太大。听说全国各单位都这样，据说是为了征税，国家发财，却牺牲了我们男同胞在家庭中的独立地位，想潇洒也潇洒不起来。

上个月，我让媳妇去学院帮我交一张表，过了几天，我去学院开会，收发室小曾妹叫住我，说我有两张汇款单。心中窃喜，签字拿到汇款单，原来是两家报社登载我的博文，寄来的稿费。小曾妹说："前几天你爱人到学院来，我都没告诉她。"我很奇怪，问她："这是为什么?"小曾妹说："男人总得有点私房钱嘛!"把我笑惨了："这区区几百元，算什么私房钱啊!"

2008 年 12 月 1 日

# 形象工程

儿子上大学后，我们彻底解放，不再陪太子攻书，不再被精神折磨。媳妇就把工作重心转移到我身上，貌似第二次恋爱。我海拔不高其貌不扬，她想尽一切办法来包装我，以弥补我的先天不足。今天买一件花格格T恤，明天买一件粉红衬衫，后天又买一条上下左右都缀着兜的松紧裤，一大堆，占据了衣柜的半壁河山。我说："这么多衣服，能穿得过来吗？"媳妇斥道："你懂个屁！"说这些个衣服，我的外包装，大致分为三类：一类是穿起来在家里耍的，一类是穿起来去文星场买菜的，一类是穿起来去上课的。把我搞糊涂了，有时候，一日三更衣，难免混穿。有一天，穿起上课的花格格T恤去买菜，媳妇勃然大怒："你也太不珍惜了！这衣服世界名牌，多少钱一件，你知道吗？"我摇摇头。媳妇说："一千多元！"我始而吓一跳，继而怒不可遏："谁让你买这么贵的世界名牌？穿在我身上，纯粹是糟蹋圣贤，值吗？"媳妇笑嘻嘻说："打折的。"要我保守秘密，不能外传，免得被人瞧不起。

记得前年夏天，媳妇从荷花池买回一件红花花鲜艳衬衫，让我试穿。媳妇眼睛都亮了："嘿嘿！格调一下就出来了！"把我笑惨了。第二天一早，穿上红花花鲜艳衬衫去望江文科楼参加博士生论文答辩，在场的师生都很诧异，眼神怪怪的，貌似我是个恐龙。刘大侠教授皮笑肉不笑道："谢不谦，你在操浪漫艺术家花花公子啊？"我报以轻蔑的一笑："你瓜，你土！"答辩还没结束，中途休息，手机铃响，媳妇打来的："不谦，快下来！"我问："你在哪里？"答："就在文科楼下！"赶紧下楼："什么事这么十万火急啊？"媳妇指我身上的红花花鲜艳衬衫道："这是在家里穿起耍的衣服，怎么穿起来学校啊？太不严肃了！"递给我一件花格格T恤，让我换上。我说："这光天化日之下，怎么好意思更衣啊？"媳妇讽刺道："你平时脸皮那么厚，还有不好意思的时候？"我就躲在一棵大树下，以迅雷不及掩耳之势，焕然一新。回到答辩场，刘大侠教授莫名其妙："咦？你变色龙啊？"

却说今年，连日参加校内外硕士博士生答辩，早出晚归。媳妇退休了，整天在网上歌厅发飙。晚不睡，早不起，跟我生活不同步，就把我最拿脸的衣服，穿起来去上课的花格格体恤，放在我床头。我早上起来，穿上T恤；晚上回来，脱去T恤。却被学生善意提醒："谢老师，你衣服穿反了！"我笑道："明天就会穿正的！"这是积数十年人生经验总结出来的规律，折腾来折腾去：今天反，明天正；明天正，后天反。后天，也就是上前天，我指导的三位博士生通过论文答辩后，去望江校内外感谢答辩委员。女弟子月熙却提醒我："谢老师，你衣服穿反了！"我笑道："别声张！大家都没看出来？"说明天就会拨乱反正。媳妇驱车来接我回家，顺便送答辩委员大明兄和熊哥回狮山。我还没上车，媳妇就惊抓抓叫道："你怎么又把衣服穿反了啊？"把大明兄和熊哥笑惨了，引我的口头禅："好大个男女关系！"说明天就会拨诸乱，反之正。媳妇斥道："你把我的脸丢尽了！"

我忍无可忍，却不好当大家的面发作。回到家，质问媳妇："我丢了你什么脸？衣服是你买的，我不过奉命穿上而已。即使穿反了，好大个男女关系嘛！"媳妇哼哼道："你狗咬吕洞宾，不识好人心！我还不是为了塑造你的光辉形象？"我笑道："你这个形象工程太艰巨了！"引孔子说："朽木不可雕也，粪土之墙不可污也。"

2012年5月30日

# 今天我很"骚雅"

　　我从来不大在乎穿着，邋里邋遢，大家看惯了，也就见怪不怪。我若衣冠楚楚，大家反而觉得不正常。前年，为迎接教学评估，学院要把各位博导的大脑壳，贴在走廊墙壁。毛书记是摄影专家，自告奋勇为我们照相。我摆好姿势，故作学术状，毛书记却说："不行不行，你这身穿着太邋遢，有辱斯文。"就请阎嘉教授脱下西装，取下领带，让我披挂上阵，立此存照，就是现而今仍在学院走廊作壁上观的我。迁居郊区江安花园后，出门就是农田，赶场买菜，所遇多农夫农妇，我很快就入乡随俗。

　　去年秋天某日，我回狮山给媳妇送东西，楼下遇老邻居吴大姐，她竟然很惊诧："你是谢不谦？"把我吓一跳，心想：难道我外貌因水土不同而发生了沧桑巨变？三天后，媳妇回家，却很愤愤然，说吴大姐竟当她面说："你家谢不谦咋穿得像个老农民喃？"我笑道："这个吴大姐，自己也洋盘不到哪里去！"媳妇却斥道："你还有脸笑？我都恨不得钻到地里去！"翌日驱车进城，买回名牌时装若干套，命我一件件试过，一边欣赏赞叹，一边抽出标签，说："你看，多少钱？"不看不知道，一看吓一跳："飞起来抢人嗦？这么贵！"媳妇得意一笑："打三折的。"再三叮嘱："别人若问，你就说原价！"至今谁也没问，因为，没人看出来，我这一年来穿的是名牌，气质就不像。

今年春天某日，去文科楼，叫三轮，司机有点面熟，说是图书馆的，抽空出来挣点外水。我一上车，他就问："嘿！你咋个还未退休？"我笑道："我有那么老吗？"司机回头看看，说："五十七八？还有两三年？"回家当笑话讲给媳妇听，媳妇却很生气："他什么眼水哦？难怪只有蹬三轮车！"命我今后不准再坐他的车。今夏给我买的外包装，颜色就越来越鲜艳。我很犯难："我这样的年龄，穿得出去吗？"媳妇说："你莫把年龄挂在心上，咋个就穿不出去？"结果常遭阿红等人讽刺打击，说我穿得像个毛头小子似的，没有一点教师风度。回家汇报，媳妇却不以为然："她们年轻，不懂！"上周，媳妇又买回一件新T恤，粉红色，说是今年流行色，让我穿上，连声赞叹："好阳光好青春哦。"我苦笑道："穿在儿子上，精神；穿在我身上，滑稽！"媳妇斥道："你懂什么？这是世界名牌——花花公子！"天啊，时光果真在倒流，我都年过半百，还让我"花花公子"！第二天，我去上课，媳妇逼我穿上"花花公子"，还要扎在腰带里。审查半天，才批准放行。我瓜兮兮走进教室，也不看学生，讲完课就走人。回家，媳妇就问："学生齐声喝彩吧？"我说："我绷着张苦瓜脸，学生以为我惨遭不幸，还敢喝什么彩？"

今日上午，教务处小张打来电话，说校领导下午要来听我的课。我问："哪位校领导？"小张说："我们也不知道，总之是校领导。"我很气："他是不是有病哦？早不听晚不听，最后一堂课，精彩内容都讲完了，他偏来听！"媳妇却很重视，立即对我进行形象设计，挑来挑去，还是选中粉红色"花花公子"，配蓝裤黑皮鞋。我坚拒皮鞋，说："学生都看惯了我脚蹬布鞋。校领导一来听课，大热天，我却假眉假眼穿双皮鞋,人家会说我媚上!"媳妇只好妥协。结果,我浪费半天表情,校领导却没来。

下课,赶去文科楼参加政治学习,却早已曲终人散。两周未见教研室同仁,心里真还有点挂念。就到工会喝茶老地方,门外就听见刘大侠在高谈阔论。我一出现,全体人民像见到恐龙似的,齐声唤:"啊呀!"我坐下,阿红阿奂阿瑄阿蔓几位女同胞,嘻嘻笑道:"好~~哦!"好什么,慌乱之中,未听清楚。我辩解道:"都怪我媳妇。我这个半百老人,也就是个'任人打扮的小姑娘'!"梦蝶居士却不同意,连声赞道:"好好!你今天这身装束,不是风雅,应该叫'骚雅'。"大家笑得更欢:"骚雅?妙妙妙!""骚"在四川话中,有"风流"、"性感"、"性亢奋"等含义,不知何能为"雅"?大家却让我完成这篇命题作文:今天我很"骚雅"。

写完作文,媳妇还未回家。给她去电话,她没听清:"高雅?"我吼道:"什么高雅?是骚雅!风骚的骚!"媳妇却笑道:"这有什么不好?"

2007年6月22日

# 登泰山记

登上南天门，我才发现，我们没坐缆车上山，是个绝大的错误。

我对登山没有特殊兴趣，所以去登泰山，无非是了个愿。记得大二，淄博实习结束，车至济南后，老师就宣布放暑假。同学们相约去登泰山，我没去。独自一人在车站盘桓了两个多小时，就转车回了北京。开学后，同学一见我，就慷慨激昂眉飞色舞向我追述登山情状，说他们从山底爬到十八盘，累得上气不接下气，抬头猛见路边岩石上"中国国民革命军某团官兵"题刻的铭文："愿同胞们努力攀登，上达南天门，扬我中华民族自强不息之精神……"大家热血沸腾，高喊着"冲啊"，一口气拿下十八盘，冲上南天门。我就很后悔没能去登泰山。倏忽之间，二十八个寒暑悄然而去，我都从热血青年变为老先生了，才来圆大学时代的泰山梦。

飞济南的翌日，赶到泰山脚下天外村。匆忙找到旅馆，安顿下行李，就乘车至中天门，已是正午。媳妇说："我们坐缆车上山，然后走下来？"我说："那有什么意思啊？"我一心想走十八盘，去看那段铭文："愿同胞们努力攀登……"去寻找同学们当年热血沸腾青春飞扬的感觉。问路边摊贩："步行上南天门，得多长时间？"答曰："最多两三个小时。"我动员媳妇说："不就两三个小时？就当是减肥嘛。"

一说到减肥，媳妇就欣然前往。没想到十八盘并不险要，哪里是登什么山哦？纯粹是爬石梯子耍。一级连一级，也没个曲折变化。媳妇喘着气说："磨死个人哟！"见下山的游客很多，都是跟团一日游坐缆车上去的。媳妇就说："还是该去坐缆车哟。"我说："那还能叫登山？"嘲笑旅行社导游没品位煞风景。其实，沿途风景很一般，就两边石壁或岩石上，刻有许多古今登山者的应景诗，居然还有毛泽东龙飞凤舞的《长征》《题庐山仙人洞照》等。一路搜寻上去，却不见当年令同学们热血沸腾青春飞扬的铭文，很是遗憾。

这样走走停停，停停走走，近四个小时，才爬上南天门。我拿出相机，让媳妇造个"泰山顶上一青松"的型，还未按快门，刹那之间，天气陡变，一团团云雾，迅速弥漫开来，把南天门都遮住了。七八米之外，什么也看不清。我这才恍然大悟：导游为何急急匆匆带着游客上山？原来是抢时间看山上风景啊。我们却来晚了。登上日观峰远眺，除了浓雾还是浓雾。媳妇怨道："看什么啊？什么也看不见！"说要是坐缆车上山，哪能这样狼狈？我也有点后悔：既没找到同学们当年热血沸腾青春飞扬的感觉，又没能看到泰山的无边风光。站在"孔子登高处"，没有一点俯临天下的感觉。莫说天下，就连咫尺之外，也是一片混沌。不禁感慨：人家孔子登泰山而小天下，我谢不谦登泰山而亡天下啊。

登上玉皇顶，也就是泰山极顶，秦皇汉武曾在这里筑坛祭天。两千年前，那可是旷世大典啊。司马迁老爸因病未能随御驾前往，目睹盛况，引为终生憾事。角落里一块不起眼的石碑："古帝王登封处。"但没人留意。出风头的是玉皇庙，香火缭绕，一片乌烟瘴气。憋了半日的烟瘾犯了，就抽出一支烟，捏在手上，问卖香火的道士："能否抽烟？"道士冷冷地说："山上禁火禁烟！"我笑着指香客道："他们不是在烧香吗？"

道士扭过头去，再不理我。我很愤愤，愤怒出川话："不都是火都是烟吗？咋个只许烧香，不许抽烟嗦？"道士也许没听懂，也许已修道成仙，竟没一点反应。我就想：我要是当了泰安市长，一定要把这座乌烟瘴气的玉皇庙铲平，重筑秦皇汉武雄伟的祭坛，让游客一边喷云吐雾，一边去发思古之幽情，回味这座帝王之山的历史文化意蕴……

回到天街，雾越来越浓，山朦胧，树朦胧，屋朦胧，人朦胧。雾中冒出几个美女，好像在半天云中漂浮似的，恍然之间，竟有置身仙境的感觉。我心情立刻变好，笑着说："泰山看雾，雾中看花，也别是一道风景啊。"媳妇却讽我："看不见风景，却说是一道风景！简直是个阿Q！"我说："境缘心生，景随情移，你懂不懂哦？"却见上山的男女游客蜂拥而至，估计他们是要在山上过夜，等明天一早去看日出。我就很后悔在山下订了旅馆，要是能在山上住一晚，好爽啊！媳妇说："那你为何不早说？"我说："都怪你那个行李箱，又是化妆品，又是衣服裙子，好像出来旅游是参加化装舞会似的！那么笨重的辎重，不安顿在旅馆，难道要我拖着它来登泰山？"媳妇说："还不是怪你自己笨！难道就不能寄存在车站？"我说："当初匆忙之间，急着上山，哪里想到这一点啊？"

下山回到旅馆，服务员问："明早去不去看日出？"我摇摇头："若要看日出，我们何必下山？"后半夜，天降大雨，至凌晨还在淅淅沥沥。打着雨伞离开天外村，回望泰山，迷蒙一片。我心情更好："我们还算好运气啊。山上的人，看什么日出，只有看雨的份啰！"媳妇说："你这个人咋这么喜欢幸灾乐祸哟？心理阴暗！"我笑道："我这还不是为我们自己找点安慰嘛。"

2007 年 8 月 12 日

# 避暑山庄

　　早就知道"避暑山庄"，中国最大的皇家园林，比颐和园还大两倍。这次去内蒙古看草原，了愿之后，打道回府的路上，就在承德刹了一脚，游避暑山庄。

　　却说那天车到承德后，天色快黑，还飘起了雨点。匆匆走出客运站，拦住一辆出租，司机问："去哪？"我征求媳妇意见："去市中心？"司机看出我们是外地游客，就说载我们去一家宾馆看看。到店一看，房价是星级，房间却是招待所式。媳妇的化学鼻子，还闻到空气中弥漫着一股霉臭味。嘀咕道："简直像猪圈！"扭头要走。我说："天色这么晚，人生地不熟，匆匆忙忙，要找到价廉物美的宾馆，谈何容易？"有个旅客登完记，对我们说："现在是旅游旺季，再过一会儿，想找一张床，可能都不容易。"媳妇还犹豫未决，我就当机立断："先将就住一晚嘛。明天转移阵地，另找一家好点的宾馆，怎样？"媳妇说："还能怎样？总比在街上站一夜强吧？"

　　翌日一大早醒来，我就赶紧去找宾馆。看了几家，条件差不多，房价却不便宜。有一家貌似三星级酒店，条件稍好，标价近四百元。我问："不打折？"服务小姐不冷不热地说："今天就这个价！"我想这样一家家找下去，时间都花在游览宾馆酒店上，还游览什么避暑山庄？就笑着对服务小姐说："我马上叫我领导过来？"走出来，却发现不远处有一家小旅店，外观像公寓，进去一看，见房间省去了一切与睡觉无关的繁文缛节，就两张床，干净整洁，房价非常便宜，50元，正合孤意。赶回宾馆，向媳妇全面汇报。媳妇问："你最后定的哪一家？"我说："这么重大的事情，我怎么敢擅自决定？得你亲自去视察。"结果，看来看去，媳妇也拿不定主意，不是嫌贵，就是嫌脏。我建议说："去看看那家最便宜的小旅店？"

媳妇走进小旅店一看，脸色立即晴转阴："这种鸡毛店，是人住的地方吗？"我笑道："太夸张了吧？这不是人住的地方，难道是猪住的地方？这里整洁干净，除了价格太便宜，哪点不比昨天的宾馆好？"然后忆苦思甜道："当年游北戴河，海边老乡三四元一间的破平房，你还嫌贵哩。"媳妇却批我道："那是什么时候啊？"这时，几个成双结对的大学生背着包出来，我对媳妇说："你看，这是人家大学生住的旅店！我们也来年轻一把，好浪漫嘛。"媳妇讽我："人家学生都叫你老头老大爷了，还自以为多年轻！"我就给她戴高帽子："不是我年轻，是你年轻。"

媳妇这才阴转晴，嘴上却说我舍不得钱。我就拽她出去："去住那家三星级？多花钱就多花钱，好大个男女关系嘛。"媳妇却说："那么贵，住着心疼。"取出身份证去登记，老板娘竟然抛出一个不是问题的问题："你们是夫妻？"说按公安局规定，还要出示结婚证。我很诧异："我们这把年龄，就住一晚上，还需要什么结婚证？"老板娘解释说："我是怕公安局突击检查。"我说："我们不怕什么检查。"心想：让公安局来查吧，查出我们无证非法同居，那才喜剧呢。媳妇却无限感慨："真是终点又回到起点！"我笑着附和道："是啊是啊，难怪老一代革命家都感慨：辛苦革命几十年，一下退到解放前！"媳妇指我鼻子斥道："就你会找自我安慰！"

却说游避暑山庄的时候，坐在"濠濮间想"前的草地上，望着湖对岸的亭台楼阁，媳妇还耿耿于怀，说她好希望有一天，我们无论走到哪里，都能潇洒出入豪华酒店，而不用心疼钱。我已经没有年轻时代的豪情壮志，提劲打靶描绘远大理想，只有耐心细致做她的政治思想工作："现在至少还有三分之二以上的中国夫妻，连我们这种鸡毛店旅游，也不可能。人若不知满足，一辈子都没有幸福感。"媳妇讽我是阿Q精神，说她就是羡慕豪华酒店，不喜欢鸡毛店。我就现场教学，即景抒情，给她讲"濠濮间想"的故事，说庄子式的潇洒快乐，媳妇若有所悟，貌似思想境界又有所提高。我笑道："每次出游，你都能学到新的知识，都有新的人生感悟，人家都好羡慕你嘛！"媳妇说："羡慕我什么？"我说："回去问问你的同学同事，有几个人知道'濠濮间想'？他们肯定不知道！"相视一笑，莫逆于心。

避暑山庄太大，我们游了不足四分之一，也没什么遗憾。门票九十元/人，我和媳妇站在"南山积雪"上，高瞻远瞩，总结一天的感受，都说：值。旅游观光，本来就是望气而已。那天晚上，天上飘着雨点，空气凉爽，我们在鸡毛店和衣而卧，也没什么"濠濮间想"，睡得很香很踏实，不知东方之既白。

补记：庄子与惠子游于濠梁，庄子说："鱼儿出游从容，多快乐啊！"惠子说："你不是鱼儿，怎么知道鱼儿快乐？"庄子说："你娃又不是我，怎么知道我不知道鱼儿快乐？"楚王想聘请庄子当宰相，派使者送去聘金，庄子正钓于濮上，头也不回说："你看那祭神的牺牛，国家特级宠物，住的是星级牛宅，吃的是豪华大餐，待遇多高。但当它被送去祭神的时候，想做一头曳尾泥中的孤豚，特立独行的猪，都办不到。"庄子的濠濮对话，激发了后人无限遐想。东晋简文帝游华林园，感慨："会心处不必在远，翳然林水，便自有濠濮间想也，觉鸟兽禽鱼自来亲人。"我虽然不是帝王，千里迢迢，来游皇家园林，为何不能想望庄子游于濠梁、钓于濮上的潇洒快乐？

2009 年 8 月 3 日

# 鼓浪屿

　　鼓浪屿是厦门游第一站，上岛就遇大雨，海天迷茫茫一片，找不到感觉。我们只带了一把伞，走出码头，海风横吹，雨点斜射。一群游贩围过来，齐声唤："雨伞雨衣旅游图——"媳妇说："给你买一件雨衣？"我笑道："想让我当'套中人'？"说夫妻风雨同伞才浪漫。浪漫到旅店，浑身湿透，心里却很温馨。

　　第二天游景点，雨越下越大，想浪漫也浪漫不起来。在路边买了一把伞，夫妻各撑半边天。有岛民毛遂自荐："需不需要导游？"我问多少钱，答："二十元。"媳妇却一把拖过我，斥道："我们又不是不识字，要人导什么游嘛？"夫妻分工，各司其职：我近视，负责看旅游图，指引革命大方向；她远视，负责看路标，确认具体景点。一路游下来，媳妇竟感慨人生道："我们连眼睛都能优势互补，夫妻多般配！"居然这么容易有成就感幸福感，把我笑惨了，说："你也太阿Q了吧？"

　　午饭后，雨还在飘，时大时小。我建议道："咱去乘观光车环岛一游？"媳妇却嫌车票太贵，耐心做我的思想工作："坐观光车兜风，哪有步行好耍？"居然误引孙子兵法：三十六计，走为上计。义无反顾，走在前面，我只好紧跟。

却说我一年四季脚蹬布鞋，双脚早已自由主义化。遭遇鼓浪雨，只能皮鞋，不仅夹脚，而且沉重，雨中行走，身心疲惫，看山不是山，看海不是海。想找个地方歇歇脚，却没有能坐得下来的椅子或石头。步履蹒跚行将倒毙之时，终于看见岸边草坪中有个遮阳棚，中间貌似有干燥之地。一鼓作气，冲刺过去，也顾不得教授之尊，一屁股坐在地上。赶紧脱下皮鞋，双脚喜获解放，心旷神怡，左顾右盼，看山是山，看海是海。媳妇却捂住鼻子，连声斥道："臭脚，臭脚！"我笑道："你恶果自食！要是乘观光车，何来臭脚？"媳妇却同情起乘观光车的游客："他们坐在车上兜风，哪能体会到鼓浪屿的美妙？"

终于在鼓浪雨中，完成环岛游，来到日光岩入口处。我大声朗读旅游图提示："不登日光岩，枉来厦门游！"媳妇一看门票，就跟我唱反调："能见度这么低，能看见什么啊？浪费表情浪费钱，还不如晚上吃海鲜。"我心有不甘："我们不是白来厦门了？"媳妇讽我："你好天真可爱喃？"说那都是哄游客的，瓜娃子才当真。夫妻意见不统一，只好高山仰止，挥手而去。

晚上吃海鲜，红花蟹海蛎竹节虾海瓜子等，从街边地摊买来的生猛，拿去附近小饭馆加工，价廉物却不美，感觉：糟蹋圣贤。接下来几天，媳妇坚决拒吃海鲜，说："闻到海腥，就恶心。"我以金门高粱酒化而食之，酒不醉人人自醉，想回旅店睡觉。媳妇却要去听钢琴音乐会，感受艺术气氛。我舍命陪媳妇，却在琴声中睡着了。媳妇叫醒我，早已曲终人散。我问媳妇："找到艺术感觉没有？"媳妇却指我鼻子笑道："你居然被催眠了！这就叫——对牛弹琴！"

却说翌日一早，天貌似放晴，我翻身起床，说："出去呼吸海风?"媳妇却哼哼哼，要继续睡觉。我想在离开鼓浪屿之前，拍几张海上日出艺术照，就一个人挂着相机，遛达到日光岩门口，见售票窗挂着牌子：七点半之前，票价减半，30元/人。大喜过望，赶快交买路钱，登上日光岩峰顶，鼓浪屿尽收眼底。太阳偶尔从云层中探出头来，海面粼光闪闪，正要咔嚓，又缩回头去，让我望洋兴叹。

　　海上日出没拍成，却圆满了我的厦门之行，其喜也洋洋者矣。为了让媳妇为她的懒觉后悔终生，电话叫醒她："哈哈，你猜，我现在哪里？"她却不愿猜，只好告诉她谜底，说我站在日光岩上，看见台湾了。媳妇被鼓浪雨折腾了两夜一天，再也浪漫不起来，哼哼道："你能看见台湾，太阳从西边出来！"

2011年11月23日

# 土豆熬出来的"心灵鸡汤"

刚迁居江安花园的时候，我要在后花园养鸡，媳妇坚决反对，讽我胸无大志。我斥道："你有大志？我看你是志大才疏！"说你起个名字提劲打靶，叫什么"一鸣"，想"一鸣惊人"，结果名不副实，都快年过半百，除了偶作河东狮子吼，把我吓得神经兮兮的，惊动过谁人了？媳妇说名字是爹妈起的，爱谁谁啦？我说我想养鸡，也是小时候爹妈教我的：热爱生活，爱谁谁啦？

打下媳妇的嚣张气焰后，我就实施养鸡计划，鼎盛时期，多达十二只，被我的朋友戏称为"十二金钗"。媳妇吃着纯情母鸡生的蛋，啧啧赞道："真香！"喝着老母鸡炖的汤，赞不绝口，说喝出小时候的鸡汤味道来了。主动请缨，骑车去文星场拾菜叶子；同学同事聚会，也把席桌上的剩余价值打包带回喂鸡。把鸡咯咯高兴惨了，生出来的蛋，不仅口感好，而且别有风味。儿子周末回家，吃着白水煮鸡蛋，居然问："是不是卤鸡蛋？"

谁知天有不测风云，去年春天，全体鸡咯咯突然呜呼哀哉了。媳妇怀疑是禽流感，很紧张，我笑道："哪来这么多禽流感？"说不过是鸡瘟罢了。媳妇说不怕一万，就怕万一，严禁我再养鸡。我也想换个活法，就正式收养了一只流浪猫，Mary 和 David 的妈妈，现在已经发展到"猫三代",我也从业余鸡农升格为猫司令。

　　媳妇却怀念起往昔鲜美的鸡汤,说市场上买的土鸡全是冒牌货,炖出来的汤淡乎寡味。今年国庆,讨论我家"十二五"发展规划,她竟建议:"我们又来养鸡?"我说:"现在后花园那么多猫咪,怎能养鸡啊?"笑道,鸡咯咯还没长大,可能就被这些流氓猫当鸟雀米西米西了。猫外婆曾偷捕花园业主的小鸡来喂小猫咪,不是传言,而是铁证如山,见我前年博文《一只小鸡引发的血案》。媳妇说:"那先把这群流氓猫赶走?"我说:"这些流氓猫,猫妈妈Mary和猫舅舅David之流,早已操成国际知名人士了,粉丝很多,万一让哪个猫粉丝知道了,传播到网上,你我可能从此就不得安宁了! 鸡肉没吃到,惹得猫狗跳,何苦来哉?"

　　媳妇说她又不想吃鸡肉,只想喝鸡汤。我笑道:"没有鸡肉参与的鸡汤,不就是所谓'心灵鸡汤'吗?"挽起袖子说:"这有何难哉? 我马上跟你炮制一碗!"端上桌的却是一碗土豆汤。媳妇哼哼道:"这是鸡汤? 你以为我是瓜娃子?"我笑道:"不信,请品尝?"媳妇喝了一口,惊喜地叫道:"嘿,真有一点点鸡汤味道?"问我是不是放了鸡精? 我说:"我们家哪来什么鸡精?"她边喝边赞,问我这道汤是谁发明的? 我很自豪地说,是我大巴山父老乡亲在难以喝到肉汤吃饱米饭的年代发明出来的,名副其实的"心灵鸡汤"吧? 媳妇连声道:"就是,就是。"

　　我用土豆炮制的"心灵鸡汤"。锅内加白水两碗,土豆切片,大蒜切片,放入锅内,煮至烂熟,盛入碗内,加葱花、食盐、胡椒粉,滴熟油两三滴或三四滴。不能用超市出售的色拉油,需用农村小作坊榨的菜籽油,鸡汤味就出来了。不信,你试一试?

　　　　　　　　　　　　　　　　　　2010年10月16日

# "桃花人面"或"瓜娃子面"

　　1986年初夏，刚入而立之年，去哈尔滨出差，参加国际红学会，在一家无名小店吃面，好像叫"打卤面"，一大盘，被我一扫而光，好吃惨了。好吃不在卤，而在面条，据说是手工做的，比四川用机器做的挂面或水叶子面好吃得多，筋丝好，有嚼头。回到家，想让媳妇分享我的口福，就去粮店买了两斤面粉，试着来做手工面条，结果和出来的面团，没韧劲，一抻即断，只好将就在菜板上滚动成指头状的面疙瘩，就像小时候抟出的泥巴条一样。媳妇笑道："这就是把你好吃惨了的哈尔滨面条？"我说四川阴雨天多，小麦在灌浆期日照不充足，所以面粉没韧劲，如孔夫子叹曰："朽木不可雕也！"

　　1996年，年届不惑，还坚守狮山危楼蜗居，我有一中学同学阿荣，在北京做生意发了财，提前进入小康，暑假中想飞来成都玩，电话问我，她从北京带我们什么礼物最好？我正想重新启动手工面条试验，就说："北京富强粉。"她竟疑神疑鬼："谢不谦，你是不是开我的国际玩笑，讽刺我吝啬哟？"我说不是，你我大巴山人，耿直豪爽，怎么可能吝啬？我是真心想要北京富强粉，在成都进行一项创新性试验。阿荣很奇怪："什么核试验？"我说："手工面条。"把她笑惨了。直到现在，大巴山老同学聚会，忆苦思甜，抚今追昔，阿荣还笑道："谢不谦这个书呆子迂夫子，好稀奇古怪哟，让我大老远从北京给他买五斤富强粉当礼物——"北京富强粉来了，屡次试验，还是未获成功，就放弃了。

似水流年，流年似水，正如古代话本小说中起承转合的套话：不觉光阴荏苒，日月如梭。一梭，就梭过了知天命之年，卜居南郊江安花园，远离是非远离尘嚣，过着貌似桃花源中人的平淡生活。同龄老友刘大侠不服老，被中国人民罢免教研室主任后，很失落，居常怏怏，却故作平淡，赋诗言志云："潇洒水上亭，悠然不高山。"（不谦按："水上亭"是江安校园最现代化阶梯教室，"不高山"是江安校园最原生态树林）我笑引龚自珍诗，给他算命："莫信诗人竟平淡，二分梁甫一分骚。"算封了相。他果真常来电话骚扰我："你在独善其身啊？"或："你在参禅打坐啊？"或："你在修仙炼道啊？"我一笑置之，答曰："我在搞婚外恋，一夫多妻！"刘大侠笑嘻嘻说："你想回到动物世界？"

有一天，刘大侠竟率黄勇、朝富等几条"70后"好汉，前呼后拥，雄赳赳气昂昂闯入我家，貌似黑吃黑，说是来考察我的党性，却闹酒，说色话反动话，要破坏我三教合一儒道互补的心境。我不愿假道学假和尚假神仙，就跟他们虚与委蛇，嘻嘻哈哈。觥筹交错之际，突然想起二十多年前在哈尔滨吃过的打卤面，问刘大侠："东北的手工面条怎么做的？"刘大侠激动惨了，两眼放光，手舞足蹈，作心驰神往状："啊！打卤面好好吃啊！咱们东北的打卤面啊！"说他几年前去北京开会，在公安部工作的硕士开门弟子杜同学，要请他去豪华餐厅喝酒，他说不用喝酒，去吃东北打卤面。打着出租，走街穿巷，甚至摸着石头过河，好不容易找到一家，却变味变成修正主义了，不是正宗东北味。他摇头晃脑，仰天长叹："啊！咱们东北的打卤面啊，好好吃啊！"我愤然打断他的自话自语："我知道你们东北打卤面好吃，天下第一，但我问那面条，用手工是怎么做的？"他却充耳不闻，继续抒情："啊！咱们东北的打卤面啊！简直不摆啦！"好像东北打卤面为他争得了无上光荣。现任教研室主任黄勇博士也是北方大侠，身怀手工面绝技，却一点不颤花，在刘大侠的感慨赞叹声中，插话道："你想做手工面条，很简单嘛。"说他硕士毕业留校，一个人单操的时候，都是自己做面条吃，从不买四川的挂面或水叶子面。我就当场拜黄勇为师，虚心向他请教。刘大侠这才从陶醉中回过神来，貌似很内行地说："关键是面要和得好。"我笑道："这个道理，瓜娃子都懂得起。关键问题是：怎样才算和得好？"黄勇就耐心跟我传授和面揉面技巧，遗憾的是，我家没面粉，巧妇难为无米之炊，他不能现场表演，全是空对空，纸上谈兵。

却说今年国庆大假，举国欢庆，我也心情舒畅，将平生所学厨艺施展出来，向儿子的伟大母亲我媳妇献礼。其实也就是些家常小菜，除了独具大巴山特色的土豆"心灵鸡汤"外，青椒茄丝、泡椒木耳、韭菜鸡蛋、粉蒸排骨、豆豉回锅肉之类，四川怕老婆的男人，人人会做。媳妇却笑嘻了，夸我心灵手巧，勉励我道："开拓创新，继续努力？"我想给媳妇一个意外的惊喜，她在网上瓜兮兮放声歌唱："今天是你的生日，我的祖国，我要放飞一群白鸽……"我是她放飞的白鸽之一，骑车去文星场，买来两斤北方面粉，炮制手工面条。因为掌握了全部核心技术，所以轻而易举，一举成功。

面条煮熟后，盛在盘子里，媳妇怪兮兮地问："为什么不盛在碗里啊？"四川人吃面条，都是用碗，不用盘子。我说，二十多年前在哈尔滨吃的打卤面，就是盛在盘子里的，我想吃出当年的感觉。媳妇笑道："你也太机械了，不知变通。同样的面条，难道盛在盘子里的味道就不同？"我说："那吃意大利面条为什么要盛在盘子里，用叉叉吃？"媳妇就不跟我抬杠了，埋头吃面，啧啧赞道："好吃好吃，太好吃！"吃完后，说出一句话，让我很意外："不谦，今后尽可能少做这种面条？"我很奇怪："这是为何？"她说："吃得太多了，要长肥！"我笑道："你就少吃一点嘛。"媳妇哼哼道："你说得轻巧！这么好吃的面条，越吃越想吃，能少吃得了吗？"

媳妇担心天天吃这样的面条，会长成一头大肥猪。我笑道："我最喜欢大肥猪，身体健壮，简单快乐。"说太骨感，弱不禁风，是病态，是变态。媳妇却讽我："你瓜娃子，审美没得观！"我却备受鼓舞，说："等我退休后，去对面江安校园开一家面店，生意绝对红火？"媳妇居然逢场作戏，推波助澜，问我："起个什么店名？"我说："我做的手工面，已包含很多四川元素，当然不能叫东北打卤面。"想一想，笑着问："叫'桃花人面'，怎样？"说川大学生若知道这是我这个桃花源中人，历经二十多年沧桑，在东北打卤面基础上，融汇天府之国美食传统的精神，开拓创新出来的养生保健肥体美容面，吃得太太返老还童面如桃花，还不慕名而来一吃为快？媳妇赶紧附和道："就是，就是。"我想象"桃花人面"美好远景，不觉踌躇满志顾盼自雄，说等江安总店打出名气后，就去望江、华西校区和狮山南大门开分店？天天人面桃花，桃花人面，不再子曰诗云之乎也者绕口令装深刻，日出而作，日入而息，不知有汉，无论魏晋，好爽感啊！

我提劲打靶，畅想未来，媳妇却眉飞色舞，老当益壮，竟自告奋勇毛遂自荐，说她退休后，立即杀个回马枪，亲自坐镇狮山南大门分店，笑傲江湖：夫妻团结如一人，试看天下谁能敌？我笑道："太夸张了吧？如果我们真有那么兴旺发达一天，何必劳动媳妇你的大驾喃？你老人家就等着在家里逗孙子，数钱耍吧。"谁知我得意忘形，出言不慎，触犯了媳妇讳言"老"字的家禁，竟翻脸不认人，斥道："你这个瓜娃子！我是'老人家'，你又有好年轻嘛？"我虽然不年轻，但反应还不是很迟钝，灵机一动，说："嘿！干脆叫'瓜娃子面'，坦诚示人，比'桃花人面'更本色更具号召力？"把媳妇笑惨了，说："是啊是啊，我就站在店门口，兜揽生意，现身说法：广大同学们，快来吃面啊，吃了谢不谦老爷爷的'瓜娃子面'，就像我这样变成一个快乐的瓜娃子！"

2010 年 10 月 17 日

# 头发生病

我海拔不高，其貌不扬，但一头黑发，虽然有些"资产阶级自由化"，却很茁壮。我和媳妇相识相恋的故事，就是从头发开始的，见《头发》。

却说结婚后，媳妇就告诫我："头要经常洗，发要天天梳。"说头发虽然无用，却能代表一个人的精神面貌。我说："人家光头和尚，大德高僧，如唐三藏，难道就没精神面貌了？"媳妇讽刺我说："那你为什么不去当和尚嘛？"我笑道："如果当和尚可以结婚恋爱，我还真想去峨眉山当和尚呢！"媳妇斥道："你那是花和尚，公安局严打的对象！"我就跟她讲精神是一种气质，说头发是皮毛，古今中外大画家，如东晋顾恺之，画人都注重画眼睛，眼睛才最传神，没人会去关注头发。媳妇却不以为然："那是艺术，不是现实。"联系现实说："你要人才没人才，要身材没身材，就头发好看一点点，不知扬长避短？"貌似很有人生哲理，让我深受启发。从此早起以手爪当梳子，天天梳头，一改从前自由化乱鸡窝形象。周末去学校澡堂洗澡，也认真洗头。媳妇却是个洁癖，嫌间隔时间太长，只要她洗头，就强迫我和儿子也洗，全家洗礼似的。儿子抗拒，我也不干，她就恐吓我们："不经常洗头，头发就要变白！"儿子被震住了，哭哭啼啼就范，我却笑道："说不定头发就是这样被洗白的呢！"她瞪我一眼："你爱洗不洗！"只去折磨儿子，让我放任自流。

结果，冬去春来，年过半百，媳妇早已头上飞白，我却依然黑发茁壮。我笑道："你用那么多化学剂洗发精折磨头发，头发不洗白才怪！"媳妇却说："基因决定的。"我不知道这基因是什么因，只知道我中学大学研究生同学，凡最喜欢洗头的，无论男女，头发都飞白了，然后染黑，却越洗越白。

有一天，某报记者、王红教授的女弟子陈生，来我家采访，近距离观察我后，说她曾问王红老师谢老师是不是戴的假发，我哈哈大笑，当即手抓头发，请她验明正身。陈生当场质疑："头发这么黑，是不是染过啊？"媳妇现场作证："他一直就是这种乱鸡窝黑头发。"陈生这才笑嘻嘻赞叹："谢老，你看起来好年轻哟！"其实，看起来年轻的不是我，是我的头发。

我这才觉得，头发黑而茁壮，是青春飞扬的象征。很快乐很自豪，不知老之已至。须知人非神仙，若揽镜自照，猛见头上飞白，谁心中能不荡起一片涟漪？谁能坦然面对"白发三千丈"？有楚国诗人屈原为证："惟草木之零落兮，恐美人之迟暮。"古今中外，据我所知，初见二毛，只有晚明先锋派诗人袁宏道貌似最潇洒，其《偶见白发》云："无端见白发，欲哭翻成笑。自喜笑中意，一笑又一跳。"但我怀疑宏道老兄这首"梨花体"是为文造情，故作潇洒状，因为他驾鹤仙去之年，不过四十二三岁。虽说"人生七十古来稀"，但距我今日赞叹"夕阳无限好"的年龄，还远着呢！

却说今年暑假，某日雨后，我挎上竹篮，去文星镇赶场。脚还未迈出家门，媳妇就惊抓抓叫："站住，站住！让我看一看！"冲过来，掀起我的头发："这是咋回事嗬？"以为她在我头上找到了几根白发，就笑道："都半百老人了，好大个男女关系嘛！"她却把我拽到镜子前，让我对镜自照，吓我一跳：茂密的黑发丛中，不见一根白发，却看见一块铜钱大小的斑点！

这个问题，比几根白发还严重，立即驱车去医院，不知该挂外科还是内科。咨询挂号处，说是皮肤科。第一次听说头发属皮肤科，如古语所谓："皮之不存，毛将焉附？"也增加了一点医学知识。医生站起来一看，说："斑秃。"然后问我："心情好不好？"我朗声而答："有时好，有时不好。"医生又问："睡眠好不好？"我依旧朗声而答："有时好，有时不好。"把媳妇逗笑了："你咋像个小学生呢？"医生也笑，坐下来开处方。媳妇问："什么原因造成的呢？"医生说："原因很多，因人而异，医学上也没完全搞清楚。"媳妇不甘心，启发式地问："那和不爱清洁不爱洗头有关系吧？"医生茫然。媳妇继续启发："那和抽烟喝酒有关系吧？"医生一笑，终于懂起了，连忙点头同意："有关系，有关系。"媳妇就斥责我说："叫你爱清洁，常洗头，不抽烟，少喝酒，你还不信！"问医生："他这斑秃，会不会继续蔓延，把头发都掉光？"医生沉吟片刻，说："有可能。"我心一紧，突然想起大学上铺同学老宋，头上好像也是出现一点斑秃，很快星火燎原，席卷全球，好像叫什么鬼剃头，忐忑地问医生："我不会是鬼剃头吧？"医生说："这是民间俗称。"我当即英雄气短，悲从中来：一头茁壮的黑发，咋会生这种莫名其妙的怪病啊？

回家后，书也不想读，网也不想上，躺在沙发上，仰天长叹："提劲打靶一世，最后却落个鬼剃头！早只如此，还不如把头发洗白呢！"媳妇却温言细语安慰我："有病吃药，没那么严重。"严重的是，按照学校教务处安排，暑假开学后，我和王红主讲的《中国诗歌艺术》是国家精品课程，必须全程录像。我录前五六讲，她录后五六讲，挂在学校官方网站上。我如果被鬼剃头，不阴不阳，有损咱四川大学的光辉形象嘛！媳妇说："那你下学期就别去录像？"紧急电话王红，说明这一突发事件，头发生病，非人力可抗因素，想请她一人担纲。没想到，王红却建议："干脆主动出击，把头发全剃光！"我说："光头和尚上讲台？好笑人嘛！"她就开导我说，头发其实一点用处也没有，却要吸收很多营养。"头发长见识短"这句话，貌似有性别歧视在，但不能说没有一点科学道理，谁叫过去女性都留长发，还以"辫子粗又长"自豪呢？营养都被头发吸收了，光长头发不长心，见识怎能不短？云云。

这一番科学道理，让我豁然开朗，恍然大悟：难怪今天女生越来越聪明，大有超越男生之势。就说我们学院，每年保研，排名前十几的，几乎清一色女生。秘密原来在头发啊！记得去年，有个中学规定，女生必须短发齐耳，竟被网上炮轰，说是干预人身自由。看来，不懂"头发长见识短"科学道理的人多得很。

却说暑假中，头发锲而不舍地掉，貌似鬼在剃头。我毫不在意，对媳妇说，如果继续蔓延，我就去剃个大光头，表演一回行为艺术：红太阳光辉照全球。媳妇瞪我一眼："你敢！"我笑道："又不是你的头发！"她却振振有词，说是夫妻共有。古人云："身体发肤，受之父母，不敢毁伤。"而现在，头发长在我头上，却属于夫妻共有，未经媳妇同意，不能擅自毁伤。我就跟她讲"头发长见识短"的科学道理，说把头发全剃光，人会变得更聪明。媳妇还是不干："都半百老人了，要那么聪明干吗？"我只要坐在电脑前，她就忙得不亦乐乎，一会儿用生姜来擦我的头皮，一会儿喂我核桃，一会儿又把枸杞塞我嘴里。我应接不暇，叫苦不迭："我最不喜欢吃核桃枸杞！"她却喝令："吃，必须吃！"说核桃枸杞含有丰富的头发素，最能刺激头发生长。总之，不遗余力，千方百计，要挽留我黑而茁壮的头发。正如毛主席当年讲的愚公移山，这件事感动了上帝，他就派了一个神仙下凡，把鬼剃头赶走了。

但鬼剃头"沦陷区"方圆有半张扑克牌大小，劫后余生，尚在恢复重建之中。开学后，去学院开会，同事见我都很吃惊："你脑袋上咋回事？"我笑道："天有不测风云，谁知道呢？"我无所谓，媳妇却很有所谓。每次上课前，媳妇就喝令我站住，为我细心梳理头发，盖住那片刚刚获得新生的"沦陷区"，嘱咐我说："上课的时候，脑袋不要晃来晃去！"我笑道："你这叫欲盖弥彰！"她瞪我一眼："那你别穿衣服？"原来，头发虽然不是命根子，却是脑袋的衣服。

结果，本学期讲《中国诗歌艺术》最拘谨，也最失败，因为生怕慷慨激昂之际，得意忘形，在聚光灯下摄像头前，把脑袋上的衣服晃走，原形毕露，贻笑大方。希望本学期选我课的同学原谅：理解万岁！

2009 年 10 月 18 日

# 布鞋党

　　和媳妇相识相恋后，虽风生水起，却一波三折。我毫不气馁，不怨天不尤人，退而三省吾身：为人友而不忠乎？与美女交而自信乎？冠履不整乎？反求诸己：冠履不整，是我的弱项。但我不戴冠，问题在履，如老家民谚云："脚上无鞋一身穷。"稍有姿色的大学生，谁想找个海拔不高、其貌不扬的"布鞋党"？将心比心，心中若有所动。心动不如行动，就进城买了一双男高跟皮鞋。当年鞋底要钉铁钉，特请鞋匠在鞋底多钉几颗，走在水泥路上，噔噔噔，心中都律动着节拍，感觉脚踏实地，很稳重，也很威风，貌似很有学者派头。孔子说："君子不重则不威，学则不固。"此之谓也。从此脚蹬皮鞋，高视阔步，噔噔噔，去约见媳妇，气宇轩昂，顾盼自雄，把媳妇笑惨了："瓜娃子！"但我底气十足，第一次体验到征服世界的成就感。有诗为证："天上没有玉皇，海底没有龙王。我就是玉皇，我就是龙王！喝令三山五岭开道，我来了！"

　　很多年后，我已年过不惑，早从"皮鞋党"升格为"西装革履"。和光同尘，与世俯仰，偶尔风度翩翩，偶尔邋里邋遢，貌似个滑稽剧演员。新千年之交，要去美国哈佛访学，收到哈佛外办若干文件，其中一件是"国际学者生活须知"，说最好穿自己的民族服装。这可把我家后勤装备部部长难倒了，问我："中国人民现在从里到外从上到下都全盘西化了，哪来什么民族服装？"我笑道："给我缝一件长衫子？"媳妇斥道："你有病！"想来想去，就买了一双普通布鞋让我带上。

插叙一段我在美国听见的笑话：1980年代，在纽约、洛杉矶、波士顿等城市街头，只要看见头发梳得倍儿光，皮鞋擦得倍儿亮，西装笔挺，提着崭新的皮箱，诧分分，东张西望的，不用问，肯定是刚刚从中国大陆来的学人。这个笑话，不是空穴来风。中国人太穷，就说衣装，新三年旧三年，缝缝补补又三年。所以凡公派出国留学访学者，国家一次性奖励八百元"置装费"，购置全身行头，从头武装到脚，以免丢社会主义祖国的脸。八百元什么概念？超过一个研究生全年收入。

我访学哈佛的时候，这项奖学政策已取消。我身着家居常服，脚蹬布鞋，从东海岸走到西海岸，权当表演中国古典行为艺术，却没引起任何反响。但却发现，布鞋比皮鞋舒适。此外，布鞋还有三大好处：第一轻便，第二不汗脚，第三不用擦鞋油。回国后，决心重新加入"布鞋党"。

媳妇却强烈反对，斥我装疯迷窍。我说我不是装疯迷窍，是我的脚已经完全自由化，穿上皮鞋感觉脚指头备受夹磨，问她："你穿尖头高跟鞋，在狮山爬坡上坎，高一脚浅一脚，颉之颃之，像个缠脚女人似的，难道不难受？"她回答："脚虽难受，心里舒服。"我讽刺她："宁要风度，不要温度？"她哼哼道："你懂不起！"我知道她很虚荣，布鞋皮鞋不仅仅是鞋，更是贫富的象征，就笑道："你这是'文革'时代的思维吧？"说今非昔比，现在蹬三轮车的，卖猪肉的刀儿匠，都是"皮鞋党"，你想跟谁比阔？她看我说得有道理，就不再强求我当"皮鞋党"，却自作主张给我买了一双时髦运动鞋，号称是世界名牌阿迪达斯。我试穿两天，感觉也不爽，哪能像布鞋那样张弛在我，屈伸自如？就将其打入冷宫。媳妇很生气，斥我不知好歹："你知道这种世界品牌多少钱一双？"我笑道："我总不能为了这个世界品牌削足适履嘛！"媳妇无可如何，只好批准我重新加入"布鞋党"。

寒暑假回大巴山老家，我这个"布鞋党"却成了一道独特的风景线。老同学都笑我说："谢不谦，你娃好爱出风头哦！"我说："萝卜白菜，各有所爱，我就喜欢布鞋嘛！"很多学生也不解，或以为我迷恋传统文化，或以为我崇尚简朴生活，其实皆非也。我所追求的，最形而下，舒适，适合自己的脚而已。记得有一年教师节，我还在副院长任上，接受某报记者采访，谈大学教师的生活现状。翌日见报，开篇即给我画像："脚蹬布鞋，不用手机，不看奥运。"貌似个老古董。我一笑置之：好大个男女关系嘛！

却说上周末，媳妇押送我去文星镇理发，俗称"剃头"。经过一家鞋店，媳妇说："给你买一双新鞋？"我说："脚上的鞋还好好的，有这个必要吗？"媳妇斥道："脚尖都快磨穿了，像个叫花子！你不要脸，我要脸！"竟从我的脚尖上纲上线到她的脸面，貌似很严重，只好从命。老板拿出一双胶底布鞋让我试穿，感觉很合脚，我问："多少钱？"答曰："八十七元。打八折，七十元。"吓我一跳："要飞起来吃人啊？"媳妇却为人家打广告："这是名牌，北京布鞋！"我笑道："难道非得穿'北京布鞋'，才能一步登天，登上天安门城楼？"媳妇斥道："你懂个屁！"我不跟她一般见识，问老板："这种布鞋原来好像也就三四十元吧?"老板笑道:"现在什么没涨价?"这价也涨得太邪乎,我不想当冤大头,就拉媳妇出来,见附近街摊各式本地布鞋,问价,也就七八元、十来元,摸钱欲买,却把媳妇惹毛了,怒吼道"你敢!"好像我若一意孤行,她就要跟我分道扬镳似的。这个男女关系可就闹大了。

我早过知天命之年,命中只能有这个悍妇伴我一生,就妥协道:"那你自己进城去买?"媳妇这才息怒,哼哼道:"你这个人,太难将就!"昨天媳妇去城里上"夕阳红舞蹈学校",放学后顺便在春熙路货比三家,讨价还价,花五十元买回一双,还是北京布鞋。我百思不得其解:一双普通布鞋,既非高科技,又非地方独家特产,为什么非要买北京的不可?我想,这可能类似现在大学生宁当蚁族也要挤在北京的心理?不为别的,就为北京听起来很港很风光?如果是这样,要是某一天草鞋也推出北京品牌,"北京草鞋",说不定媳妇还会法外开恩,同意我加入"草鞋党"呢!世事变幻,此一时也,彼一时也,谁说得清呢?

2010年11月11日

# 学车记

四川大学望江校区，也就是老川大，校门外是一环路、九眼桥，车水马龙，原先却是城乡结合部，与美女诗人薛涛故居隔墙相望。墙那边，竹林森森；墙这边，书声琅琅。锦江日夜流，春色来天地，流过汉、魏、六朝、唐、宋、元、明、清，流过中华民国国立四川大学的校门。民国教授大都住城里私宅，据说中文系"之乎者也"教授古风犹存，仙风道骨，长衫布鞋，坐着滑竿，晃晃悠悠过九眼桥，来学校上课，后边还跟着个提包包的书童。如果天气晴朗，站在九眼桥头，还可以看见西岭雪山。有诗为证："窗含西岭千秋雪，门泊东吴万里船。"不是艺术想象，而是写实。这些个掌故，见中文系前副主任李保均教授所撰《四川大学中文系系史：1896—1996》。

我生也晚，二十年前博士毕业后，从鸟语花香的狮山，转战锦江岸畔的川大，混上"之乎者也"教授，但一切风景都变了，站在九眼桥头，既看不见西岭雪山，更玩不起滑竿教授古雅名士的派头。混迹上班族芸芸众生中，沿波浪起伏、尘土飞扬的郊区马路，蹬着破自行车去学校上课，自行车还连续被盗，去保卫处报案："这都是第三辆了！"人家却笑我少见多怪："你才掉第三辆啊？有些老师都掉十二三辆了！"我无语，只好告别自行车，改乘公交，然后换乘三轮车过九眼桥，晃悠到学校。如果赶急，就打野的。

却说2000年前后，私家车还很少，成都却掀起学车热潮，都说现代化社会不会电脑就不会写字，不会驾车就不会走路。媳妇是个颤花，喜欢赶时髦，蠢蠢欲动："我们也去学？"我说："我们又没车，学来干吗？"她说："现在没有，难道永远没有？"我说："听说买车容易养车难，还不如打的划算。"媳妇却说："学车的人都说，摸上方向盘，滴酒不敢沾。"原来她想让我戒酒，说只要我不饮酒，就是一个高尚的人，一个有道德的人，一个脱离了低级趣味的人。我笑道："滴酒不沾的男人，高尚、道德、不低级趣味，却不是好男人！"誓将酒神人生进行到底。有一次老同学聚会，酒不醉人，我人自醉。第二天醒来，媳妇屹立床前，悍然宣布，她已去驾校代我报了名交了学费，说："你去也得去，不去也得去！"我说："你也太专制独裁了吧？"媳妇哼哼道："对你这种不自觉太放肆的人，必须实行专制独裁！"

学车元年元日，师傅漫不经心，介绍刹车、离合器、换挡等，我却很虚心地问："为什么刹车还要踩离合器呢？"师傅说："你肯定是个教授吧？"我一笑，不打自招："您咋知道？"师傅说："只有教授才提这么瓜兮兮的问题。"我就不好意思多问，老老实实按照师傅指点，打火、松离合、放脚刹，车缓缓滑动。师傅催道："给油！给油！"我猛一踩油门，车轰地一下冲出老远，差点追尾，把同车的美女学员吓得惊叫。师傅斥道："他妈的！慌什么慌？车子又不是偷来的！"我赶紧赔笑脸："师傅，我这个人很笨，您多包涵点，千万别骂我！"师傅笑道："你还不算最笨。狮山外语系有个张教授，那才叫笨，学了两个月，还差点把车给我倒到岩下头去！"

学车很无聊，担惊受怕，还要被师傅骂，一点不好耍。若非媳妇恩威并重、软硬兼施，早就半途而废、解甲归田了。断断续续被折磨了两三个月，终于摸到门路，能战战兢兢上路了，师傅就让我去考驾照。理论考试，上坡启动，倒杆移库，等等，皆顺利通过。最后一关路考，胜利在望，春风得意，我想制造一点喜剧气氛，就按照师傅事先教我们背诵的台词，用变风变雅的川普朗声而诵："报告考官，学员谢不谦一切准备完毕，请求上路！"考官却面无表情，点点头说："走吧！"前面是个丁字路口，我小心翼翼问："朝哪边开？"考官冷冷地说："请你下去。"我莫名其妙："直行还是转弯？"考官厉声喝道："请你下去！"我还是不解："为什么啊？"考官嘲讽道："难道师傅没教你？"师傅坐在后排，跟我使眼色："赶快下去！下次再考！"只好怏怏跳下车。我一生身经无数次考试，从来没这么窝囊过，心里很愤愤然："他妈的！你儿子今后要是上川大中文系，老子也这样来折磨他！"

媳妇后考，却一考过关，先我拿到驾照，在我面前提劲打靶，说她在教师证之外，比我多了一个驾驶证，貌似高我一筹。我笑道："有什么值得夸耀的？还不是英雄无用武之地！"媳妇笑道："你懂个屁！"每逢同学会，她决不爽约，找同学的车练。等我拿到驾照，媳妇已驾轻就熟，说驾车兜风的感觉就像飞起来一样爽。狮山同学聚会，我也找同学的车来练过几次，却索然无味，找不到飞起来的感觉。

前些年迁居南郊江安花园，交通死角，出行不便，就买了一辆中低档轿车。夫妻共有财产，却俨然成了媳妇专用，外交频繁，来去如飞。我愤愤不平道："凭什么嘛？我也要开！"媳妇却说："你车技那么臭，莫把车给撞了。"我就威胁道："你不让我开车，我就天天喝酒！"媳妇只好舍命陪君子，带我去江安校区练车，但态度很恶劣，车一启动，她就开始唠叨，不是讽刺，就是挖苦，若非我川大人涵养好，如校训云"海纳百川，有容乃大"，非气死不可。有一天，我想练一下急刹车，车过不高山时猛踩刹车，媳妇前倾后仰了两三个回合，安然无恙。我表扬她临危不乱，她却气势汹汹吼道："你开车，谁敢坐啊？"说我笨手笨脚，就会读几句死书，综合素质太差了，云云。把我惹毛了，忍无可忍，也吼道："你这个乌鸦嘴，给我滚下去！"她一赌气，果然跳下车，扬长而去。

我不想跟她一般见识，就围着江安校区继续操练，重温婚前一个人单操的自由快乐，渐渐找到飞起来兜风的感觉。于是乘兴而去，向望江校区迤逦而来。一路上有惊无险，终于将车开到文科楼前，心中充满成就感。想起当年的滑竿教授，不恨古人吾不见，恨古人不见吾狂耳。楼前却车满为患，就绕到红瓦宾馆背后，找到一个空位，然后去文科楼，用办公室电话得意扬扬问媳妇："你猜我在哪里？"

日近黄昏，打道回府。红瓦宾馆背后却停满了车，我左冲右突，东倒西拐，拐到一个台阶前，一踩油门，猛转头，却听见咔嚓一声。一个过路人哈哈笑道："你这么新的车，惨了！"下车一看，脑袋轰地一下，像撞倒南山墙，头破血流：车前保险杠被拽脱了，斜拖在地上！事出突然，我无所措手足。没手机，叫天天不应，喊地地不灵，关键是，怎样向车主媳妇交待？

冷静一想，就当作是遭遇了一次人生挫折？好大个男女关系嘛！心里也就释然了。将车慢慢移动，哐当哐当移动到川大附小

212

校门附近，见朋友王红教授正牵着女儿欢天喜地走过，紧急呼救："嘿！"王红走过来，庆贺道："你老兄也加入有车族了？恭喜恭喜！"然后指着惨不忍睹的车头对女儿说："你看，谢伯伯开的是一辆什么奇怪的车？"把她女儿笑惨了："什么破车啊？"我也顾不得解释，请王红把手机借我一用，打电话给媳妇："今天我赚钱了，赚大了！"媳妇喜出望外，问："赚谁的钱啊？"我笑嘻嘻道："赚保险公司的钱。"媳妇哭笑不得："瓜娃子！"让我赶紧电话4S店保险公司。保险小姐问明缘由，说："你赶快把车开过来吧，我等着你。"

我是路盲，不辨东西，南辕北辙，东转西转，转到4S店时天色已黑，见保险小姐一个人守候在那里，我连连说："对不起！对不起！"她却笑道："我还以为你连人带车被交警扣下了呢！"我问："你们不去事故现场拍照取证？"她说："你明天到学校保卫处开个证明，车损是在校园内发生的，就行了。"办好修车手续，打的回家，英雄凯旋，媳妇却沉着脸，气氛相当压抑。我笑嘻嘻说："学车是我们自己交学费，现在却有保险公司为咱交学费，多爽！"媳妇却斥道："不听老婆言，吃亏在眼前！"

2011年1月6日

# 驾车违章记

　　刚摸方向盘的时候，手生，胆小，车速不超过四十码。我不急，媳妇却跟我急："你是开观光车嚓？还不如去蹬自行车！"看见红灯，三十四米外，我就要踩刹车，媳妇斥道："刹车是踩起来耍的嚓？"我的车技，就这样在媳妇的讽刺挖苦声中逐渐熟练起来。

　　却说驾车元年，春夏之交，周五，我独自驾车去望江校区开会。散会后，绕道去东郊狮山接媳妇，夫妻双双把家还。车过二环路口，遇红灯，感觉身上发热，就解开安全带，刚把外套脱掉，绿灯亮了，后面喇叭嘟嘟响，赶紧踩油门，一冲就冲到下一个丁字路口，又遇红灯。见右车道上车多，左车道上车少，就向左看齐。刚刚看齐，绿灯又亮了，就跟着前边的车向前行驶。却见前方有交警招手，示意我们把车停靠路边。车刚停稳，一个交警走过来，笑眯眯向我敬礼："先生，请出示你的驾照！"我以为是例行检查，赶紧把驾照给他，他却说："你违反了交通法规，没系安全带。罚款五十元，扣一分。"我跟他解释说刚才还系上的，他又说："你在左转道上直行，罚款一百元，扣两分。"我急了，说："前边有四五辆车压阵，我在后边，哪能看得见地上的标识嘛！"交警却笑眯眯把罚单递给我，让我签字画押。我恳求道："我是第一次走这条路，就算违规，也是初犯，能不能原谅一次？"交警却沉下脸道："你要不愿签字，就到交警大队来领驾照？"说着，就要去罚别的车。我说："算我今天倒霉。"赶紧签字画押。这边罚单还未开完，那边又有几辆车自投罗网，被交警笑眯眯拦截过来。半月后，再过此地，我避之唯恐不及，远远就向右看齐，没见交警，却见地上的标识改成了左转兼直行。你说我冤不冤？

却说那个黑色的星期五，我被罚一百五十元、扣三分，心里很窝火，晃悠到狮山南大门，媳妇早已等得不耐烦，斥道："把人都急死了，还以为你路上出了事！"我说明缘由，本想获得媳妇理解的同情，媳妇却幸灾乐祸道："该背时！"我怒从心头起，恶向胆边生，斥道："你这个瓜婆娘！"瓜婆娘反唇相讥："我再瓜，也不会瓜到一下挨两刀！"

过了几天，还没来得及去交通银行交罚款，新罚单又到。名义车主是媳妇，罚单也是特快专递给她的：闯红灯，地点是万科花园路口。那个路口，本来一条大道宽又宽，却专为万科花园设了红绿灯电子眼，很多狮山人都在那里惨遭过不幸。我对媳妇笑道："你这下说不起狠话了吧？"她却把罚单扔给我："睁起你的狗眼看一看！"原来罚单上注明的违规时间，正好是我去狮山接媳妇回家那一天，红灯是我闯的。真想不通，我开车很讲究礼让，从不抢道抢时间，与世无争，干吗去闯红灯啊？照这样的违规速度，要不了几天，驾照就得玩儿完。媳妇却说巴不得我这种"黄司机"早点被淘汰出局。我悲愤莫名，举杯浇愁，顾影自怜。有诗为证："出师未捷身先死，长使英雄泪满巾。"

翌日周末，媳妇看我很郁闷，就说："去黄龙溪散心？"载着我兜风而去。日落回家，媳妇大发慈悲，主动让权："这路上车少，你来练练手艺？"坐在副驾当教练，指挥我勇往直前，前进到双华大道上，前方有一辆面包车，媳妇下达指令："加油，超过它！"我猛踩油门追上去，刚与面包车比翼齐飞，就到了路口。面包车右转，我们也该右转，明知直行右转违规，但箭在弦上，不得不发，心存侥幸：这荒郊野外，不会有交警埋伏在这里守株待兔吧？谁知刚转过车头，路边就冒出一个交警，仿佛天降神兵，笑眯眯向我敬礼："先生，请出示你的驾照！"一天的好心情，被彻底破坏了。我就怨媳妇："这次违规，是你让我超车，责任都在你！"她却把责任推得一干二净，说我超车时扭扭捏捏，当断不断，反受其乱。

却说暑假后，又在不经意间闯了红灯。一辆公交在前面开道，我盲目跟进，紧随其后，行驶过斑马线，才猛然看见路口亮着红灯，赶紧刹车，但为时已晚，感觉车后电子眼一闪，罚单很快飞到，媳妇严正警告："你娃都被扣十一分了，命悬一线！再不悬崖勒马，你娃就死定了！"我笑嘻嘻说："你我夫妻恩爱一场，难道能见死不救？"跟媳妇谈判："用你的驾照去扣分？"她却坚决不干，说她无党无派，政治清白，驾照也要保持清白。我讽刺她说："你也太无情无义了！假若再来一次'文革'，你为了保持自己清白，就要跟我这个阶级敌人划清界限，甚至闹离婚？"媳妇瞪着眯眯眼幽默我："你想得美！"

为了驾照不被吊销，我只好不摸方向盘。直到年底，辞旧迎新，人生历史将翻开新的一页，我最后一搏，驱车去望江校区参加座谈会，却在回家路上，在学校北大门外、磨子桥附近，被一交警叫停，把我吓惨了，跳下车，背水一战，貌似置之死地而后生，问："既没闯红灯，又没站错队，犯了什么王法啊？"交警却问我："环保证呢？"

我莫名其妙:"什么环保证?"交警笑眯眯敬礼,要开罚单,我的心都抓紧了,叫道:"且慢!"说我是开老爷车的,这样证那样证,都是我媳妇去办的,赶紧摸出手机,打电话给媳妇:"有没有环保证?"媳妇说肯定有,叫我到后备箱文件夹找。终于到一张小纸飞飞,双手递给交警。交警仔细一看,验明正身,问:"为什么不照规定贴在车前玻璃右上角?"我很诚恳地说:"我是个迂老夫子,怎么知道嘛!"赶紧把纸飞飞贴上。交警说:"不扣分,但款还是要罚,五十元。"我松了口气,看交警二十来岁小青年,像刚刚毕业的学生娃娃,就指着川大校园说:"我是这所大学的教授,能不能手下留情?"交警娃娃冷冷地说:"任何人,在我们交警眼中,都是平等的。"这话我爱听,就乖乖签字认罚。

回家后,我埋怨媳妇:"你咋不把环保纸飞飞贴出来嘛!"媳妇竟怒不可遏,吼道:"真是想钱想疯了,我要举报!"我劝她理智一点,笑道:"我们没把纸飞飞贴上,违规在先,你举报谁啊?"说儿子小时候就想当交警,他大学毕业后,就让他去考交警,我们就不会因为没贴环保证这样的狗皮膏药而被罚款了,媳妇斥道:"你有病!"

2011年1月11日

# 眼镜人生

　　三十五年前，我上高中时，曾经很想戴眼镜。那时，近视眼是珍稀动物，全校戴眼镜的，就只有几个老师，说话时，偶尔用右手扶眼镜的那个动作，不经意间就魅力四射。联想到的，就是"文革"前旧小说里的"小资"。

　　有一天，几个男生说他们眼睛近视，要去配眼镜。几天之后，他们真的戴上眼镜，闪亮登场，文质彬彬，温文尔雅，眉宇间平添了几分书生意气。女生看他们的眼神，都很异样。我隐隐有些忌妒，决心迎头赶上，走路看书，吃饭看书，睡觉看书，恨不得几天之内把眼睛看近视，然后堂而皇之戴上眼镜。潜意识中有个很朦胧的想法：把女生的目光吸引过来。这大概就是青春的觉醒？而戴眼镜，在穿着没有个人特色的当年，就是青春觉醒的标志？

　　这个标志，很耐人寻味。当年写作文《我的理想》，大家都说长大要当工农兵。报纸街头的宣传画上，工农兵形象标志是：安全帽、白头帕、绿军帽。偶尔冒出个梳偏分头的"眼镜"，革命知识分子，也是敲边鼓的，不是主力军。但中学生潜意识中的偶像标志，不是安全帽、白头帕、绿军帽，而是"眼镜"。后来我才发现，那几个戴眼镜的男生，不过是轻度近视，甚至假近视，假眉假眼，装酷，却迷倒了一大片女生。

高中毕业后插队，夜夜在农家土屋摇曳的烛光下看纸页泛黄、字迹模糊的《聊斋志异》，看得两眼飘忽迷离，想入非非，也没能把眼睛折磨近视。高考体检时，视力正常。

上大学后，同寝室有个北京同学，老三届，资深眼镜，风流儒雅。但他睡觉前，把眼镜一摘下，眼眶深凹，很吓人。我这才发现，戴眼镜会破相。于是暗自庆幸：黑夜给了我一双黑色的眼睛，我却用它寻找光明。不用戴眼镜，也能明察秋毫，放眼世界。

万万没想到，就在我看穿人生，既不想装酷，也不想破相的时候，眼镜却找上了我。

孔子说他"四十而不惑"，我却在不惑之年，迷惑了，变成了近视眼。罪魁祸首是电脑。电脑写字，仅仅两年，就把我写成了近视眼。很多大美女，在电视画面上近在咫尺，呼之欲出，看上去却模模糊糊。媳妇建议说："去配一副眼镜？"我把凳子挪近电视，笑道："就为看个可望而不可即的美女，至于吗？"

渐渐地，我看这个世界，都是朦朦胧胧，如隔雾看花，不仅看媳妇是美女，看所有女人都是美女。就像月光下，树朦胧，鸟朦胧，人朦胧，朦胧才美。我若把这个世界看得一清二楚，到处都是假丑恶，哪里能产生这种美感？

却说某日回家，半路上远远看见一个墨镜女士，卷毛狮子头，黑风衣，黑皮靴，乘风破浪而来，心想这类雄赳赳气昂昂的女人，大都是外强中干，表面风光，内心空虚，不是"离女"，就是"怨妇"，忍不住一笑。她居然也朝我笑，把我笑得怦然心动，心里发虚，不敢逼视，赶紧垂下头来，让在路边，让她继续乘风破浪，奋勇向前。不料，女士噔噔走到我面前，突然停下来喝道："嘿，你装疯迷窍嗦？"敢对一个目不斜视的男人吆三喝四的女人，当然只有他老婆。我埋怨说："媳妇，你咋搞成这副恐怖的模样啊？简直一个女纳粹冲锋队！"媳妇斥道："你什么眼水啊？连老婆也认不出来！"当即把我拽到附近眼镜店，配了第一副眼镜。

回家，戴上眼镜，对着镜子一照，怪模怪样，怎么看也不像那个貌似慈厚的谢不谦，倒像是"文革"电影里的特务汉奸，贼眉鼠眼，或宣传画上的牛鬼蛇神，"四眼狗"，眯眯眼。媳妇安慰我说："看习惯就好了。"但东看西看，我也看不习惯，而且我说眼镜戴久了，会破相的。媳妇扑哧一笑："就你这瓜相，还用破？"

谁不爱惜自己的羽毛？何况不是羽毛，是眼睛！所以平时出门，我从不戴眼镜，只是外出旅游，参观风景名胜，才临时把眼镜拿出来，当望远镜架在鼻梁上。

而今年过半百，很多朋友眼睛都老花了，我的眼睛却越来越近视，好多次挽着媳妇在校园散步，与美眉擦肩而过。媳妇说："人家学生冲你笑，你咋一点反应都没有？"我笑道："好大个男女关系嘛，不就是我眼睛近视，没看见嘛！"

却说上月某日，我下课后准备驱车回家，媳妇让我顺路去接她，说她就站在路边公交车站牌附近。结果车开过了很远，才猛然想起，急忙掉转车头，结果绕了好大一个弯，才把媳妇接上。媳妇一上车，就斥道："我老远就在招手，你咋嗖地冲过去了？"我说忘了戴眼镜。过了几天，我下课后，又去接她。我戴上眼镜，一看路边全是美女，正在搜寻媳妇，谁知后面的车追我追得紧，老是按喇叭，我神经短路，猛一踩油门飞驰而去，又冲过去了。再绕回来，把媳妇接上。媳妇上车后，沉默不语，半天才蹦出一句："你心里是不是装着另外一个人哦？"我笑道："这是哪儿跟哪儿啊？不就是眼镜模糊，一时没看清楚嘛！"

回到家，媳妇说必须重新验光，配一副高清晰度的眼镜。新眼镜配好后，我戴上一看，心里咯噔一下：天啊！这个世界，怎么是这般模样？媳妇问："清不清楚？"我笑道："不是清不清楚，是太清楚！"媳妇追问："有好清楚？"我只有老实交代："你脸上所有的缺点，即使在十米之外，我都看得一清二楚！"媳妇哼哼道："不就是我老了满脸皱纹嘛，你有多年轻啊？"我心想，岂止是你，我都老了啊！站在眼镜店门口，东张西望，周围的人，周围世界，历历如在目前，好像也不那么美好了，有一种不可名状的悲哀与绝望袭上心头。但这种感觉，没敢说出来。

都说眼睛是心灵的窗户，这个世界，这个人生，就是通过眼睛，反映到心灵上。眼亮心明，心明眼亮，眼不亮了，只有配眼镜。但我却想：我又不想当哲学家、思想家，何苦非要心明眼亮，把这个乱七八糟的世界看得一清二楚啊？这不是自寻烦恼？我的朋友中，戴眼镜的，大多是悲观主义者，不戴眼镜的，大多是乐观主义者。媳妇对这样的玄学问题，从来不感兴趣，下达指令："今后出门，必须把眼镜戴上，免得看不见老婆。"最后嘱咐："现在灰尘好多啊，眼镜要经常擦拭！"

驱车回家路上，滚滚红尘之中，仿佛依稀之间，觉得媳妇是神秀和尚转世，口占偈语："身如菩提树，眼睛通灵台。时时勤拂拭，莫使染尘埃。"我感慨：这忙忙碌碌人生，从此又多了一件事。我才不愿意戴眼镜呢！将惠能的偈语改为现代版："菩提本无树，眼睛亦非台。本来无眼镜，何处惹尘埃？"

2008年11月12日

# 无眼镜的人生

前些年，眼镜掉了，媳妇强迫我再配一副新的，因写《眼镜人生》。去年，我的眼镜又掉了。媳妇勃然大怒："你晓不晓得这副眼镜多少钱？"说到钱就不亲热，我冷冷道："不晓得！"她跟我毛起："你哪天把自己掉了，也不晓得！"我幸灾乐祸道："你活该！你咎由自取！谁让你非要给我配这么贵的眼镜？"

镜片不贵，贵在镜框。记得当初配眼镜的时候，我看中一款很便宜很质朴的镜框，当场被媳妇否决："丢我的脸！"东选西选，终于选中一款不丢她脸的镜框，不用说，价格也不菲。我试着架在鼻梁上，对着镜子一看，洋盘是洋盘，但感觉压力很大，发表声明："万一眼镜又掉了，你可不能迁怒于我？"

不幸而言中，去年今月，春风杨柳万千条，我的眼镜却不见了。

我虽年过半百，眼睛不是老花，是近视。据说，眼镜一戴上就取不下来，久而久之，会使人眼眶深陷，面目狰狞。我虽其貌不扬，却很爱惜自己的羽毛，生怕眼镜破了我的相，对不起人民对不起党。因此，大多时候，眼镜都揣在口袋里。万不得已之时，如收看电视，晚上开车，外出旅游观光，才把它请将出来，架在鼻梁上，当助视器或望远镜。招之即来，挥之即去，从来没跟我融为一体，所以什么时候掉的，掉在什么地方，一点没印象。

就在媳妇跟我发飙的时候，我却突然发现眼镜在茶几下面。喜出望外，一把抓起来戴上，居然火眼金睛，将媳妇脸上的妖气尽收眼底，不禁哈哈笑道："活脱脱一个老妖婆！"老妖婆却斥道："你睁起狗眼睛看一看，那是儿子的眼镜！"取下来一看，果然此眼镜非彼眼镜，右腿松松垮垮，半残废。但老爸架在鼻梁上，却一样能看清老妖婆的庐山真面目，明辨是非，昂扬斗志。就将这副被儿子淘汰下来的半残废眼镜揣在口袋里，随时听用。

没想到暑假中，半残废眼镜又掉了。媳妇愤愤然道："遇得到你哦！"这句成都女人的"口头禅"，意思是：遇人不淑，追悔莫及。我笑道："遇都遇到起了，咋个办嘛？"媳妇眉头一皱计上心来："再去配一副眼镜，系上一根绳子，挂在你脖子上？"把我笑惨了："这副模样，人家莫以为我痴呆儿？"媳妇说："那咋个办嘛？"我说"凉拌"，反正要掉，干脆不要了，一了百了。媳妇说："那怎么行啊？"我说多一事不如少一事，不收看电视，不晚上开车，不"血战到底"，眼不见心不烦，人生简单而愉快？媳妇说："那旅游观光呢？"我笑道："你中有我，我中有你，你的眼睛就是我的眼睛？"

却说去年冬天，夫妻比翼飞厦门，游鼓浪屿，却遭遇鼓浪雨，人生地不熟，两眼一抹黑。媳妇买了一张旅游图，辨不清图上的小字标记，我却一目了然；一路上的标牌，向左向右，我看不清楚，媳妇却能指点江山。我笑道："你老花，我近视，取法乎中，相得益彰？"媳妇却大发感慨："嘿嘿！我们连眼睛都能优势互补，难怪大家都说我们两个好般配啊！"把我感动惨了："硬是的哈？"这就是我们夫妻恩爱幸福到老的秘诀：连缺点都能转化为优点，发自内心，互相欣赏。

我至今没配眼镜，恍兮忽兮，竟恍惚到物我两忘的境界：裸眼看世界，世界很奇妙。前些天，去望江校区行政楼办事，美女如云，飘然而来，飘然而去。我在扑朔迷离之中，不辨妍媸，或熟视无睹，或擦肩而过。却被教务处某资深美女惊抓抓叫住："谢不谦，是我，肖凤！听说你在江安花园当神仙，不认识我们这些凡夫俗子了？"我赶紧立正稍息，赔礼道歉："不是我目中无人，是我眼睛近视，忘戴眼镜，有眼不识泰山！"美女呵呵笑道："你老人家好好耍哦！"回家向媳妇汇报，媳妇斥道："遇得到你这种瓜娃子！"

2012年4月5日

# 手机人生

　　媳妇谢钱氏干了一辈子革命工作，默默退出人生江湖，没有功劳有苦劳，自己慰劳自己，换了个"苹果"手机，美其名曰：享受人生。将旧手机给儿子，儿子又把他的手机给我。我原来的"糯鸡鸭"（诺基亚），也是儿子的淘汰品，能发短信息，能拍照片，能备忘，能加减乘除运算。功能比我的第一部手机强大多了，却被退役，实在可惜，因写此文，记录一段人生。

　　话说十五年前，我年过不惑，还住狮山危楼蜗居，被学校任命为副系主任。样板戏英雄杨子荣咏叹："共产党员，时刻听从党召唤，专拣重担挑在肩……"我也是共产党员，但又是夫妻党的党员，一身二任，重担双肩挑，要听从双重领导的指挥。常言道："人在江湖漂，哪能不挨刀；婚后官场走，岂能有自由？"就武装了"人生第一机"，以时刻听从两党上级发出的召唤。

　　我的"人生第一机"，功能单一，移动电话而已，造型却很夸张，拿在手里像握着一颗手雷，放在裤兜里，鼓鼓囊囊，像兜着一颗手雷。另买一个专用皮套，将手雷别在腰间，顾盼自雄，感觉很威武。现在回想，很二百五。没过两三年，手机身价大跌，不再是奢侈品，我的手雷却掉了。媳妇痛心疾首之后，买了一新款，小巧而玲珑，唤作"掌中宝"，说："你常在外，没手机，我怎么联系你？"联系我，领导联系群众，以"联系"为名，行领导之实，我曾经江湖过来人，岂能不知？切身体会：神出鬼没来去自由，超越"服务区"，才是群众最难得的人生境界。就笑而拒之："将在外，君令有所不受？"媳妇说："万一学校有急事找你呢？"学校既非战场，也非商场，哪有什么急事？都是自己急出来的事。我笑嘻嘻说："我有言在先，手机要是再掉了，可别骂我是瓜娃子？"正中领导下怀，却假装恨铁不成钢："哼哼，岂有此理！犯了错误，还想不挨骂？"理直气壮将手机据为己有。

却说很多年后，我已从狮山迁居江安花园。有一天，电信公司突然来电："你是四川大学谢不谦先生吗？你的手机号码是×××吗？"我说："手机早掉了，谁记得啊？"电信公司却说："你手机已欠话费加滞纳费，共计三千多元。请于某日之前，到成都××街电信大厅补交。"我莫名其妙："我连手机也没有，哪能欠什么话费？"电信公司照本宣科念念有词："谢先生于一九九七年×月在我公司成都太升路营业厅购买摩托罗拉手机一部……"居然说的是我的"人生第一机"，那颗曾别在我腰间耀武扬威提劲打靶的手雷。

没想到，这颗早不知去向的手雷突然爆炸了，炸得我目瞪口呆方寸大乱："这——这怎么可能啊？"媳妇久经沙场，比我从容镇定，提醒道："是不是别人盗用这手机打的？"我冷静下来，问电信公司："都六七年了，欠这么多话费，为什么不及时通知我？"电信公司说："现在就通知你，请你在限期内交齐欠费，否则，将在报纸上公布你的名字。"我已缓过神来，嘿嘿笑道："悉听尊便！让我一夜成名？正中下怀。"电信公司见我死猪不怕开水烫，就严词正告："届时，我们将派专人上门来催收!"说我欠的是国家的钱,不是电信公司的钱。一说到国家,把我惹毛了:"你们电信公司假借国家之名愚弄用户,也太不要脸了吧?当年,一部破手机三千元,还要外加入网费三千元,好像买鸡蛋还得先交养鸡费?不赚白不赚,赚了也白赚,把我们中国人民的钱赚惨了!我现在不用手机不吃鸡蛋了,请电信公司先把三千元入网费养鸡费退还我,再说其他!"

媳妇跟很多知识女性一样,貌似知书达礼,在老公面前耍女权主义逞英雄,却在国家面前唯唯诺诺装狗熊,忐忑不安地说:"不谦,既然咱是欠国家的钱,先补交了吧?人家电信真要杀上门来,大家来围观,好丢脸嘛!"我大义凛然道:"凭什么啊?"准备跟电信公司对簿公堂:"即使手机被盗用,为什么这么多年,欠下这么多话费,不及时告知用户——这不是诱民犯罪吗?"电信公司却再没下文。是骗子假冒电信,还是电信假冒国家,谁知道呢?

还是来说手雷掉了还没爆炸的时候,我已由副系主任升格副院长,分管教学。有一次,参加全校教学院长会议,会场上,手机铃声此起彼伏。主持会议的副校长孙教授三令五申:"请大家把手机关掉!"话音刚落,教务处马处长的手机就响了,全场大笑。孙校长是马处长的顶头上司,狠狠瞪他一眼:"大家都是学校的中层干部,应该懂得自尊自重!"马处长脸一红:"嘿嘿!"赶紧关掉手机。孙校长正在讲话,手机又响了。工学院某院长在大家的笑声中,神态自若,现场通话:"喂,喂?喂,喂!"声浪一浪高过一浪。孙校长忍无可忍,嚯地站起来:"把你的手机关掉!"某院长一边在手机上谈笑风生,一边回答孙校长:"我是急事,耽误了,你负责啊?"孙校长海归博士,学问好,涵养更好,不跟他一般见识,转过头来,大声道："我现在要表扬谢不谦副院长，他的手机一直没响！"大家齐刷刷看过来，好像我是外星人，我赶紧声明："我没有手机。"把大家笑惨了。现在回想，觉得我简直就是个二百五，很对不起孙校长：为什么我非要实话实说，而不能保持沉默，让他为大家树立一个正面榜样？

我不用手机，居然成了校园新闻。教师节前夕，成都某报记者来采访我，翌日见诸报端："脚蹬布鞋，不用手机，不看奥运——这是四川大学谢不谦教授的三大特点……"记者知其然，而不知其所以然：我脚蹬布鞋，是感觉舒服；不用手机，是感觉自由；不看奥运，是看不懂。媳妇却死要面子活受罪，把报纸扔进字纸篓——历史的垃圾堆，还踏上一只脚，瞪着眯眯眼斥道："你把我的脸都丢尽了！"斥我二百五，斥我老古董，不由分说，强行给我配了一部手机，好像不配手机就不配为现代人似的。

新手机的功能之复杂，还未完全熟悉，去北京开会，又掉了。掉在北京，还是掉在成都，至今不知道。北京与成都，没有时差，却有语差，我急不择言，跟媳妇操京腔："丫挺的手机！"媳妇跟我急，把四川普通话都急出来了："遇得到你这种人哦！"我这才找回语差，笑道："遇都遇到起了，咋办嘛？"媳妇愤然然道："凉拌！"

一语成谶，两三个月后，我就被"凉拌"。不过是自己凉拌自己，主动退出新一届院官竞聘，迁居江安花园，如陶诗云："结庐在人境，而无车马喧——"教书读书之暇，种菜养鸡，乐在其中，也如陶诗云："既耕亦已种，时还读我书。欢然酌春酒，摘我园中蔬。"教研室主任刘大侠教授，也想自我边缘化，来我家"欢然酌春酒"，吃我"园中蔬"，却讽刺我道："你故意装怪吧？信息时代，手机也没一个，真想与世隔绝，自绝于人民自绝于党？"我笑嘻嘻说："岂敢，岂敢？我是怕得不育症嘛。"说刚从报上获悉：手机辐射很严重，男不育，女不孕。他斥道："臭狗屎！你我这一大把年龄，还想破坏计划生育？"建议像他那样，买一个手机的简易版，"小灵通"，价廉物美，联系方便。我把"小灵通"研究一番，说："考虑考虑？"考虑再三，伊妹儿（电子邮件）答复他：

> 你说我怪古稀奇，信息时代不玩手机，好似那"之乎者也"的孔乙己，茫茫世界找不到你。咦！岂有此理！子非鱼，安知鱼之乐也矣？出游从容之自在，唯我这江安河的鱼儿和那濠梁之上的庄生知之。玩啥不安逸，偏要玩手机？你我好歹也熬到个悠哉乐哉老年小资，难得这份无拘无束的闲情逸致。有何十万火急召之即来挥之即去？天下本无事，你娃自扰之。扰来扰去，心燥火急，全是你那破手机折腾出来的问题。我要骚扰你，一点不着急：主动权永远在我手里。联系不方便，那是你的事。你如把小灵通换成全球卫星定位通讯仪，我才更欢喜。升天入地，千里咫尺——哈哈！你找不到我时，我却找得到你！

却说不久，我第一次私自驾车，去望江校区兜风，倒车的时候，把前保险杠拽脱了，斜拖在地上，惨不忍睹。没手机，叫天天不应，哭地地不灵，正徘徊歧路，却惊喜地看见王红教授携女儿迤逦而来，赶紧大呼："王红！"赶紧借她手机电话媳妇："十万火急，请求支援！"

我这才发现，现代社会，除非待在家里不出门，否则真离不开手机。正式向上级提出申请："给我买一部手机？"媳妇却讽刺我："你又拿去掉?"将儿子淘汰的"糯鸡鸭"找出来给我,我这才重新开始了"手机人生"。

2012年7月12日

# 男为悦己者容

我海拔不高其貌不扬，所以我与媳妇结婚后，不少朋友半真半假开玩笑："鲜花插在牛粪上？"我一笑置之："矮是矮，放光彩；瘦是瘦，有肌肉！"媳妇却不能正确面对，想尽一切办法，对我进行外包装，高跟皮鞋、西装领带、花花衣服等，无所不用其极，以弥补我的先天不足。结果弄巧成拙，变成个"二百五"，常常被教研室同仁当成"开心果"，笑我不爱风雅爱"骚雅"，还要我自己在网上曝个光，见《今天我很"骚雅"》。

媳妇却不以为然，嗤之以鼻："他们什么眼水啊？"我苦笑道："我这男不男女不女的样子，谁喜欢嘛？"媳妇说："我喜欢！"振振有词道："男人的衣着穿戴，不让老婆喜欢，让谁喜欢？"我说太假了嘛，假模假样，不是我英雄本色。媳妇讽我道："你还好意思英雄本色？一堆牛大粪！"语不惊人死不休，引用教研室主任刘大侠对我的人身攻击："谢不谦，臭狗屎！"说她要把我变成化肥，鲜花插在化肥上，总比插在牛大粪臭狗屎上赏心悦目吧？

年过半百后，我的先天优势才逐渐显现出来：一头乱鸡窝式的头发，虽然奔六，却没一根白发。媳妇貌似发现新大陆，就在我的头发上大做文章。亲自押送我在文星镇几家美发美容店试剪后，综

, , , , , , 

合比较，最后选中一家"蒂梵尼美业"，钦定一位姓鄢的年轻理发师为我的"御前行走"。小鄢每次为我理发时，她却在旁边指手画脚，这里留长点，那里剪短点，搞得小鄢畏首畏尾缩手缩脚，不能尽情发挥自己的技艺。我斥媳妇道："又不是剪你的头发，你操什么心啊？"媳妇却跟我毛起："你的头发，是剪给我看的！我不操心谁操心？"我生怕在公众场合激化夫妻矛盾，不利于和谐社会的建设，就说："好好好，男为悦己者容，你说怎么剪就怎么剪？"小鄢是个聪明人，很快掌握了媳妇的审美观，驾轻就熟，快刀剪乱麻，剪出的发型比媳妇想象的还有格调，还有品位。

却说昨天，一个暑假没理发，头发疯长，已完全"资产阶级自由化"。去后花园绿色蔬菜基地摘苦瓜丝瓜，在地里网了一头蜘蛛网。媳妇斥道："你比周克华还原生态！"最近被重庆警方围剿击毙的持枪抢劫犯周克华，据说野外生存能力极强，不住旅店，天天睡在山中的树洞里。虽然法网长期网不住他，却一定难逃蜘蛛网吧？但警方公布的周犯被击毙的照片，却衣冠整齐，还没有我原生态。我吼媳妇道："你这样丑化我，是不是想让警方把我当周克华？"媳妇自觉失言，赶紧笑着说："下周就要开学了，你这头乱鸡窝，怎么面对选你课的学生？"当即押送我去"蒂梵尼美业"，她钦定的"御用美发师"小鄢却休假去了。

媳妇拿起服务台上的美发专家名单，点兵点将，点到一位小王。小王却无从下手，操着四川普通话问："先生，你这个乱蓬蓬的头发，修理成啥子发型？"我指媳妇道："听这位老大娘指示吧。"媳妇却说她要去打酱油，开恩放权，还政于民，我的头发我做主。我就对小王说："我是个老师，学生最喜欢老师什么样的发型，你就怎么剪吧。"小王说他上学的时候，喜欢老师的发型：精神、整洁、干练。试探着问我："老师，你是教初中还是教高中？"我说教大学，就是附近川大江安校区的老师。小王赶紧改口叫我"教授"，问是不是"精神、整洁、干练"外，还要显得"智慧"？我不知道"智慧"发型是什么样子，就说："你随便剪吧！只要不剪成'红太阳光辉照全球'就行。"小王不懂我的"文革"幽默，很茫然，我笑着补充道："不剪成光头就行，免得学生把我当花和尚或罪犯？"小王笑嘻了："教授这么说，我就充满信心了。"一边跟我聊天，一边咔嚓咔嚓。

　　小王来自宜宾农村，没上完高二，就退学了。说他一看数学语文外语书，头都大了，一看美发书，就找到感觉，迷进去了。我问："那你是自学成才还是偷师学艺？"他说都不是，在宜宾老家拜过师傅，师傅要他先做人，才教他手艺。我说："你的师傅不简单，是个高人！"问小王："今年多大年纪？结婚没有？"小王说他二十五岁，还没有找女朋友，他要先立业，后成家，让喜欢他的女朋友有吃有穿，有房子住。我赞道："你比很多大学生都有志气哩！"小王受宠若惊："教授逗我耍吧？"我说："我不是逗你耍，说的是真心话。"问他月收入多少，他说少则两千，多则四千。我说你比很多文也文不得武也武不得的大学毕业生强多了嘛。小王说他很喜欢美发这个职业，有一个理想。我笑道："今后为国家领导人理发？"小王说不是，是想成为明星指定的发型师。我鼓励道："你既然这么热爱美发，又心灵手巧，一定能实现自己的理想！"小王却很低调，说他现在只是想想而已。我笑道："那你不妨先在我这个不是明星的大学教书匠头上，找一点感觉？"他就大刀阔斧，然后精雕细刻，一丝不苟，在我头上试着绘制他的理想蓝图。

　　却说媳妇打酱油回来，惊抓抓叫道："你这理的啥子瓜娃子头啊？"小王很尴尬，垂手而立。我笑道："别理她！这个发型，只要学生喜欢就行。我是为给学生一个好印象，才来理这个发的。"小王忐忑地问："他们喜欢吗？"我说我也不知道，摸出手机，对着镜子立此存照，说："回去挂在博客上，征求他们的意见，再反馈给你？"小王却说："教授，这样对着镜子照，有反光，效果肯定不好。我给你重新照一张？"我把手机给他，照下这一张非国家领导人非明星的川大教授的新学期新面貌。

　　我现在已胸怀开阔，超越夫妻两人世界。男为悦己者容，悦己者，不仅仅是把我稀奇麻了的媳妇，也包括喜欢我的学生。不知道大家喜不喜欢我这个发型？

2012年8月25日

# 花　雕

　　四川大学江安花园门外，先后开了两家超市连锁店，先开张的叫互惠，后开张的叫舞东风。我这个人有个毛病：恋旧。虽然后开张的舞东风有价格优势，如一瓶绍兴花雕，要便宜两三毛，但我还是一如既往，去照顾先开张的互惠的生意。互惠收银员笑嘻了，媳妇却讽刺我瓜娃子，说："一毛钱也是钱！为啥便宜的不买，却去买贵的？"我不想跟她费口舌，答道："我高兴！你管得着？"

　　去年今月，舞东风想压倒西风，推出积分卡，一元钱折合一分，积满一定分数，可换卫生纸、香皂、洗衣粉、洗洁剂、手电筒、剃须刀等。媳妇喜出望外，当即花二十元办了一张积分卡，发布懿旨：今后购物，包括我买烟酒，必须去舞东风！将积分卡放入零钱包，嘱咐道："卡放在这里的！"我唯唯。从此，舞东风就成了我家日用品定点购物单位。冬去春来，日积月累，积到今年暑假，已有一千多分。媳妇说等过两天，去换洗洁剂。

　　却说第二天，我去文星镇买菜，将钱包挂在自行车龙头上，选好菜，回头取钱包，钱包却不见了。钱包不值钱，是媳妇在地摊上买的花布包包，里面也就五六十元零钞，损失不惨重，关键是积分卡，积累了媳妇大半年的希望。我怅然若失一会儿之后，空手而归，媳妇劈头就问:"你买的菜呢?"我故作轻松潇洒地说:"买鬼的菜啊?钱包长翅膀飞了。"媳妇惊抓抓叫道:"啊啊!咋又被小偷偷了嘛?"掰起指头,新账旧账一齐算,历数我这辈子为小偷"作贡献"的罪恶历史,恨铁不成钢地道:"你都五六十岁了,咋不晓得汲取一点教训啊?"貌似我生就是个"资盗粮"的瓜娃子。我笑道:"不就几十元零钱吗?好大个男女关系嘛。"媳妇呸我道:"你以为你多有钱?"问我钱包放在哪里,我说数年如一日,都挂在自行车龙头上嘛。她怒从心头起,恶向胆边生,瞪着眯眯眼斥道:"你瓜娃子!钱包上明明有一根带子,咋不挽起来挂在手腕上?"我笑道:"一个女式花布包包,让我挂在手腕上,人家莫误以为我是同性恋?"媳妇无可奈何地叹息道:"遇得到你这种人哦。"我也跟着叹息道:"这辈子遇都遇到起了,咋个办嘛?"

晚饭后散步,去舞东风挂失,收银小妹解释说:"积分卡是不能挂失的。"媳妇问:"我们已经积了一千多分,能不能换洗洁剂?"小妹说能,笑眯眯问道:"卡号多少?"媳妇傻眼,问我:"你记不记得?"我笑道:"谁记得这些无聊的数字啊?"小妹抱歉道:"没有卡号,我不能给你们洗洁剂。"说这是超市规定的,她爱莫能助。媳妇很气愤:"这不是骗人吗?"小妹无语。我劝媳妇息怒:"规矩是老板定的,你跟人家小妹生什么气嘛?"媳妇瞪我一眼,悻悻然宣布:"今后我们不在你们这里买东西了!"我却笑嘻嘻唱反调:"我偏要在这里买东西!"去货架上取来一瓶花雕,要借酒浇愁,让媳妇付钱。小妹问:"还办不办积分卡?"媳妇冷冷道:"不办白不办,办了也白办,不办!"我说:"你这人真搞不懂!人家超市让利,白送我们便宜,为什么不办?"办完卡,小妹叮嘱道:"今后一定记住卡号哈!"出了舞东风,媳妇却气哼哼道:"你像什么男人哟!"我莫名其妙:"我哪点不像男人?"她指我鼻子斥道:"人家都是帮自己老婆说话,你却老是帮外人说话!"我笑道:"你太自贬身价了吧?我们假巴意思也是知书明礼的知识分子,为一桶七八元的洗洁剂,跟一个超市打工妹斗气,这样低素质,不让人家耻笑?"媳妇以攻为守,指我鼻子道:"你整天邋里邋遢,还有脸跟我谈什么素质?"

第二天晚饭后,夫妻依旧去散步,顺便打酱油。媳妇从抽屉里取出新积分卡,说:"我们来比赛,看谁先记住卡号?"好像幼儿园小朋友认识字卡片。我说好。一路上念念有词,循环记忆,却在暮色苍茫的江安河边,与离休多年的老校长卢铁城教授不期而遇。我很敬重老校长,抢上前道:"卢校长好!"握手致意寒暄一过,就把该死的卡号扔到江安河里去了。到舞东风,选好东西,结账,收银小妹问:"卡号?"我笑道:"记忆力衰退,过目即忘。"媳妇哼哼道:"老年痴呆!"朗声而诵,报出一串数字,小妹输入电脑验证,笑着表扬道:"嘿!完全正确!"媳妇扬扬得意,顾盼自雄:"你以为你老婆是个瓜婆娘?"我笑道:"岂敢岂敢?"从此去舞东风购物,即使是我买烟酒,都是她报卡号,俨然成了我的随身"小秘"。

却说暑假开学后,媳妇报名读"川老大",四川大学老年大学,唱歌跳舞,圆她"川大梦",比退休前还忙。我上课回家,顺便去舞东风打酱油,收银小妹问:"卡号?"我摇摇头:"我是文科教授,见了数字就弱智。"小妹笑嘻嘻道:"你的小秘呢?"我抠着脑袋说:"辞职了。"小妹居然批评我:"谁叫你只给自己买烟酒,不给老婆买糖吃?"然后敲击键盘,输入一串数字,报喜道:"你们现在已经积了×××分!"我很吃惊:"你记忆力这么好,居然能记得我们的卡号?"

她笑一笑，指电脑旁的一个纸盒说："你的名字和卡号，都记在这上面嘛。"我更吃惊："你怎么晓得我的名字？"拿起纸盒一看，四面密密麻麻地写满人名与卡号，却不见我的名字，问："我在哪里啊？"小妹笑指"花雕"二字说："这就是你嘛。"我说："你还真会搞笑！怎么把我这个川大教授叫花雕啊？"小妹说："你最喜欢买花雕嘛。"神话思维，类比联想，貌似有理，永远有理。我表扬小妹道："你真聪明！"小妹却很谦虚，嘿嘿笑道："我初中都没混毕业，聪明啥子哟？"笑得很可爱。此后再去舞东风购物，遇到不熟悉的收银员，东风不与周郎便，就指纸盒说："卡号写在上面，花雕就是我。"从此，我以"花雕"的雅号出入舞东风，人见人爱："花雕，你好！"截至目前，已积至一千多分，又可以换洗洁剂了。问媳妇："要不要？"媳妇却移情别恋，说想要的东西，还没想好。

最后说说我常买的绍兴花雕，价廉物美，八元/瓶，可能就是书呆子孔乙己当年喝得晕乎乎飘飘然的那种酒？我感觉，比啤酒烈性，比白酒温柔，很类似媳妇猛而不烈、凶而不狠的性情，所以成为我现在的最爱。

2012年12月7日

238

# 保护心脏

大巴山老家民谚云："年轻人花花世界，老年人猪油炒菜。"说的是代沟，年轻人慕虚荣，讲究穿；老年人重实惠，讲究吃。这当然是三四十年前的老皇历：猪油是幸福生活的象征。记得小时候，我假装生病没食欲，妈妈用筷子撬一点点猪油，搅拌在我碗中的热饭里，立刻香气扑鼻，化腐朽为神奇。还没吃到口中，馋涎就流出来了。

今非昔比，现在别说猪油炒菜猪油拌饭，连肥肉也成了禁脔。若干年前，我刚年过半百，媳妇就迫不及待下达禁令：不准吃肥肉，不准吃内脏，不准吃神经末梢。所谓神经末梢，指动物的头部、尾部、手脚，包括翅膀。四川人民津津有味的美食，除心肝肠胃等内脏外，很多是神经末梢：猪头猪蹄猪尾巴，鸡鸭鹅的翅膀，鸡鸭鹅的爪爪，等等。连兔头也被精心炮制成一道美味，如成都双流县（现改为成都双流区）的老妈兔头，卤味加上麻辣鲜，啧啧啧！写到这里，口水都流出来了哈。

媳妇原来也喜欢吃动物的神经末梢，但猪嘴巴肉——四川叫猪葱嘴——除外。理由不是一般地危言耸听：吃猪葱嘴等于跟猪接吻！我笑道："那你啃老妈兔头，不也要跟流氓兔亲嘴接吻吗？"媳妇反躬自省，觉悟道："硬是的哈？"从此不吃动物的头部，包括大名鼎鼎的谭鱼头。最后连类所及，竟扩展到所有神经末梢。我笑她偏激，攻其一点不计其余，她却引经据典说饲料中的激素、重金属等有害物质，都富集于动物的神经末梢。媳妇所引经典，为"天涯名博"陈若雷老师的系列博文"活得健康"。

陈老师若雷是40后川大老校友，博学多闻，见多识广，我媳妇是他的博粉，"活得健康"的忠实读者。我早餐蛋糕豆浆，她引陈老师博文威胁我："鸡蛋豆浆同吃，等于慢性自杀！"要我改成面包豆浆，或蛋糕牛奶。我大蒜烹鲢鱼，她又引陈老师博文，发表反对意见："大蒜生吃才有营养，吃熟大蒜等于不吃。"我说葱蒜生姜辣椒花椒等，取其味而已，不是营养。现在生活水平提高了，吃饭不仅仅是吸取营养维持生命，更是享受生活，享受吃的快乐。人要天天吃没有滋味的营养餐，人生乐趣将减少一大半，何苦来哉？记得小时候，老师描绘共产主义社会的幸福生活，吃了饭后吃水果，云云。按照这个标准，共产主义早实现了，我却身在福中不知福。从小养成的生活习惯，喜欢大块吃肥肉，不喜欢吃水果。媳妇年轻时跟我共患难，古人所谓糟糠之妻，现在吃水果，也非要跟我有福同享，被我婉言拒绝："我喜欢的水果，王母娘娘种的蟠桃，吃了长生不老，地球人还没培育出来哩。"媳妇斥道："想精想怪！"引陈老师博文，把吃水果上纲上线到"夕阳红"的高度，说老年人每天至少应该吃七八种水果：大枣是保护肠胃的，梨子是保护肺脏的，苹果是保护肝脏的，香蕉是保护肾脏的，桂圆是保护心脏的，葡萄是保护血管的，核桃是保护大脑的，生南瓜子是保护前列腺的，等等。我一笑置之：吃水果吃成器官保卫战，能有什么滋味？

我与媳妇，二十世纪50后少年夫妻，二十一世纪老夫老妻，跨世纪老人。年年体检，除了眼睛牙齿等零部件有点小毛病，体内各个器官皆忠于职守，运行正常。这是人生的幸福，应该感到高兴才是。媳妇却莫名其妙患了"老年疑病综合征"，疑神疑鬼，说不比年轻的时候，器官随时可能出现故障。我笑道："你这是自己吓自己！没有病，也要吓出病来？"她哼哼道："你懂个屁！"说人是机器，机器老化，都是从零部件开始的。我说："我体内的零部件那么多，大到肠胃，小到苦胆，看不见摸不着，不可能天天吃七八种水果来保护吧？"

媳妇就上网去研究陈老师的"活得健康"。研究来研究去，最后将心脏确定为重点保护单位，说人老心不老，心脏最重要。我笑她狗撵摩托不懂科学，说古人所谓心，心之官则思，不是指心脏，是指大脑。心理学应该是脑学（据说严复当年就是这么翻译psychology的），心理健康应该是脑健康。她却笑我孤陋寡闻，引陈老师博文《癌症自愈源于心脏》为证，说癌症是现在的致命杀手，而"心脏可以分泌救人最后一命的荷尔蒙，不仅可以在二十四小时内杀死百分之九十五以上的癌细胞，而且对其他绝症也有极好的治疗效果"。我相信人体有顽强的自我修复能力，而健康的心脏，是人生命活力的源头。保护心脏，就成了我们的头等大事。我被媳妇渊博的健康知识折服，也去研究陈老师"活得健康"，其中一篇博文，《老人要多吃炖烂的肥肉》，说炖烂的肥肉能防治老年冠心病。哈哈！给我带来了福音：肥肉既然能保护心脏，又能饱口福，何乐而不吃？宣布革"禁肥令"的命，炖了一腿猪肘子，东坡肘子，入口化渣，肥而不腻。动员媳妇也来大快朵颐，她却想饿身材："会不会吃成肥胖症啊？"我笑道："保护心脏最重要！"

却说今年冬天很冷，据说是成都四十五年来气温最低的冷冬，冷到人心里去了。古人云："哀莫大于心死。"想借助花雕酒来激活心律，但花雕不给力，越喝越冷，正想换成五十六度的红星二锅头，媳妇却突然跳将出来，一把夺过酒瓶，将大半个冰冷的广柑塞在我嘴里，瞪着眯眯眼道："吃！必须吃！"我把广柑吐在手心上，笑嘻嘻问道："这又是保护什么器官的呢?"我本来是调侃，她却很严肃地回答："保护心脏的!"不知是信口开河，还是引经据典。但我相信媳妇是为我好，语云：信则灵。将冰的广柑囫囵吞下去，心底果然涌起一股暖流：有糟糠之妻时刻想到保护我的心脏，心心相印，人老心不老，老年人生多美好啊！

2013 年 1 月 16 日

# 抵制崇洋媚外的歪风邪气

　　一般而言，女性比男性更唯物主义，更崇洋媚外。就说俺家媳妇谢钱氏吧，除了大学政治课学的马克思主义教条与几部老幼皆知的外国电影，对西洋文化东洋文化一点不了解，却在物质生活方面，是个资深的崇洋媚外派。

　　话说很多年前，我访学美国，她越洋电话，非要我给她买一副美国制造的太阳镜，好戴起在朋友同学面前显洋盘。我那时还缺乏斗争精神，唯媳妇之命是听，从东海岸到西海岸，侦察了无数商店，凡我看得上眼的太阳镜，都是中国制造。最后，才在飞回国的前一天，在洛杉矶一家超市，找到一副勉强看得顺眼的意大利制造。虽然不是美国制造，但毕竟是西洋货，可以满足媳妇的虚荣心。媳妇却说还没有中国的太阳镜美观。戴了两次就不想戴了，白白浪费我的表情。

　　七八年前，迁居江安花园，购置家电，非洋品牌不入她法眼。我稍有不同意见，她就瞪着眯眯眼斥道："你懂个屁！"不准我参政议政。有一天，携回一口铮亮的不锈钢炒锅，得意扬扬宣布："德国名牌，双立人！"悍然发动厨房革命，将国产铁锅赶下灶台，打入地下室冷宫。我笑道："难道德国锅炒出来的回锅肉，能吃出德国风味？"

她讽刺我老土，说现在小康一点的家庭厨房，都时兴装备这种进口洋锅，显得有品位。结果，洋锅不符合中国国情，没有长把柄，炒菜的时候，锅耳热得发烫，无法单手端起来，差点没把回锅肉炒成糊锅肉。我气得怒冲霄汉，愤愤然把锅铲一扔，强烈要求还我中国锅。她却阴阳怪气地问："这洋锅的身价，你晓得不？"我吼道："不晓得！我只晓得洋锅中看不中用，炒不了中国菜！"她讽刺我"一根筋"，说人是活的，锅是死的，竟让我放下身段，改变传统的炒菜方式，去适应洋锅。我斥她"洋奴哲学"，以辞职相威胁，这才重新恢复中国锅在我家厨房的合法地位。

却说去年年底，赴日本学术交流，媳妇居然想精想怪，要我买一个日本电饭煲回来！我家刚换的新电饭煲，高压全自动，虽然是国产美的牌，但煮饭、熬粥、煲汤、炖肉，功能俱全，操作方便，为什么要"革人家的命"？媳妇说出来的理由，令人难以置信：日本电饭煲煮出来的饭，米粒一颗颗都是朝上挺立的！我坚决不相信，笑着问她："你亲眼看见的？"媳妇说，听狮山一位朋友说的，她买的日本电饭煲，煮出来的米饭，真是这样的雄姿，既好看，又好吃。我嘲笑道："可能是她在水里加了伟哥，饭粒才能一颗颗朝上挺立吧？"媳妇斥道："无聊！"不由分说，命令我一定要买一个能把米粒煮得一颗颗挺立起来的日本电饭煲。

我不敢抗命，到日本翌日，去奈良参观世界文化遗产唐招提寺的路上，就向导游打听日本电饭煲。导游说日本电饭煲跟中国电饭煲加热方式不同，不是从下面加热，而是上下四周全方位加热，所以煮出来的米饭，又软又香。我问："是不是煮出来的饭，米粒一颗颗都是朝上挺立的？"大家以为我故意装疯卖傻，笑惨了。导游也想制造快乐气氛，就笑着应和道："是啊是啊！"说最近卖得最贵的新款，肯定具有这种神奇的功能。大家被好奇心驱使，在东京逛银座，都去参拜日本电饭煲。我指一款最贵的电饭煲，单刀直入地问导购："这种电饭煲，是不是煮出来的饭，米粒是一颗颗朝上挺立的？"导购是哈尔滨女孩，绿眉绿眼瞪着我，好像我是初入大观园的刘姥姥。我很诚恳地说："如果属实，我们就买。"导购笑嘻了，解释道："只要水加得合适，煮出来的饭，米粒无论是躺着的，还是站起的，的确颗是颗，粒是粒。"我用四五百元的国产电饭煲，早就能煮出这样颗是颗粒是粒的米饭，何必花四五千元人民币，引进一个并不能把米粒煮得颗颗挺立起来的东洋货？回家如实向媳妇禀报，媳妇却斥我太实用主义，说现在有条件了，生活不是苟活，要活得有品位。我讽刺她："用国产电饭煲煮饭，难道生活就没品位？"她哼哼道："你就是怕花钱！"我不是怕花钱，而是不愿迎合她这种盲目崇洋媚外的歪风邪气。

却说日本之行，媳妇开的购物清单，还有化妆品 SK-II，我也没买。我都站在化妆品柜台前面了，正照着清单，按图索骥，寻找目标，陪我们逛商场的早稻田大学内山教授的夫人拉姆却说，她都不用 SK-II。我问："为什么？"她说："太贵了。"我就犹豫了，心想：人家发达国家世界名校洋教授的夫人都舍不得用这么昂贵的化妆品，我发展中国家西部高校的一个三家村秀才土教授，为什么要鼓励媳妇这种高消费？我思想觉悟提高了，要男子汉一回，坚决抵制她以奢侈为品位的歪风邪气。回到家，说到日本教授的生活不是我们想象中的豪华，很朴实，就以内山夫人为例，循循善诱道："你既然崇洋媚外，为什么不崇不媚人家勤俭节约的优秀品质？"媳妇却庆幸道：

"嘿嘿！你幸好没给我买SK-II哦！"说她看《文摘周报》上的一篇文章说，老年人乱用化妆品，脸上的皱纹长得更快更多。我想找到那张报纸，悄悄联系上作者，请求她再写一篇《老年人不崇洋媚外才能健康长寿》，结果媳妇早将旧报纸当废品卖了。

2013年2月17日

# 舌尖上的创新:"心灵猪汤"

吃饭比穿衣重要,不穿衣丢人,不吃饭死人。这不是哲理,是我们这代人的人生体验。我和媳妇饿过饭,亲历过吃肉叫"打牙祭"的时代,铭心刻骨,记忆如昨。所以,老夫妻至今节约成性,残汤剩菜,只要含有肉分子,绝不轻易倒掉。80后儿子多次提出宝贵批评:"残汤剩菜有啥营养嘛?"媳妇当儿子面保证:今后不再吃残汤剩菜!结果她两面三刀阳奉阴违,照吃不误,还要让我同流合污。

儿子小两口周末回来,是老夫妻盛大节日。媳妇总要命我炮制一大桌菜,残汤剩菜,我们大吃大喝到第三天,还剩小半碗牛肉萝卜汤或排骨萝卜汤。我说按照儿子的指示精神,倒了算了,媳妇却说:"你喝一半,我喝一半?"我告饶道:"我已吃得太饱,喝不下去了!"她神情无比庄重地说:"这是肉汤汤!"我说我晓得是肉汤汤,但我没内存空间了。她居然恶语相向:"闹不死你!"闹,四川方言,毒的意思。独生子女家庭,子为母纲,我就搬出儿子的圣旨,威胁她:"你连儿子的话也敢不听?"她瞪着眯眯眼斥道:"你还有脸说!儿子叫你莫抽烟,你他妈的咋不听呢?"脖子一仰,将半碗残汤一饮而尽,然后揉着肚皮说:"胀安逸了,胀安逸了!"我说:"不听儿子言吃亏在眼前,该背时!"

其实现在的肉，无论鸡鸭鱼，还是猪牛羊，大多是饲料催出来的，不仅肉质不美，味也不香。餐厅美味佳肴，大都是佐料调料堆砌出来的，品尝的是佐料调料的味道，不是鸡鸭鱼肉本身的香味。越是高档的餐厅，越是在佐料调料与加工工艺方面出怪招。川大望江校区西门外有一家公馆菜，把粉蒸肉装入猪肚子里密封起来煮，价格不菲。前年，我陪媳妇，请他娘家兄弟姐妹一大家子去吃饭，大堂经理是个能说会道的重庆妹儿，操一口流利的川普，隆重推荐这道招牌菜，说是上了电视的名菜。我笑道："我也是上过电视的厨师，晓得餐厅所谓名菜，无非是把简单问题复杂化，把顾客的头搞晕，心甘情愿挨棒棒，比如这个猪肚子煮粉蒸肉，是不是这样？"经理撇嘴道："你先生吹牛不打草稿哦！鬼大哥才相信你是啥子厨师，还上过电视！"

不是我吹牛，我真的上过电视。那是前年暑假中，去文星镇赶场，遇几个不暴力执法的城管，非要把一个肉贩赶到农贸市场里统一的猪肉摊位去。肉贩说："我本来就在里面，因为肉价比大家低，被大家哄出来的。"双方相持不下，惊动成都电视台，赶来现场报道。很多围观群众，都一致支持肉贩的革命行动：人家为啥不能在农贸市场外面租私人的铺面卖肉？我挤在人群中看热闹，跟着大家呐喊了几句。晚上，一个早已毕业的女弟子袁同学突然电话我，万分激动地报告："谢老谢老，我刚刚在电视上看见你了！"我莫名其妙："我假期都待在家里，什么时候上的电视啊？"她说："就是今天上午，在文星镇，你在人群中跳起来大喊大叫，喊叫的什么啊？"我说："反正不是反动口号。"回头对媳妇说我今天一不小心上电视了，袁同学都看见了，把她激动惨了，说我好有正义感。媳妇却斥道："你他妈个颤翎子（爱出风头的人）！一个教授跟一群乡巴佬挤在一起看热闹，还好意思拿出来炫耀！"

我是厨师，更不是吹牛，虽然是业余的，没有文凭没有职称，但在一定范围内，还是享有一定声誉的。首先在狮山筒子楼，我牛刀初试，就声誉鹊起，大家都夸我有烹调天才，凡打平伙，中国式AA制，必我掌勺。北京师大读博时，因陋就简，在煤油炉子上，给学弟们表演过厨艺，吃得大家啧啧赞叹："谢不谦，你读什么古典文学博士啊？简直是埋没人才！要是去学烹调，绝对操成世界一流大师！"虽不无调侃，但怜才惜才之意，也溢于言表。记得历史系博士生张思老弟赴日本东京大学交流学习，新年给大家寄赠贺年片，给我的那张上面写道："小弟来东京半年，交友不少，然能畅论古今大事，又能烹调美味佳肴如兄者，无有也。"大家都以为酷评。现在回想，很有时代局限。中国那时还没崛起，大家都很清贫，天天吃学生食堂，品味很低，是肉都好吃。现任清华大学教授的同门师弟石兄，吃过我很多菜，最有发言权，他说："谢不谦的本领，是能把普通家常小菜做得比较可口。"是为符合历史的客观之论。我当年创新的一道番茄黄瓜汤，至今被石兄家当成保留节目，还命名为"谢不谦汤"呢！

却说上前年暑假，我还没上电视出乖露丑的时候，媳妇说现在的鸡肉真难吃，她只想喝鸡汤，不想吃鸡肉。我笑道："没有鸡肉参与的鸡汤，不就是传说中的心灵鸡汤吗？"她说你能炮制吗？我突然想起小时候喝过的土豆汤，在那个缺肉少油的年代，真能喝出鸡汤的味道来。当即炮制了一碗，媳妇一喝，眉飞色舞："嘿！好像硬是有点鸡汤味哈？"

这道"心灵鸡汤"不是我舌尖上的创新，是大巴山父老乡亲集体智慧的结晶，套用一句马克思历史唯物主义的结论：广大劳动人民集体创造的成果。我个人的贡献，不过是给它起了一个比较萌的名字。从此，这道大巴山淳朴风格的土豆汤假"心灵鸡汤"之名，取代番茄黄瓜汤"谢不谦汤"的历史地位，成为一年四季我家第一汤。媳妇因此而有感："你当年若去学烹调，说不定真比学古典文学有出息？"我问她："我当年即使是锦江宾馆的大厨师，你这个班花都不是的大学生愿意嫁给我吗？"她笑嘻嘻道："愿意！"我还未来得及斥她虚伪，她又朗声而答："不愿意！"说她只喜欢我这样的家庭业余厨师，不喜欢锦江宾馆的大厨师。我说："你以为我是甘当家庭厨师的瓜娃子？"表扬与自我表扬相结合，说："结婚三十年，我不惜毁自己的容，让你免遭烟熏火燎摧残，青春折旧率相对较低，所以你现在退休了，才能在同年人中貌似显得年轻，在网上歌厅冒皮皮当颤花？"她说不是我的功劳，是她内心强大，对婚姻充满信心，从不担心我们的婚姻会破裂。我说："你咋这么一厢情愿盲目自信？"她说："你是个瓜娃子嘞！"我一笑，也因此而有感："娶妻当娶女汉子，嫁人要嫁瓜娃子！"媳妇塌鼻子都气歪了，斥道："啥子喃？你居然把我当女汉子？"我说："女汉子虽然不是巾帼英雄，也是女中丈夫，能吃能睡，能苦能累，独立担当，胸怀宽广，语言生动极富杀伤力，除了'下厨产砒霜'，哪一条你老人家不具备？"媳妇反躬自省，笑道："嘿！硬是的哈？"

却说上月某风雨飘摇日，媳妇不想当风雨无阻女汉子，我也不想当风吹雨淋瓜娃子，家里没有蔬菜，就动用战略储备，用土豆炮制"心灵鸡汤"。却发现一根孤苦伶仃的胡萝卜，洗净切片，汇入

"心灵鸡汤"的滚滚波涛。胡萝卜是寡（吃）油的，四川讽刺人假打的民谚：肥肉吃多了想吃胡萝卜。再切几片五花肉，投入汤锅中。舌尖上的创新，往往就是这样无意之中歪打正着的。媳妇赞叹："有胡萝卜参与的心灵鸡汤，比纯土豆汤好喝！"我说明明有猪肉参与，你咋还指鹿为马说"心灵鸡汤"呢？她夹起一片很豪放派的五花肉吞而食之，说："那叫心灵啥子汤喃？"我说循名责实，实事求是，就叫"心灵猪汤"？她说太粗俗了，没有"心灵鸡汤"高雅。我说，鸡和猪，都是低等动物，咋可能鸡比猪高雅？她跟我抬杠："我就是认为鸡比猪高雅，又爪子（四川方言，即"咋个"）了呢？"我说不爪子，今后不让胡萝卜和猪八戒来掺和，还你正宗"心灵鸡汤"就得了。她说好嘛好嘛，就叫"心灵猪汤"。

今天，国庆家宴的第二天，我特地炮制了一大碗"心灵猪汤"，端上餐桌，立此存照，请大家欣赏。

2013年10月2日

# 舌尖上的创新：麻嘎嘎凉粉

儿子儿媳春节回娘家，带给我们一大包豆粉，特地提醒："纯豌豆粉，水磨的！"水磨豆粉就是芡粉。我感觉很喜剧，因为我的博粉中，早有人自称芡粉，如狮山大明兄甜姐姐夫妇，还宣称是第一芡粉呢！难道小两口儿也悄悄成了我的博粉，想制造惊喜，以真资格的芡粉来浪漫而幽默地粉老爸，看老爸懂不懂得起？那我就太幸福了。老妈谢钱氏却跟老爸争宠，讽我自作多情，哼哼道："你以为你多伟大？"

我不伟大，普通"知食分子"，知道芡粉之为用，很有局限，炒肉烹鱼勾芡而已。我们老两口，节约型夫妻，一日三餐，以清淡为主，很少大鱼大肉，这么大一包芡粉，得用到猴年马月啊？媳妇斥道："你懂个屁！"说这是儿女亲家的一番心意，不准我在小两口儿面前发杂音。

我说时间长了，再纯的芡粉也难以保持纯洁性，会慢慢发生变化，从量变到质变，最后腐化变质，多可惜嘛。媳妇恍然大悟道："硬是的哈？"说当年大学哲学考试，还考过马克思主义辩证法"质量互变"规律哩——咋就不晓得用来指导日常生活呢？

我建议将芡粉分成若干小包，分赠亲友。媳妇却是个守财奴，找来借口道："现在小康社会，谁稀罕芡粉啊？"我说："不是稀罕不稀罕，而是物尽其用，以免暴殄天物，浪费资源。"媳妇眼珠子骨碌一转，突然发现新大陆："嘿！豌豆粉好像可以用来做凉粉？"说很多年前，她父母任教的都江堰水电学校有一家姓朱的工人，就是靠做凉粉脱贫致富的，问我还记不记得朱凉粉。

我当然记得。那是很多年前，人人争相下海，各显神通。朱家一无资本，二无长技，就在自家门前摆了一个凉粉摊摊，人称"朱凉粉"。没想到，人气之旺，把摊摊挤爆了。现在回想，朱凉粉之所以火爆，是投年轻师生喜欢寻找味蕾刺激之好，变本加厉，将四川特有的麻辣发挥到极致，辣得人满头大汗，麻得人嘴皮发颤，像狗狗一样伸出舌头哈气，咻咻咻，吃了这回还想吃下一回。朱家小小生意赚大钱，赚的都是回头客的钱，然后在都江堰风景区附近，离堆公园外南桥下，开了一家准豪华餐厅。不卖凉粉卖鸭子，"朱凉粉"变为"朱鸭子"，勤劳致富，买车买房，按下不表。

媳妇却不同意，说朱凉粉之所以火爆，麻辣超级刺激而外，还有一个更重要的原因，凉粉本身的品质：人家是用豌豆粉现做的，现做现卖，清洁卫生，新鲜爽口。我说："既然如此，你专程回一趟都江堰，去向当年的朱凉粉现在的朱鸭子虚心讨教怎样将豌豆粉做成的新鲜爽口凉粉？"妇瞪我一眼："你瓜娃子！凉粉又不是高科技，不晓得自己上网查？"

上网一查，果然找到豌豆凉粉的做法，非常简单，比做四川凉面还简单。按照网上的配方，初试成功，但口感不好。先圣孟子云："尽信书，则不如无书。"抛开网上配方，以自己的口感为根据，不断在舌尖上创新，最后掌握了核心技术，关键是水与粉之间的比例。其实，这跟儒家中庸之道暗合，就是把握好一个度，恰如其分，恰到好处。

媳妇吃在嘴里，喜上眉梢，啧啧赞道："嘿嘿！咋这么柔韧啊？"所有四川凉粉，无论川北凉粉，还是客家伤心凉粉，乃至曾让我们赞不绝口的朱凉粉，吃的都是味道，而凉粉本身，没嚼头，感觉既腐且朽。我做出来的凉粉，一扫四川凉粉的腐朽传统，有韧性有弹性，爽口更爽心。

媳妇虽然专制跋扈，却能以女性特有的细心，在日常生活油盐酱醋中以小见大，升华老夫老妻日渐平淡的感情。吃罢爽口爽心的凉粉，竟笑嘻嘻含情脉脉看着我，咿咿呀呀一唱三叹："我能想到最浪漫的事，就是和你一起慢慢变老，直到我们老得哪儿也去不了……"唱得我浑身鸡皮疙瘩，嘿嘿笑道："太麻嘎嘎了！"别说豌豆粉，即使顽石，也会被这种麻嘎嘎的咏叹感化成入口化渣的凉粉，何况我心匪石？总结经验，发扬成绩，再接再厉，自以为是舌尖上的又一创新，退休后去江安校区商业街摆个凉粉摊摊，绝对比朱凉粉还火爆。请媳妇当收银员，收下的钱，去买一辆豪车，圆她老人家的宝马梦。媳妇却哼哼道："那学生不把你叫谢凉粉？太难听了，太难听了！"断然决然，一票否决。

我踌躇满志顾盼自雄，说："我在舌尖上的创新，岂止麻嘎嘎凉粉？不是还有两绝吗？第一绝"心灵鸡汤"，第二绝"桃花人面"，加上这第三绝，干脆开一家美食店，店名'谢食三绝'，如何？"媳妇又连连摇头："要不得，要不得！"说大家望文生义，莫以为是"谢绝进食"，还一而再，再而三地谢绝，瓜娃子才会来吃！

2013年6月7日

# 生死疲劳：人蜂之战

　　清明将近，没有雨纷纷，红日当空阳光灿烂，媳妇与姐妹去为亡父扫墓，让我留守看家。我备了一会儿明天研究生的课，继续看莫言《生死疲劳》。看到午后三四点，被小说迷进去了，跟着屈死鬼地主西门闹六道轮回，变驴、变牛、变猪，刚变成狗，耳边突然"嗡嗡嗡"，抬头看，一个不明飞行物，以超音速在空中飞来飞去。以为是阎王爷临时改变主意，不让西门闹变狗，而变成一只大苍蝇，来闹我书房，就去找来苍蝇拍，想把它打得灵魂出窍，早死早投胎，转世为人。

　　疑似苍蝇的不明飞行物，心灵好像能感应似的，疯狂一搏，运动战，左冲右突，上下翻飞，我眼不疾手不快，苍蝇拍总是扑空。我累得满头大汗，心跳加速，坐在沙发上养我浩然之气，它也驻足飘窗上以逸待劳。我起身，它也奋飞，嗡嗡嗡，想破窗而出，却总是碰壁，好像跟西门闹一样，也在演绎"生死疲劳"似的。我笑道："你娃头累不累啊？"它刚软着陆，我蹑手蹑脚站起来，运足气，想给它致命一击，把它打回原形，举起苍蝇拍，高高举起，却没敢拍下去。

　　原来，不明飞行物不是苍蝇，是蜜蜂。真是无巧不成书，媳妇在网上歌厅发神经装年轻，隐姓埋名，也自号"蜜蜂"。虽然这些天我被莫言小说搞得神神癫癫，满脑子轮回转世，但媳妇刚给我电话，查我是否在岗："我网购的洗面奶和化妆品送来没有？"言犹在耳，不可能转眼之间，就投胎转世为蜜蜂吧？但转念一想，如果这只蜜蜂，是媳妇的精灵幻化而来的呢？如古代的庄子的精灵幻化为楚王孙，男性单边主义，来考验媳妇田氏的忠贞。这个世界太神秘，谁能参透呢？不怕一万，只怕万一，万一是媳妇精灵的化身呢？我爱屋及乌，投鼠忌器。

我收起苍蝇拍，劝降蜜蜂："媳妇，你即使幻化成蜜蜂，我也认得出你！别装疯卖傻自欺欺人了，现出真身吧？"蜜蜂无语。我勃然大怒道："你这只蜜蜂，是不是我媳妇那个瓜婆娘派来监视我的密探？"抓起苍蝇拍："从实招来，坦白从宽，抗拒从严！"蜜蜂紧急起飞，在我头上绕来绕去，嗡嗡嗡，貌似在发表宣言："我可以骚你，但你不可以扰我！"我笑道："你这样争强好胜，累不累啊？"

却说莫言小说中的西门闹，六道轮回，见证本朝五十年荒诞历史，闹得天翻地覆慨而慷，蜜蜂这样小打小闹，一点不回肠荡气，只是折磨我的神经，浪费我的表情，想迅速结束这场人蜂之战。但我突发慈悲心，我与蜜蜂之间，不是你死我活的阶级斗争，也不是人妖之间的较量，何苦以苍蝇拍重武器打得人家灵魂出窍？便找来一把蒲扇，疯狂煽动，运斤成风。强大气流形成的漩涡，终于把蜜蜂搞得晕头转向，啪嗒一声，撞在蒲扇上，从空中跌落下来。

蜜蜂迎头撞在蒲扇上，从空中跌落下来，不偏不倚，居然歪打正着，跌在莫言小说封面上！你信不信？但我信了：这就是宿命，生死疲劳。定睛一看，验明正身，不是地主西门闹，更不是我媳妇谢钱氏，就是一只普普通通的蜜蜂，误入桃源，被撞成脑震荡，跌跌撞撞，昏倒在地。我正在给脑震荡蜜蜂拍照，突然门锁转动，媳妇开门进来，风尘仆仆宣告："我回来了！"我暗暗吃惊："蜜蜂昏倒，媳妇驾到，也太神了吧？"没去迎驾，恭请圣安，她就疑神疑鬼道："谢瓜娃，你在干吗？"

我用筷子夹起晕头转向的蜜蜂，质问媳妇道："是你娃头变的吧？你将在外，身在江湖，却心存魏阙，变成蜜蜂来监视我，你的老公你的君？"本来是搞笑，媳妇居然得意扬扬地说："是噢，是我变的！"嘿嘿笑道："我变化多端无处不在，你晓得就行了。"我是彻底的唯物主义者，不信邪，她魔高一尺，我道高一丈："结果还是被我火眼金睛识破真相，把这个阶级敌人镇压了！"媳妇惊抓抓叫道："啥子嘛？你把蜜蜂打死了？"好像物伤其类，她就是蜜蜂，蜜蜂就是她。我笑惨了，也顺水推舟假人情："一夜夫妻百日恩，何况你我三十年老夫老妻，我有这么狠心绝情吗？"说蜜蜂不过脑震荡，休息一会儿，就会还阳。

家庭农场正值新老蔬菜换届，久旱不雨，青黄不接，只有未老先衰的大葱一花独放。我小心翼翼，将脑震荡蜜蜂轻轻放在葱花丛中，刚拍下人工摆拍造假的照片，蝶恋花蜂采蜜，她在丛中笑，蜜蜂就起死回生还了阳，收拾精神，抖擞翅膀，一飞冲天，嗡嗡嗡，貌似在说："后会有期？"我举起相机，还没来得及抓拍，蜂影就融化在夕阳斜辉中。

晚饭后，继续读《生死疲劳》之"狗精神"，看西门闹投胎转世为狗后，狗眼看人低，怎样大闹人间，却读不下去了。蜜蜂在耳边"嗡嗡翁"，媳妇在楼上歌厅咿咿呀呀，仿佛依稀之中，庄周梦

蝶，蝶梦庄周，不知今夕何夕：是媳妇幻化为蜜蜂，还是蜜蜂幻化
为媳妇？

2013年3月27日

# 种菜记

入春以来，少雨，奇冷后奇热，奇热后奇冷，老天爷患疟疾打摆子似的。城里人突然发现市场蔬菜少而且贵，贵得离谱，时有怨声。乡下人也怨，不怨城里人，只怨老天爷不作美，连月春旱，地里的蔬菜蔫不溜秋无精打采。菜价咋个不飙升？我却不为所苦，因早有"战略储备"：春节前种下的白菜莴笋，虽不茁壮，却绿得可爱，秀色可餐，正好补青黄不接之需。饭快烹熟，去后花园拔两棵莴笋，或摘一把白菜，清水冲洗一过，苍翠欲滴，下锅，上桌，吃到嘴里，前后不到十分钟。脆生生，嫩鲜鲜，满口清香。媳妇啧啧道："好脆好鲜哦！"上周去桂林出差，上飞机前，竟手机下达指令："地里的蔬菜，留着，等我回来再吃！"

媳妇尝到了种蔬菜的甜头。上前年，迁居江安花园，我说要把后花园搞成蔬菜基地，媳妇还讽刺我："你看人家后花园，亭台水池，花草果树，多洋盘多有格调！亏你还是个文学教授，咋个一点品位都莫得？"我反唇相讥："我没品位？大家都说你才没品位！貌似优雅，却嫁个土垃巴叽的男人！"媳妇很生气："谁说你土垃巴叽？"我笑道："不是你说的吗？没品位就是土垃巴叽嘛。"逗得媳妇也笑了，同意划拨后花园三分之一的土地，归我开垦种植。插上木棍标出地界，说是不能越雷池半步。现场监工，我锄头一挖过界，媳妇就嚷道："你娃咋个得寸进尺哟？"那年雨水充沛，栽下去的瓜菜，颗颗生意盎然精力旺盛，见天疯长，挡也挡不住。暑假前，篱笆上就挂满黄瓜苦瓜，地里满是西红柿辣椒茄子，煞是喜人。记得西红柿结出绿色硕果后，路人驻足赞叹："这家人好有情趣哦！"保安纷纷建议："快喷催红素，几天就红了。"保安都是农家出身，说农村种西红柿都这样。我说我偏不这样，我要西红柿自然红。

暑假欧洲旅游归来，第一个西红柿终于熟透，媳妇说她去摘，还让我把摘西红柿的镜头照下来。我一边照一边讽刺："春天栽种，你袖手旁观，还讽刺挖苦；现在摘取胜利果实，你比我还积极！"媳妇举着西红柿得意扬扬振振有词："你在花园种地，我在厨房煮饭，男主外女主内，分工不同。我咋就不能积极摘取胜利果实？"就一个西红柿，我承认，辛苦有我的一半也有她的一半。于是我咬一口，她咬一口，口感味感，妙不可言，都说找回了小时候吃西红柿的感觉。我说："凭这个西红柿，我就敢断定，现在市场上出售的所有西红柿，都是催红素催红的！"媳妇完全赞同："就是就是。"然后提议，把花园中间草坪也改为菜地。就这样，未经我申请，桃李不言下自成蹊，蔬菜种植面积扩大到花园的三分之二。

农谚曰：清明前后，种瓜种豆。今年清明前半月，我就栽下了瓜豆秧苗。但天气时冷时热，加上春旱，成活率很低。不断补种，不断死亡。赶场买秧苗时问老乡："我天天淋水，咋个还是栽不活哟？"老乡问："你淋的啥子水？"我说："当然是自来水。"老乡说："自来水哪里比得上雨水渠水哦？"自来水加了漂白剂等化学物，不是地涌清泉，更不是天降甘霖，这个道理我能不懂？但我不可能开条水渠，把江安河引到后花园来，就天天盼春夜喜雨。无奈连日暴热，补种的秧苗半死不活，如日薄西山，气息奄奄，命悬一线，朝不保夕。只有西红柿还有几分生意，身材虽然干筋，近日渐渐也婀娜多姿起来。昨日半夜，正在灯下读钱穆《先秦诸子系年》，迷迷糊糊欲睡去，隐隐听见窗外滴滴答答。抖擞精神，走到厨房阳台一看，果真雨点淅淅沥沥，洒在树叶上，与墙外的蛙鸣虫吟呼应，交响成赏心悦耳的春之声。这春之声，非施特劳斯谱写的圆舞曲，而是庄子所谓"天籁"啊。神为之旺，睡意顿消，斟上一杯白兰地，点燃一支香烟，坐在阳台的竹凳上，以心会心，去会天地之心，凭直觉去感悟雨声风声蛙声虫声蕴含的宇宙生命之谜，心中一片澄明。

今日一早，细雨依然迷蒙，我哼着："二月里来好春光，家家户户种田忙。种瓜的得瓜，种豆的得豆……"骑车去文星场买秧苗。归来途上，满脑子意识流，不知怎么就神游到千百年前，回忆起古人"细雨骑驴入剑门"的况味，心想：若今日不是骑车，而是骑驴于蒙蒙细雨之中，那才爽哦！想归想，爽归爽；浪漫归浪漫，现实归现实。趁春雨还在漫天飘洒，补种秧苗才是当务之急。蹬车赶回家，气也未歇，茶也未喝，一鼓作气，栽下秧苗。站在地头，欣赏着自己的杰作，竟油然生出一种成就感。手脚沾满泥巴，头发衣服沾着雨水，心中却洋溢着喜悦，充满着期盼。陶诗曰："衣沾不足惜，但使愿无违。"深得我心也。

然后回书房，躺在沙发上继续读《先秦诸子系年》，看钱先生咋个考证老子当在庄子之后。午饭现成剩饭，摘颗莴笋，青炒，配以肥肉一碟，斟杯美酒。还未吃到嘴里，突然电话铃响，媳妇说："我回来了！"我急着问："刚到机场？我开车来接你？"媳妇却说："我已直接回狮山了。"我心中有气，说："吔，你硬是耍得欢哟！"江安花园近在咫尺，出机场几分钟就到，她竟过家门而不入，耍了桂林又去耍狮山。媳妇解释说："我下午有课嘛。我在桂林机场给家里打电话，咋没人接？你都干吗去了？"我故意气她："新生活，各管各！我赶文星场相亲去了，你管得着吗？"媳妇一笑："你去你去。"然后却追问："后来呢？"后来，不就补种秧苗吗？我如实汇报道："既耕亦已种，时还读我书。欢然酌春酒，摘我园中蔬。"媳妇讽刺我："抛什么文哟？直接回答，我没在家这几天，你是不是把地里的蔬菜吃完了？"我说："白菜被虫子吃了，已改种辣椒；莴笋只动了一棵，现正在餐桌上。地里还有一片莴笋，等你回来共享。"媳妇笑道："这还差不多！"

2007 年 4 月 23 日

# 养鸡记

　　去年暑假，迁居江安花园。偌大一个花园，前后入住三十来户。晚上回家，黑咕隆咚空空荡荡，只听见自己脚步响。前面晃过一个人影，或风吹树枝动，都让人心里猛跳。媳妇紧紧挽住我说："好像演恐怖电影哟。"我说："好久没有这恐怖的感觉，多刺激！"回到家里，灯光辉煌。媳妇沙发上一躺，长长舒一口气："这才有家的感觉哟。"我说："没有外面的恐怖感，你能体会到这家的感觉？"媳妇点头一笑，说："就是太冷清了一点。"

　　翌日白家逢场，我就买了六双小鸡崽崽回来。原想买三双，卖鸡老乡说："买六双吧。六六子顺，图个吉利。"我说："好，六双就六双。"问："公还是母？"我说："随便。只要鸡咯咯能健康成长快乐生活，随你搭配。"这就是坊间盛传我养了"十二金钗"的由来。媳妇吃了一惊："你买这么多小鸡崽崽干啥子？儿子都上大学了，还要继续培养他的爱心同情心嗦？"我说："你嫌冷清，我这不是为你制造点热闹气氛吗？你听，叽叽喳喳的，多热闹。"媳妇并不高兴，嘟着嘴说："麻烦。"我可不嫌麻烦。先把鸡崽崽放到后花园，让它们自由活动熟悉环境。然后就用装修剩下的木材，为它们设计建造虽然不豪华但却明亮宽敞的卧房。我在烈日下挥汗如雨，媳妇在阳台上袖手旁观，不时还冷嘲热讽几句："自作自受。"我挥一把汗，笑道："说得好！自己工作自己享受。"媳妇也一笑，被我的工作热情感动，但插不上手，就一会儿为我擦汗，一会儿给我喂西瓜。我就颐指气使吆喝起来，喊："钉子！"她就去找钉子。喊："木板！"她就去找木板。夫唱妇随，男人当家做主，感觉特爽。

夕阳西下。媳妇说："今天你好累哟，喝点酒。白酒还是啤酒？"心中那感动那幸福那霸道，前所未有。媳妇起身去拿酒，突然叫起来："你看，好乖哟！"一看，原来隔着厨房纱门，毛茸茸一群鸡崽崽叽叽喳喳，碰呀挤呀，急着要进屋里来。我要去拿摄像机录下这一幕，媳妇说："别搞笑了，快把它们带回鸡窝。"我后来很后悔，因媳妇这一道懿旨，小鸡回家的场景虽永远留在我俩记忆中，但诉诸文字，却怎么也生动不起来。媳妇很感触："原来鸡咯咯也跟人一样，小时候最乖。"我附和说："是啊。你看咱儿子，小时乖乖，长大非（很）歪，结了媳妇，就要拜拜！"媳妇说："呸！都像你？"

一天早上，媳妇仔细观察半天，说："咦？怎么只有两只公鸡？你是想试验一夫多妻制嚛？"我说："我真比窦娥还冤！这明明是老乡搭配的，关我什么事哟。"邮箱里取回报纸，媳妇看一则消息，哈哈大笑起来："快来看！你们的首领被抓！"抢过报纸一看：美国摩门教教主被警方逮捕。我说："这与我有什么关系？"媳妇指我鼻子笑道："取个网名叫'齐人有一妻一妾'，麻（欺骗）我不懂古文嚛？养个鸡也弄成一夫多妻，麻我不懂你是咋想的嚛？"我很生气："养鸡就养鸡，莫说得那么深沉！"

鸡咯咯在后花园啄食嬉戏，叽叽喳喳，逗得鸟雀也来凑热闹。媳妇高兴地说："真的不觉得冷清。"我说："岂止不冷清？一举四得：

第一鸡声可制造热闹，第二鸡粪可作肥料，第三鸡蛋可以吃，第四鸡肉可饱口福。"媳妇说："自己养的鸡，敢吃？"我说："难道我们还要给鸡咯咯养老送终？我相信命。人有人命，鸡有鸡命。鸡生一世，最后都死于非命。这是上帝安排，不是人类残忍。我们所能做的，就是让鸡咯咯生前快乐，自由生活自由恋爱，享尽鸡生荣华富贵，最后甘愿献身，死而无憾，如流行歌曲鸡们所唱：'吃我的肉我没意见，拿我的蛋我也情愿。'皆大欢喜。再说，儿子吃纯情土鸡，发育绝对正常。"媳妇一想："说得倒也是。"从此对鸡咯咯关爱有加。

不久开学，媳妇到川师上课，晚上不能回来，电话问："鸡咯咯回来了？"我就逗她："鸡咯咯说：它们再耍一会儿。"回到家中，看我敲击键盘写作，就主动请缨去白家场捡菜叶。梳妆打扮半天，涂脂抹粉跳楼时装高跟鞋，手提着竹菜篮。我说："媳妇，搞错没有？你是去捡菜叶子，不是去赴宴！"媳妇嫣然一笑："男人不懂女人的心。"想象媳妇在菜市，左顾右盼，高一脚低一脚，弯腰捡菜叶子，一道滑稽的风景线。不由得赞道："窈窕淑女，颉之颃之；参差荇菜，左右采之。"

媳妇赶场回来，却很生气："我不去了。"我问："为啥？"原来老乡对媳妇喊："嘿！捡菜叶子的，买不买萝卜？""嘿，捡菜叶子的，买不买莴笋？"我说："老乡愚昧，不懂你是在搞行为艺术。这算什么？他们喊我：那个捡菜叶子的老大爷，买不买南瓜？"媳妇一听，更气："什么？喊你老大爷？"我说："年近半百，怎么不是老大爷？"媳妇说："呸！人家陈舒平比你大两岁，还不承认是老大爷呢。我不准喊你老大爷。"

媳妇说的陈舒平，我硕士同学，《成都商报》总编。据陈总编自述，某记者稿件写"五十来老大爷"，他找来记者，拍着桌子吼："我就五十来岁！我是老大爷吗？"商报从此禁书"五十来岁老大爷"，易之以"五十来岁大师傅"、"五十来岁农民工"等。我说："我又不是陈舒平，在报社能称王称霸。我能禁人喊'老大爷'吗？我有这个权力吗？"媳妇说："反正我不喜欢。"反复磋商，达成一致：今后凡以"捡菜叶子的"或"老大爷"相呼者，一律断绝贸易往来。

网上查阅，鸡是杂食动物，吃虫吃蚯蚓吃苍蝇。由此类推，也吃肉。媳妇说："它们吃虫子，怎会吃肉？"我说："难道虫子就不是肉？"翌日，媳妇同学会，竟打包带回一袋牛肉鱼肉猪肉。我说："怎没鸡翅膀鸡骨头？"媳妇说："同类相吃，最残忍最变态。欧洲疯牛病，就是这样给闹出来的。"我说："说得好。不能让疯牛悲剧在鸡咯咯身上重演。"当即把媳妇带回来的残骨剩肉剁成肉末，撒在花园里，鸡咯咯欢呼雀跃一扫而光。媳妇说："简直像我们小时候吃香香嘴一样。"我说："是啊。你听它们叽叽喳喳说：好吃好吃，就是好吃，谢谢谢谢。"媳妇一笑："你这幸福的样子，好像都快变成鸡咯咯了。"

后来，又买回三双小鸡崽崽。媳妇说："你疯了？真要把咱家搞成养鸡场嗦？"我说："鸡咯咯快长大了，总得后继有人嘛。这叫可持续发展战略。"一天，媳妇很恐怖地说："好像有匹老鼠在花园里窜来窜去。"我一笑置之："岂止老鼠，还有蚂蚁蚊虫癞蛤蟆。这不说明咱后花园生态平衡吗？"媳妇大声说："我是说老鼠要吃鸡。"我说："黄鼠狼给鸡拜年是要吃鸡。老鼠又不是黄鼠狼，怎会吃鸡？"正迷四川方言版《猫与老鼠》，觉得"风车车"特可爱，不料竟酿成悲剧。第二天晚上，鸡咯咯回窝，一数，果真少了一只小鸡崽崽。第二天，竟又少了两只。我说:"这几只小鸡难道是弱智,晚上找不到回家的路?"媳妇不同意:"可能是大鸡咯咯老是以大欺小,它们愤而离家出走?"好像有些道理。当天就在后花园角落布了一道全封闭式的铁丝网,把大鸡咯咯通通软禁起来。但第三天,又少了一只。于是我们不约而同怀疑到老鼠。

我就潜伏在阳台上侦察,果真草丛中窜出一匹硕鼠,贼眉鼠眼,东张西望,爬来爬去,突然咬住一只小鸡崽崽的脖子。我猛喝一声,冲将过去,硕鼠忽地一下钻入草丛,不见了踪影。小鸡崽崽躺在地上,鲜血淋漓,奄奄一息,看来小命难保。媳妇怒目圆睁,义愤都填到膺里去了:"我说老鼠要吃鸡咯咯,你不信!还说什么生态平衡,什么'风车车'特可爱?你这是善恶不分敌我不分!"我理屈词穷,想了半天,才笑着说:"这还不是《猫与老鼠》惹的祸!"

去年春节前,鸡咯咯愉快活过一生之后,死而无憾地作出奉献,前赴后继变成我飨客的独特风味。最后仅余三只纯情母鸡,产蛋。今年暑假某日,媳妇到白家赶场,居然又买回一堆鸡崽崽。我很吃惊:"你真想把我培养成养鸡专业户?"媳妇笑着说:"我这是为你身体着想。去年养鸡以来,你就不再睡懒觉,黎明即起,放鸡出窝,洒扫庭除,脸上肥肉不见了,人也精神多了。我买鸡崽崽,还不是怕你又睡懒觉,身上尽长肥膘。"

2007年1月15日

# 我种的不是蔬菜，是颤花

　　媳妇大学毕业三十周年，有几个男生还是第一次参加同学会，互相之间缺乏了解，所以同学会临时增加了一项内容：大家先介绍自己的近况、爱人和家庭。有个老师哥搞笑说："我老婆身高一米七二，身宽相当你们两个女生，等于结一次婚，找了两个老婆，划不划算？"把大家笑安逸了。轮到媳妇，居然把我这个迂老夫子拿来搞笑，提劲打靶说："我爱人叫谢谦，很多同学都认得，是个颤花，在天涯开了个博客，我的近况，你们只要百度搜索谢不谦，就晓得了。"回家，得意扬扬向我汇报，说男生好羡慕她。我说："你瓜婆娘，不是一般的二！男生损自己老婆是幽默，女生损自己老公是恶俗——我颤什么花？"

　　外地网友常问：颤花是啥意思？颤花首先不是花，更不是在风中颤动的花，是四川方言。据老成都陈若雷老师考证，颤花又称颤翎子，传统川戏中武将头盔上插野鸡翎子，走路说话时都不停颤动，很扯人眼球。民间就以"颤翎子"或"颤花"来称呼冒冒鸡，即爱出风头的人，爱自我表现的人，是个贬义词。随着时风转移，很多词语的褒贬色彩有所变化，但颤花基本上还是贬义。我虽然常自称"颤花"，但是自谦，不是自贬。媳妇却想当然把颤花当成一种艺术表演能力，退休后，天天在网上歌厅发神经，以四川普通话会东西南北歌友，言之不足故嗟叹之，嗟叹之不足故咏歌之；咏歌之不足，不知手之舞之足之蹈之也。我说她是颤花，她居然跟我操川普："让你丫的颤花，你娃头还颤不起来哩！"

平心而论，如果淡化其褒贬色彩，颤花的确是一种展现自我的能力。就以夫妻为例，男女走到一起，难免性别之战，不是东风压了西风，就是西风压了东风，就看谁会跳颤。如果男人不会跳颤，她道高一尺，我魔高一丈，就只配当一辈子趴耳朵，跪搓衣板，工资全交，剩菜剩饭全吃，家务活全包，还要被老婆嘲笑。我虽歌盲舞盲，但扬长避短，借助网络自媒体这个平台，自我炒作：中国西部高校有个种豆得瓜谢不谦，为人低调，自我边缘化，与陶渊明为友，与流浪猫为友，过着现代都市田园生活。粉丝一大串，从教授到中学生，从老太太到小姑娘，从海内到海外。媳妇这才发现我比她会跳颤，甘拜下风。

却说天有不测风云，我春天种的蔬菜瓜豆，今夏遭遇特大暴雨，被摧残得落花流水一片狼藉。除了丝瓜、黄瓜这些瓜娃子，茄子、辣椒、扁豆、莴笋、藤藤菜、西红柿等时令蔬菜，几乎全泡了汤。邻居霍巍教授，历史文化学院院长，响应党中央号召，走群众路线，走到我家庭农场调研，指出我因循守旧，缺乏科学发展观，所谓原生态，完全是靠天吃饭。媳妇笑惨了，违背家丑不可外扬的古训，把这个"靠天吃饭"当笑话到处宣传。前段时间，她去狮山儿子家小住，顺便走亲访友，人家都好羡慕我们有个家庭农场，夸我能干："你们现在不用自己买菜吧？"她却笑嘻嘻说："谢不谦那个颤花，吹牛不打草稿，一个破菜园子，没有任何抵抗自然灾害的能力，完全是靠天吃饭——咋可能不买菜？"大家笑惨了："原来谢不谦种的不是蔬菜，是颤花！"我置之一笑，救死扶伤，劫后余生的庄稼才逐渐欣欣向荣起来。

却说媳妇学理科，理性思维，凡事喜欢问个为什么。一回家就问："这根丝瓜，为什么弯起长呢？"我学文科，感性思维，说："它自己要弯起长，我咋知道？"她说："总得有个科学道理吧。"我说："羊角、牛角，有些直起长，有些弯起长，有啥科学道理？上帝要它们这样长，这就是科学道理。"她只有随声附和："嘿！硬是的哈？"在菜园子巡视一过，不问耕耘，只问收获："这根老黄瓜，咋长成这个鬼样子啊？"

黄瓜苗本来是我重点培养的对象，最向阳的地带，最开阔的空间，最肥沃的土壤，松土施肥，天时、地利、人和都占齐了，结果事与愿违，或枯萎而死，或只开花不结瓜，唯有这棵花开蒂落，却结出几根萎缩瓜，辜负了我的殷切希望和精心培养。

却说昨天，我去摘瓜，媳妇说："先摘萎缩瓜和弯起长的丝瓜？"我说："凭啥子喃？"她说："过两天还要去狮山，顺便把发育正常、成长健康的瓜送给儿子儿媳。"我不同意，说："你这是妇人之仁。"她瞪着眯眯眼斥道："你咋像个后爸爸哦？"我说："天气这么热，再过两天，那根发育正常、成长健康的黄瓜可能长得比你都还老了，辜负人家的青春啊！"媳妇莞尔一笑："你以为你多年轻啊？"

午餐一菜一汤，都是绿色原生态。丝瓜虽然是弯起长的，但细皮嫩肉，并不影响口感，吃起来回甜。黄瓜貌似老了一点，但跟媳妇一样，皮老心不老，吃起来鲜脆可口。我拍这张照片，媳妇笑道："太颤花了！人家还以为我们天天这样原生态哩。"我说："谁不知道我们靠天吃饭，一个巴掌大的破菜园子，种的不是蔬菜，是颤花?"
相视一笑，莫逆于心。

2013 年 8 月 6 日

月

月之季

应是绿肥红瘦

# 养牛记

儿子属牛，喝牛奶长大。牙牙学语，我逗他："牛儿，牛是你娘。"抱他去狮山后校门看火车，有头大黄牛正在铁道那边啃草，小牛犊在草地上撒欢。儿子尖叫起来："娘，娘！"媳妇"扑哧"一笑："傻牛儿！那是牛，我才是你娘。"儿子眨巴着小眼睛，看看爸，又看看妈，貌似在问："这咋回事啊？"我就蹲下来，指着黄牛说："它是你娘。"又指着媳妇说："她是你妈。"媳妇推我一把："呸！牛是你娘你妈。"我笑道："儿子属牛，又是喝牛奶长大，人不能过河拆桥，忘恩负义，儿子应该认牛为乳娘为奶妈。或者换一种说法，有奶便是娘，儿子是牛奶喂大的，结论也是牛是儿子他乳娘。"媳妇斥道："简直一派胡言！"

儿子喝牛奶，满脸长出苔藓般的疱疹，厚厚一层，坑坑洼洼，丑八怪似的。媳妇嗔道："你才是丑八怪！"医生说是火重，缺乏维生素。就在牛奶里添加嫩竹叶、果汁儿之类。苔藓渐渐消失，光洁红润的小脸蛋儿倒挺喜人，可是又大便结燥。儿子憋得两眼通红，哇哇哭叫。遵医嘱，每次大便前，将洗澡盆里灌上温水，把儿子坐下去，让堵在肛门的大便慢慢化解。但这方法有时也不灵，又去看医生。医生说，那只得由大人用手指慢慢往外抠。夫妻连连点头，继续请教："有无别的灵丹妙药？"医生说："母乳。吃母乳就不会这样。"岂不是废话？母乳是婴儿最好的食品，谁人不晓？天底下哪有母亲有奶不让儿子吃的？医生摇头道："可别这么说。现在就有些女士拒绝哺乳婴儿，以保持体形苗条身材健美青春常在。"媳妇说："那是变态！"

儿子认牛作乳娘，不仅使自己饱尝疱疹便秘之苦，也把亲生爹妈累惨了。儿子来到人间，正好是牛年三月，那个冬季，特冷。儿子半夜一啼哭，媳妇就惊醒，一边拍着哼着哄儿子，一边揪我耳朵。有一天早上起床，媳妇望着我，仔细端详半天，说："好像你左耳朵比右耳朵长那么一点点。"我说："你以后再使点劲，对比度更明显。"她笑道，"你睡得死猪似的，雷打不动，不揪耳朵怎得醒？"我说："你不晓得拍我脑袋？"

有天半夜，梦见一个影星向我飞吻，我心驰神荡，正要飞奔而去，背后却伸过来一只巨手，一把捂住我的脸，当即闭气。我又打又抓，那巨手如泰山压顶，岿然不动。使出吃奶的力气猛地一挣，醒过来，原来是媳妇死死捏住我的鼻子。第二天，媳妇歉意地说："我拍你脑袋，你不醒；再使劲，又怕把你拍成脑震荡，只好捏鼻子，好歹没有后遗症？"

从此，只要梦中觉得闭气或呼吸困难，就本能地反应：这是儿子吃奶的警报！立刻翻身起床，拉开电灯，把奶瓶放在热水里烫好，又赶紧钻进温暖的被窝。迷迷糊糊之间，听得媳妇喊："拿来，拿来！"又赶紧爬起来，抓起奶瓶递过去。儿子抽泣着咬住奶嘴，好像还很委屈。我管不了许多，钻进被窝，正要旧梦重温，不料儿子又大放悲声。只听媳妇骂道："笨蛋！这么烫，你喝！"我又爬起来，拿着奶瓶在自来水龙头下面冲几冲，那水可真冷，冷得手发麻！媳妇接过去，滴在手背上一试，又太凉，干脆自己爬起来重新烫，我又被派演哄儿子的角色。如此三番折腾几次，儿子呼呼地睡了，天也蒙蒙亮了。

我感叹说："儿子属牛，莫非真是牛魔王转世？"媳妇斥道："封建迷信！"记得生他那天，媳妇下午六点进产房，结果后进去的孕妇都出来了，她还在里边。直等到后半夜，护士探出头来："你是某某家属？"我急忙点头。她说："你放心，胎儿心跳正常。只是你爱人太娇气了，那一股劲就是进不出来。也难怪，折腾这么久，力气都使尽了。"让我去兑一杯糖开水来，给她增加点能量。我赶紧把糖开水兑好，递给护士，又把耳朵贴在门缝上听。夜深人静，隐隐听见媳妇高一声低一声呻唤，护士说："嗨，你别睡着了呀！"后来我问媳妇："生牛儿的时候，你竟睡着了？这恐怕是世界奇迹吧？"媳妇说："折腾那么长时间，太疲惫了，阵痛时醒，然后就迷糊过去了。"大约凌晨六点过，我在产房外隐隐听见"哇"的一声，牛魔王呱呱堕地。护士把裹在褯褓中的婴儿送出来。我看着这个满脸血污的小不点儿，头尖长尖长的，眼睛也不睁开，我顿时有一种异样感，就问护士："是不是个怪胎哟？"护士瞪我一眼："你才是个怪胎！"又过一小时，天蒙蒙亮了，才被叫进产房去接媳妇。媳妇躺在手术台上，一脸倦容，却洋溢着幸福。她微微抬起头，温柔地一笑："不谦，是个儿——"那是我记忆中，媳妇最美丽最最灿烂最迷人的笑容。

我和护士用担架把媳妇抬回病房，扶她躺下，她一靠上枕头，就睡过去了，睡得很沉。突然，儿子一声啼哭，媳妇惊醒，猛坐起来，娇滴滴叫起来："牛儿——"一把揽在怀中。我当时尚未完全进入升格为父亲的状态，听媳妇这一声叫唤，不觉"扑哧"一笑。媳妇问："笑什么啊？"我笑道："你叫'牛儿'，听起来好肉麻哟。"媳妇说："就你不肉麻？"立刻将乳头塞进儿子嗷嗷待哺的嘴里。但媳妇一滴奶也没有，只好将牛奶喂他。

后来，用尽各种偏方，吃尽所有发奶的食品，终归无效。医生安慰媳妇说："产后无奶不是什么病，这种情况现在越来越多。尤其像你这样的知识型女性，产后无奶很普遍。"天哪！媳妇才一个本科生，如果读到硕士博士，那不连生育能力也读得没有了？

可怜的儿子，生为人之子，却没有品尝过一滴人奶。媳妇说："神经过敏。世界上牛奶喂大的孩子可多的是。"从电视上看到疯牛病的消息，媳妇就紧张万分，一天到晚都在研究疯牛病。不久，报上又登出消息：中国没有疯牛病。后来，又看到一则报道，疯牛病因已经查明：圈养，激素饲料。我说："活该。牛本来自由自在生活在草原上森林中，饥来啃草，渴来饮泉，含哺而熙，鼓腹而游，你非要把人家捉来关在圈中栏中，强迫人家改变饮食习惯生活习惯，最残忍的是不许人家自由恋爱自由交配——把人也这样圈养起来，不发疯才怪？"媳妇幸灾乐祸地说："那是在欧洲在英国。"我说："别担心，如果中国出现疯牛病，我就自家喂养一头牛，天天到草地上去放牧。"媳妇笑道："精神可嘉，纯属空想。"我想也是，现在哪里找得到可供自由放牧的山坡草地？再说，晚上让牛住在哪里？总不能把咱宿舍变成牛圈吧？

儿子却对牛奶瓶情有独钟，直到五岁，才改掉晚上吸空瓶咬奶嘴的恶习。尽管牛奶不能与母乳同日而语，但儿子还是长得胖墩墩的，红头花色，越长越健壮。前几年，儿子高二，一天晚上，我醉眼朦胧回家，媳妇生气地说："今晚睡沙发！"两人就互相讽刺起来，最后发展为肢体冲突。也许是酒壮英雄胆，也许是神经短路，我一挥拳要猛揍媳妇。拳头已高高举起，尚未落下，儿子倏地从房间冲出来，一把推开我，怒目圆睁，吼道："你想打架，我们来打！"两腿一弓，真还摆开了攻击的架势。我气得吼道："你敢打你爸？这是犯法！"儿子也吼道："你打我妈，也是犯法！"我挥拳要揍他，一望，儿子竟高出一个头！牛已经养大了。

2006 年 12 月 15 日

# 成长的喜悦

孔子说他"三十而立"，我却是"三十儿立"。年届三十，儿子才在筒子楼站立起来。记得媳妇在其所编"小皇帝起居注"中记载："今天，乖乖终于站起来了，还把一只脚放在另一只脚上。"有点春秋笔法吧？我想了半天，才想明白："是不是一只脚着地？"媳妇点头，我说："这不就是金鸡独立吗？"媳妇却不同意："太夸张了吧？又不是单腿独立，能叫金鸡独立吗？"

无论怎样，儿子站立起来了，开始蹒跚学步，然后屁颠屁颠，在楼道上蹿来蹿去。有一天，儿子和邻居焦敏的女儿焦娇趁我们不注意，牵手下楼，一脚踩空，双双滚了下去，哇哇哭叫，把我们吓惨了，赶紧送校医院，幸好是冬天，娃娃穿得厚，只是皮外伤，没有伤筋动骨。旁边筒子楼，学生六舍，却发生了悲剧，有个小娃娃在过道上跑，迎头撞上隔壁嬢嬢，嬢嬢刚好从炉子上端起一锅汤面，转身回屋，一个趔趄，就泼在小娃娃头上！

我们这个筒子楼，紧急协商：端汤锅或提开水壶前，千万千万左顾右盼；而且，海拔不能超过娃娃头。大家都说好。但我们还是提心吊胆，不怕一万，只怕万一。媳妇看着梦中憨笑的儿子，喃喃道："乖乖，快快长大吧！"我笑道："这是自然规律，能快得了吗？"

儿子还没长大，我们就乔迁新居，狮山碉堡楼。虽然还是蜗居，却有一个小厨房，筒子楼的悲剧不可能再发生。但家家有本难念的经，儿子快上幼儿园，发音却遇到障碍，凡遇声母g，一律转换为b，把"哥哥"叫"波波"，"西瓜"叫"西巴"。媳妇疑神疑鬼，竟怀疑是遗传，问我："你小时候是不是也这样?"我说："谁记得啊?"媳妇说："写信问问你妈?"我笑道："我妈说，我小时候是个哑巴。"媳妇跳将起来："你结婚前为什么只字未提?"追问原因："先天还是后天?"我说："小时候饭都吃不饱，整天饿兮兮，谁想说话嘛!"

上了幼儿园，儿子还是发不来这个该死的g，把"晶哥哥"叫成"晶波波"。"晶哥哥"是我硕士师兄大明的儿子，拒绝接受"波波"这一荣誉称号，赠还给我儿子，笑嘻嘻叫他"鸥波波"，把小朋友笑欢了，都跟着叫"鸥波波"。本来是童趣，媳妇却觉得很受伤，交给我任务："你是中文研究生，负责为儿子正音?"我笑道："这样小儿科的事情，何必一定非我莫属?"引孔子曰："割鸡焉用牛刀?"却触犯了忌讳，媳妇属鸡，儿子属牛，把媳妇惹毛了，吼我："还不如杀鸡给猴看!"我属猴，赶紧认错："我接受任务，还不行?"

儿子从幼儿园放学回家，就缠着我给他讲故事，我笑道："先学习，后故事?"就找些g声母的字来给儿子正音，他却跟我唱反调，我说"中国"，他说"中伯"，我说"共产党"，他说"蹦产党"，我说"革命"，他说"搏命"，这样翻来覆去，把儿子整烦了，干脆变成哑巴，拒绝跟我对话。我摇头叹道："朽木不可雕也!"媳妇大怒，呸我道："放你狗屁! 你瓜娃子尽教些干巴巴的政治口号，我都听烦了，何况儿子?"我说："不就是寓教于乐吗?"就让儿子坐在我背上骑马马，笑嘻嘻说："我是瓜娃子。"儿子笑嘻嘻说："我是巴娃子。"

媳妇更生气，斥道："有你这样教儿子的吗？"把我惹毛了，就把儿子推到她面前："你伟大，你来教？"媳妇却哼哼道："你以为你多伟大？"笑引毛主席语录回击我："不要以为这个世界上离开了自己地球就不转了。"

周末，媳妇就带儿子进城，买了很多套动物彩色小卡片，还有各类杀人武器，手榴弹、冲锋枪、机关枪、高射炮、坦克、军舰、导弹等。媳妇说不仅要教儿子看图说话，还要让他开天眼，见世面。我笑道："你是想把儿子培养成动物饲养员，还是军火商战争贩子？"媳妇哼哼道："你不懂！"我是不懂，只听得懂儿子的"机班（关）枪"、"包（高）射炮"。不久，媳妇又去买了一套北京古今名胜图片，对儿子说："以后就像爸爸那样，去北京上大学？"儿子把这套图片看得烂熟于心，随便抽出一张，他都认得，而且能搬家。电视上一出现天安门故宫，儿子就很兴奋，蹦跳起来："不崩，不崩！"历经五六百年风雨沧桑至今不倒的北京紫禁城，名曰"不崩"，比"故宫"还传神吧？我觉得很有趣，就跟着儿子鹦鹉学舌："不崩，不崩！"把媳妇气惨了，吼我："有你这样当爹的吗？"然后叫儿子看她嘴形："故——宫—— 故——宫——"但无论怎样循循善诱，儿子就是改不过来，貌似个"不崩"死硬党。媳妇吼他："笨猪！"把儿子吓哭了。我笑她："有你这样当妈的吗？"宣布从即日起正式加入"不崩"党，不崩就不崩，好大个男女关系嘛！

媳妇却觉得问题很严重："莫非儿子的声带有问题？"要带他去华西医院检查。我笑道："至于吗？"说人家老外，把北京叫"屁坑"（Peking），把广州叫"坎塘"（Canton），发音习惯不同而已，跟声带有什么关系？媳妇却说："人家是老外，你儿子是中国人！"我说："中国这么大，同一个字，各省发音不同，很正常，如四川人把老虎叫lao fu，上街叫shang gai，鞋子叫hai zi，难道咱四川人不是中国人？发音正不正确，不过是以普通话为标准而已。"

媳妇就教儿子说普通话，却非驴非马，介于四川话与普通话之间，也就是所谓"川普"。我笑道："你这是贵州毛驴学马叫！"媳妇却以毛驴式的川普讽刺我："总比你娃儿说得呛（像）！"我正色道："你太小觑人了吧？"说咱大学时代，毕竟在首都北京混过四年，普通话再不标准，夯死也有三分，用鼻子哼哼道："你丫挺的，盖了帽了！"笑着问她："这地道的京腔，你会吗？"媳妇说："那还是你来教儿子说北京普通话？"我笑道："我就只会说这两句，还是你教他说川普吧！"

却说二十年前今月，我在北京师范大学攻博，媳妇带儿子千里迢迢来到北京，不仅要看天安门"不崩（故宫）""军事博物板（馆）""北京天文板（馆）"，还要让他听正宗北京普通话。我在暴热之中去火车站接驾，火车却晚点。从半夜等到翌日下午，我都快崩溃了，火车才轰隆隆驶入站台。媳妇一见我，兴奋异常，说儿子一路上都在说普通话，人家夸他说："小朋友，你的四川普通话说得不错哦！"儿子更得意："我还会说日本普通话！"我很吃惊：儿子连四川普通话还没能字正腔圆，就去学外国的鸟言兽语？这不是古人所谓"邯郸学步"吗？

我摸着儿子的头说："说几句日本普通话给爸爸听听？"儿子忸怩半天，才蚊子嗡嗡嗡："八格牙路，死啦死啦！"当即把我笑翻。这不就是我们小时候从电影《地道战》《地雷战》里学到的鬼子话吗？媳妇却很自豪地说："不谦，儿子发得来g音了！这个'格'字，多字正腔圆！你听出来没有？"让儿子大声重复一遍，儿子昂首挺胸，朗声而诵："八格牙路！"把周边人都吓一跳，齐刷刷看过来，把我们看瓜了。

2010年7月14日

# 咔嚓，北京

收到北京师范大学博士生录取通知书那天，媳妇比我还激动，竟在狮山碉堡楼蜗居翩翩起舞："北京的金山上光芒照四方……最后一个胡旋舞："巴扎嘿！"双手捧心，心驰神往："啊，啊！北京，北京！好安逸好洋盘哦！"搂着我说："毕业后就留在北京发展？"当年北京师范大学博士生很少，我们这届中文博士生，包括在职攻读学位者，总共五人。若我想留北京，并不难，但却有个中国特色的社会主义问题：妻儿的北京户口不好解决。媳妇说："慢慢等，总能等到政策变化的那一天。"我笑道："那得等到猴年马月？"说牛郎织女，天各一方，莫说北京，就是天堂，人生也好痛苦嘛。媳妇讽刺我没志气，跟我抛文，引北宋秦观的"七夕词"："两情若是久长时，又岂在朝朝暮暮。"

媳妇不知道秦观这样的传统文人不仅一妻多妾，还可随时作狭邪游，所以才能这样提劲打靶，貌似多纯情多忠诚。但今非昔比，悠悠万事，唯此为大，男女关系，一夫一妻。我威胁媳妇说："我革命意志不坚定，万一犯了生活作风错误，你悔之晚也！"媳妇哼哼道："男人太坏了！"我笑道："你儿子不是男人？"她却吼道："我说的是你这个瓜娃子！"我本来不瓜，都是结婚后被媳妇骂瓜的，所以才鼠目寸光，大家人往高处走，千万颗红心向着北京，我却水朝低处流，只想老婆孩子热炕头。

媳妇知道我们貌似夫妻平等，其实是夫为妻纲，无可如何，但说她暑假要带儿子去北京。我还是强烈反对，说："北京暑假太热，来去挤公共汽车疲于奔命，儿子这么小，能受得了吗？"媳妇说她是想让儿子去北京见世面开眼界。我说："我二十一岁才走出大巴山，闯荡北京，眼界也并不狭小吧？"媳妇斥道："你那是万恶的旧社会！"我跟她分析儿童心理："三四岁的娃娃，能看懂什么啊？"她就大叫大嚷："你不就是怕我们花钱吗？"我脱产攻博，家里就靠媳妇一个人的死工资维持运转，不是不差钱，是太差钱。但说到钱就不亲热，我只好说："你们明年暑假来北京吧！"

第二年却发生意外，暑假没到，我就提前离开了北京。直到读博最后一个暑假，媳妇才带儿子来北京观光。对我们这样清贫的外省家庭来说，这可是一桩值得大书特书的历史事件，要多咔嚓几张照片，留下永久的回忆。但我家连黑白相机也没有，媳妇就去找她姐姐借来一部，据说是最新式的彩色相机，要把儿子在北京各景点的历史瞬间都咔嚓下来。我连黑白相机也不会玩，就向媳妇毛遂自荐："我当陪照，你来咔嚓？"媳妇斥道："你想得美！"当即给我办"强化班"，如何对焦，如何光圈，如何闪光，如何快门，等等。其实，她也是来北京前借到相机后才被姐姐强化训练的，没有实际操练过，跟我一样，都是"二百五"。

北京之行第一天，我问媳妇："去哪儿？"媳妇却问儿子，儿子跳起来说："首都北京天安门！"媳妇打开相机装胶卷，很得意地说她买了两个日本原装胶卷，一个胶卷能咔嚓三十六张。媳妇说："两个胶卷咔嚓完，冲洗成照片，至少也得七八十元，我一个月的工资就洗白了。"我感叹说："太奢侈了！"就特别珍惜，每一个景点，包括天安门，最多咔嚓两三张。唯一破例是在军事博物馆。儿子一见到杀人凶器，轻机枪重机枪，坦克大炮，高兴疯了，千言万语汇成一句话："之绝，之绝！"很古典的感叹，也不知他是从哪里学来的，把我笑惨了，就连续咔嚓了五六张。还要咔嚓，媳妇却紧急叫停："这样枪那样炮，有什么意义嘛！"说没有她的指令，不准随便咔嚓。

一路咔嚓下来，无论儿子独照，还是媳妇陪照，都是媳妇精心选择画面，反复设计姿势，然后给我下达指令："咔嚓！"我唯唯诺诺执行命令，媳妇还不放心："你咔嚓的时候，我好像眨了一下眼睛？"或疑神疑鬼："儿子好像在流鼻涕？"我笑道："你一千个放心，咔嚓出来的照片，张张都是精品！"

这样咔嚓完北京，一个胶卷还没咔嚓完，然后去北戴河。儿子一看见大海，眼睛都射出火花，光屁股蹦进大海，浪花飞溅，跳啊笑啊："之绝，之绝！"哪吒闹海似的。媳妇也是第一次看见大海，一改平日伪淑女矜持状，乐不思蜀，反认他乡是故乡，载歌载舞："小时候，妈妈对我讲，大海就是我故乡……"向我挥手喊道，说还有一个胶卷，给她多咔嚓几张。媳妇虽然已三十出头，但在碧海蓝天衬托之下，青春还有点飞扬，我神为之旺，就咔嚓咔嚓，看相机数字显示"37"，就迎着海风大声吼道："嗨！你不是说咔嚓到三十六张，相机就会自动倒胶卷吗？"媳妇作一个英勇投海自杀状，回头喊道："可以多抓拍一两张！"再按快门，相机继续咔嚓，却不倒卷。我很纳闷："莫非相机有毛病？"赶紧找一家相馆咨询，摄影师一看，呵呵笑道："胶卷没装好？"

　　摄影师打开相机，胶卷果然原封未动，片头压根儿就没卡在转轴上。我们都傻了眼，从北京到北戴河，人生历史一片空白，全是浪费表情！不幸中的万幸，胶卷是媳妇装的，跟我没干系。若是我犯下如此滔天罪行，她绝对当即暴跳如雷，飞沙走石："你瓜娃子！"

　　回到北京，距预定返程日还剩最后一天。暑假旅游高峰，卧铺一票难求，我还是拜托朋友找内部关系订的，很不容易。我不好意思再去麻烦人家，就说："明天回成都吧？"媳妇知道我是瓜娃子，不可能要风得风要雨得雨，就说好吧，然后强行分配任务："我去王府井购物，你带儿子去天安门补拍几张照片？我说好。

　　儿子的北京之行，就这样终点又回到起点：天安门。儿子却跑累了，新鲜感也没了，拒绝去咔嚓天安门。媳妇生气地说："照片都没留下一张，北京不是白来了？"我笑道："保证完成任务！"第二天，媳妇去逛王府井，我背着儿子去挤公共汽车，车到天安门，我就把他放在金水桥边城楼前，咔嚓了两张。照片冲洗出来，媳妇很生气："这什么瓜像啊？把嘴巴张那么大干吗？"斥道："为什么不把脚照下来？"我说："我一心想把天安门全咔嚓下来，哪里想到脚嘛！"媳妇哼哼道："全身像不像全身像，半身像不像半身像！"我笑道："能不能叫大半身像？"

　　儿子当年五岁，在北京半月，就留下这两张照片，也算填补了人生历史的一段空白。儿子今年硕士毕业，我问他当年北京印象，他说没印象，只恍惚记得在火车上，他躺在地上，我弯腰蹲在他身旁。我说："那是从北戴河回北京，只买到一张硬座票，妈妈抱着你坐着，我扶着椅背站着。你却想睡觉，就在过道上铺了两张报纸，把你放在上边。人来人往，生怕你被人踩着，我就弯腰蹲在地上，当你的保护神。这个姿势很难受，你妈很心疼，要来换我，被我拒绝了。"儿子说："哦。"

2010年8月20日

288

# 养兔记


　　我觉得独生子很可怜，没有兄弟姐妹说悄悄话玩游戏，常常是爸妈故作天真状，自己觉得很逗乐，孩子却未必。记得儿子牙牙学语那时候，我还能勉强尽职。一学狗叫"汪汪汪"或鸡叫"喔喔喔"，他就咧开嘴笑。媳妇也笑，笑我太认真太投入："真的能以假乱真。"后来所有能叫的动物都学遍了，没辙了，就动员媳妇也参加进来。媳妇原来特矜持，但为了儿子，在我再三动员鼓励下，也不惜放下架子，手持锅铲当冲锋枪，对儿子："哒哒哒哒！"逗得儿子咯咯笑："哒哒哒哒，拖拉机！"正好录音机在旁，录了下来。十五年后的一天晚上，夫妻正在欣赏这段录音，回忆年轻美好的时光，儿子晚自习回来，听见了，说："难怪我这么弱智哟——小时候你们就这样教我的呀？"

　　随着儿子渐渐长大，品位渐高，我们难免有黔驴技穷之感。而且，每天都要返老还童，也很别扭。当然，也不能让儿子适应我们，弄个少年老成，未老先衰，更恐怖。我对媳妇感叹："要是能再生个妹妹或弟弟就好了。"儿子却不干："我不要弟弟妹妹。我要妈妈给我生个哥哥！"是啊，儿子要有个哥哥带着玩，像我小时候那样，该多好。我问媳妇："你能为儿子生个哥哥吗？"媳妇说："无聊。"我不是无聊，是无奈。每当伏案读书写作，偶尔回头瞅瞅儿子，看他独自坐在沙发上，对着没有生命的变形金刚咿咿哇哇，变形金刚毫无反应，心里就生出一丝愧疚。

后来终于上幼儿园上小学，情形有所改变，但我还是觉得儿子生活中缺少了一点东西，一种与生命与爱心相关的东西。二年级练习写作文《我最喜爱的动物》，儿子咬着笔头想了半天，也写不出一个字来。除了在动物园远距离欣赏，在电视上隔着屏幕观看，他与什么动物有过亲密接触而且产生了情感呢？还要"最喜爱"。这可真是一道难题啊！我就启发他说，你天天看见的，比如门缝中的白蚁，厨房的苍蝇，天花板上的老鼠……媳妇说："有你这样教儿子的吗？白蚁、苍蝇、老鼠，简直恶心死了！"我嘿嘿一笑："这你就不懂了。作文嘛，笔下生花。你看人家美国动画片《米老鼠和唐老鸭》《猫和老鼠》，不是把老鼠写得很可爱吗？全世界的小朋友谁不喜欢米老鼠？"儿子拍着手，高兴地喊："我最喜欢米老鼠！我最爱的动物就是老鼠！"媳妇脸一沉，说："不准写老鼠！"儿子犯难了："那写什么呀？"媳妇说："就写小白兔。"儿子处女作就这样在母权专制下出笼了。儿子念道："我最喜爱的动物是小白兔。它的眼睛像红扣子，耳朵像沟沟……"媳妇一脸茫然，眼睛像红扣子还勉强说得过去，耳朵像沟沟，怎么回事？我说："儿子，写作文要有想象，让人觉得美的想象，比如说兔子的眼睛像红宝石……"儿子很委屈，眼泪都流出来了："我就是回宣汉老家看见大伯家养的兔子，现在都忘了。"我说："爸爸明天就去买两只小白兔。"媳妇说："为了一篇作文，至于吗？幸好儿子写的小白兔，他要是写老虎大象，你也给他买一头回来？"

290

我说:"这不是一码事。如你所说,老虎大象,我们买不起,即使买得起,也养不起,养得起也不敢养。但小白兔就不一样了。隔壁那间空房子,可以当兔圈。四合院中间的空坝,就是活动场地。你每天买菜,顺便捡些菜叶子,就是它们的美餐。"媳妇说:"兔子到处屙屎屙尿,臭气熏天,邻居有意见。"我说:"清洁我负责,保证每天冲洗得干干净净。再说,四合院的邻居都喜欢你,谁有意见啊?"媳妇说:"嘿,你还当真了?"我就耐心做媳妇的思想工作:"其实,这不仅是为了写作文,也是培养他对生命的热爱对生命的爱心。独生子女什么都不缺,缺的就是对生命的感悟对生命的热爱。你看他们玩的玩具,不跑不跳,不吃不喝,不哭不笑,无情无义,不忠不孝,什么玩意儿嘛。"媳妇撇撇嘴:"想不到养只小白兔,还有这么多深奥的意义,难怪人家说你们学文科的花言巧语,把树上的麻雀都哄得下来。"

过了几天,我上完课回家,在九眼桥头真还遇上小白兔,一块五一双,讨价还价之后,摸摸钱包,狠下心来买了三双,六只,所谓"六六大顺"。当我骑车将这些小精灵运载回家后,儿子兴奋得像变了一个人。他蹲在地上,仔细观察,轻轻抚摸,那柔情,那怜惜,平时的顽皮野性全没了。我站在旁边,那成功,那满足,也前所未有。没想到媳妇进城逛街回来,也带回来两只。夫妻相视而笑:"这回咱俩总算心心相印了。"

小白兔成了四合院的一道风景线,不仅吸引了四合院内外邻居的小朋友,连小朋友的父母爷爷奶奶也都吸引来了。老焦说:"谢博士,你是想当兔儿爷,当养兔专业户?"小朱说:"我们维维回来说,谢鸥他爸买的小白兔好可爱哟,缠着我也去买两只。"楼上李培(现已升任四川师范大学副校长）斥责缠着他买兔的儿子说："谢叔叔养兔，也是为咱们养，你随时都可以去耍，为何我们也要养？"四合院变成兔园，空前热闹，成为当时川师大最有人气的所在。一到放学，小朋友蜂拥而至，后面还常跟着爷爷奶奶。儿子社会地位空前提高，因为我赐给他小白兔监护权：谁摸小白兔，须他允许；谁喂小白兔，须他点头。儿子一时人缘特好，巴结讨好他的小朋友特多，甚至有无行贿受贿不正之风，都很难说。他俨然非洲酋长，不可一世。

记得有一天，我伏案写作，听见儿子与邻居小孩谢梦争吵。我出门一看，原来谢梦扯来一把青草，要喂小白兔，儿子推开她，说："你这是不是毒草，必须自己先尝一下。"谢梦不同意，说："人又不是动物！"儿子发表演说似的，对周围的小朋友宣告："大家听哟，谢梦说人不是动物。其实，人就是动物，不过是高级动物而已！"我忍不住想笑，二年级学生说话居然这么书卷气，"不过"还要"而已"。晚上，媳妇听我鹦鹉学舌地"不过而已"之后，笑得眼泪都流出来了。她亲着儿子说："乖儿真聪明，真聪明！"

有天早晨，媳妇买回来的小白兔鼻子上好像长了斑块，像癣。媳妇说："快去买药！"我就骑车到沙河堡兽药店。我形容描述一番之后，店主给我一瓶药水，告诉我一天在患处擦洗三次。回家如法炮制。但三天之后，不仅未见好转，好像还有扩散之势。媳妇怀疑是假药，拿着药瓶仔细研究。我说："别把人都想得那么坏，再说，这兽药又不是什么贵重药品，造假赚几个钱？"媳妇说："那盐巴也很便宜，为何还有人造假？"难得与她理论，治病要紧，于是又骑车到那家兽药店。店主拿出另一种药水，说："一天擦洗多少次，随便。"我有些迷糊："怎么个随便法？"店主说："依病情而定。"我说："我又不是兽医，怎么判断病情？"店主说："外科病又不是内科病，难道你还看不出来？"我立即回家，每隔一小时擦洗一次。媳妇冷嘲热讽说："你儿子生病，你好像都没有这么上心过！"我说："那不是有你当妈妈的吗？"媳妇说："哟哟哟！那你是在为小白兔尽当爸爸的责任？"以下讽刺话更难入耳，删去不录。

虽有我悉心照料，小白兔的病情还是日趋严重，整个头部都被那种看来特恶心的癣斑所覆盖，耳朵下垂，两眼迷糊。我用菜叶测试了一下，判断其左视力严重受损，右视力几乎丧失。生怕传染到兔群，一狠心，就把它扔到四合院外野草丛中，给它自由，让它自生自灭。小朋友都跑过来围观。维维说："谢叔叔，你不要小白兔了？"焦娇说："谢叔叔，野猫子晚上会把小白兔叼走的。"全体小朋友可怜巴巴地看着我。我做了一个无可奈何的姿势："女士们先生们，谢叔叔已尽力了，现在只有看它自己的造化了。"可儿子坚决不干，非要把小白兔抱回去。我就耐心细致做他的思想工作："儿子，你还小，你不懂。人都是这样，为了拯救一群，牺牲一个是值得的。牺牲我一个，幸福全中国——老师没给你们讲过吗？"说话间，天昏地暗，雷鸣电闪，风雨将至。我一转身回到四合院。哪知儿子抱着小白兔，尾随而来，身后跟着一群孩子，个个表情严肃，像集体请愿似的。儿子带着哭腔哀求："爸爸——"孩子们也带着哭腔哀求："叔叔～～"那一刻，我感到一种平生未有的伟大：这些孩子的爱心同情心，都是因我养兔而培养起来的，至少是因此而得到升华的。我不能拒绝孩子们的祈求。我妥协了。

可是，妥协的代价太惨重。一周之后，兔群集体感染。此时真怀疑那家兽药店卖的是假药。但兔命不比人命，为三五块钱的假药，法院不可能立案，公安局也不可能介入。我当时真起诉的话，所有人包括这篇文章的读者，一定会认为我是神经病。我也不愿意打官司，打官司的滋味，我是品尝过的。于是到处求医问药，结果还是回天乏术，在不到一周的时间内，小白兔们相继离我们而去。那几天，我晚上都要做噩梦。早上爬起来，打开隔壁的门，就看见地上躺着一两具尸体，最高峰时竟达到四具。

记得那年六月，儿童节翌日，我将最后一具尸体扔到路边垃圾桶后，回来洗手。邻居小孩焦娇推门进来，我有些诧异："焦娇，有事吗？"她沉默了一下，问："谢叔叔，你把那些小白兔埋葬到哪里了？"埋葬？埋葬小白兔，我从来没想过。但从焦娇的眼神中，我读出了一种祈求与希望，突然觉得自己很残忍很无情，小白兔毕竟与我们共同生活了两三个月，带给我们那么多快乐，那么多幸福。而且，它们也是动物，也是生命，如儿子所言："人就是动物，不过是高级动物而已。"面对焦娇这个只有七八岁的小姑娘，我不敢、也不忍将小白兔后事真相告诉她。我怕伤害她，在她幼小心灵留下人类无情的阴影，就说："焦娇，不是埋葬，而是安葬——安葬在后校门外的树林里。而且，谢叔叔还在那里立了一块碑，上面写着：小白兔之墓。"焦娇默默点头，眼中那一丝哀怨化为感谢，我至今难忘。

两年后，搬离四合院。四年前，儿子高三，四合院拆迁，学校要在那里建电梯公寓，赶在拆迁之前，儿子和他的同学相约到四合院留影。我不解："破四合院有什么留恋的？"儿子说："同学们都说，那是他们最值得留恋的地方。"媳妇说："那里风水好。"儿子说："不是。是我爸养的那些小白兔，他们至今难忘。"我立刻有一种空前未有的成就感。

上前年，焦娇考上沪上一所大学。离蓉之前，她遇到我，我笑着逗她："不去小白兔墓前告个别？"焦娇一笑："我上初中后就知道你是骗我的。但，谢叔叔，感谢你骗了我。"我很诧异。她说："当时小学二年级吧，如果我知道你把小白兔扔进垃圾桶，我会觉得大人很坏的。也许我还会觉得人类都很残忍很无情的。"面对这位女大十八变越变越好看的准大学生，我当即就有一种感觉：我是世界上最伟大的"灵魂工程师"，当然，是之一。

2006年12月25日

# 窗　外

　　二十一年前，我家住东郊狮子山四合院，学校基建处临时修建的"过渡房"，上下两层。远远看去，像座大碉堡，狮山人就叫它"碉堡楼"。说是过渡，一过渡就是近八年，八年抗战，一代人也长大了。

　　碉堡楼很简陋，大多一室一厨，只有四角才两室一厨。我运气好，选到一楼的两居室，窗外一墙之隔，就是山坡，成都人叫"狮子山"。看书累了，站起来，狮子山风光，尽收眼底。

　　那道院墙，红砖砌的，墙底有个洞，排雨水的沟，小孩能钻过去。儿子三四岁时，外爷来看他，一眨眼功夫，他就钻到墙外去了。外爷吓坏了，叫他赶快回来，说山上有狗熊。儿子笑嘻嘻说："我喜欢笨狗熊。"

　　笨狗熊，是儿子睡觉前，媳妇给他讲的启蒙故事，据说能开发智力。不知讲了多少遍，连我都耳熟能详：从前，有两只狗熊，吃一块蛋糕，不知怎么分，正在争吵，狐狸来了。狐狸说："我来帮你们分，一家一半。"狐狸把蛋糕切成两块，两只狗熊又争起来，说，一块大一块小，不公平。狐狸说："这好办。"把大块的咬一口，原来小的就变成大的，两只狗熊又争起来。狐狸就大的咬一口，小的咬一口，左一口右一口，把蛋糕吃完了。媳妇不擅长渲染气氛，每次讲这个故事，都像背诵课文似的，我幽默她："开发什么智力哦？催眠还差不多。"她却很生气："那你来讲！"后来有所改进，就是讲到最后，狐狸吃蛋糕，她终于找到感觉，进入角色，张牙舞爪，啧啧有声，像她吃蛋糕似的，很生动形象，儿子就嚷道："我也要吃蛋糕！"媳妇哄他，说明天就去买个大蛋糕，但先得回答问题："狐狸坏不坏？"儿子回答："不坏！"再问："狗熊笨不笨？"儿子回答："不笨！"无论媳妇如何启发，他都是非不分。

这样憨厚可爱的笨狗熊，怎能吓唬他？说不定，他还希望跟笨狗熊一起玩呢。

却说儿子钻入墙洞，外爷正着急，他却在墙外喊："爷爷，你也钻过来嘛。"外爷哭笑不得，只好从后校门绕出去，四处张望，却不见他人影。把外爷吓懵了，却突然听见他在墙内喊："爷爷，我回来了！"外爷又赶紧跑回来，浑身大汗淋漓。

这个洞，却引起了媳妇警惕："万一小偷钻进来？"我说："这么小的洞，小偷能钻过来？"媳妇浮想联翩："他不知道把洞挖大一点？"我说："你也太弱智了！我要是小偷，翻墙就过来了，何必挖什么洞哟？"窗外那道墙，不高，站在人肩膀上，就能一翻而过。我到川大后，邀请教研室同事来狮子山看桃花，就是翻墙过去的。

媳妇就埋怨我，因当初选房，她就考虑到安全隐患，要选朝校园的一角。是我坚持，说窗外风景千金难买，才选了这个靠墙外山坡的角落。

却说有一天，四合院有个邻居来找我，说是向我请教。原来，他儿子上初一，老师出了一道作文题《窗外》，把他难住了，咬着笔杆，盯着窗外，想了大半天，纸上还是两个字：窗外。我说："这有何难嘛？看看窗外风景，再联想联想，不就写出来了?"邻居苦笑道："我们那窗外就一个大垃圾桶，能联想什么啊?"他家住我斜对面，朝校园的一角，媳妇最早就想选这个角落：安全。

我就用这个例子，来向媳妇证明，我的选择富有远见："我们这窗外风景，无形中会培养儿子好多美好的联想啊。儿子今后上初中，若写这篇作文《窗外》，绝对难不倒他!"但事实很快就把我驳倒了。

儿子上小学三年级，开始写作文，我就发现，这窗外风景，竟对他毫无影响。四五年级，作文越写越模式化，都是很有意义的"好人好事"，跟我当年上小学的作文，一模一样。我就启发他：生活中，那么多有趣味的事，为什么不写？比如你小时候，钻洞出去，把爷爷吓懵了，等等。儿子却不同意，说老师说的，写作文要写有意义的人和事。最后小大人似的，冒出一句："有意义就没有趣味，有趣味就没有意义!"

上小学六年级后，他再也不听我的话，甚至不让我看他的作文，说："你根本就不晓得该怎样写作文!"因为，他按照我的"趣味观"写的作文，得低分；按照他的"意义观"写的作文，得高分。连媳妇都讽刺我："亏你还是什么文学博士，枉自!"

我很受伤，从此不管他。上初中后，他写《窗外》这篇作文没有，怎么写的，我都不知道。我这篇《窗外》，他现在如果还说："有趣味，却没有意义。"我就会对他说："儿子，你还不懂得人生。"人生哪里有那么多意义啊？

2008年7月29日

# 洋快餐

话说二十一年前的那个暑假，媳妇带五岁的儿子来北京。儿子很亢奋，咿咿呀呀唱："我爱北京天安门，天安门上太阳升……"广场上烈日炎炎，我们仰望天安门、瞻仰纪念碑、参观博物馆后，汗流浃背，饥肠辘辘，去前门外找饭吃。我隆重推荐延吉冷面，推荐理由：价廉味美。媳妇却发现新大陆：美国肯德基！

据说，洋快餐肯德基早就想进军中国，却不知道适合中国人口味与否。都说人最难改变的不是思想，而是口味。肯德基就派人在前门外设地摊，请过往游人免费品尝，都说好吃。肯德基就杀到北京，在前门外开豪华店。中国人口太多了，天天门庭若市，你方吃罢我登场，反认他乡是故乡，老美把钱赚欢了。

洋快餐刚杀入北京，新鲜事物，成都府还没见过。媳妇两眼放光："咱们也去开盘洋荤？"我读博士，把家里读穷了，囊中羞涩，人穷志短，打退堂鼓："太奢侈了吧？"说不如去吃延吉冷面实惠，冷、甜、酸、辣，还有两片牛肉，几片苹果。媳妇豪情万丈地说："你别管！"牵着儿子就破门而入，妻唱夫随，我只好跟进。看价格表，吓我一跳：每客9.8元！我嘀咕道："听说美国穷人才吃鸡肉，难道美国鸡一到中国，就要飞起来咬人？"媳妇也理性起来，沉吟道："那给儿子买一份？"我本来想打消她这种超前消费的念头，但看儿子眼巴巴望着我，就说好吧。

这是我第一次见识洋快餐，干净利落，别有情致：三块炸鸡，一小盒土豆泥，一小盒蔬菜色拉，一大杯可口可乐。儿子一边啃鸡块，一边作啧啧声："妈妈，好好吃哦！"那个年头，是肉都好吃，何况油炸鸡腿鸡翅？媳妇脸上漾起微笑："慢慢吃，慢慢吃。"目不转睛盯着儿子大快朵颐，好像比自己开洋荤还受用。

我这个人，虽然其貌不扬，却很注意公众形象。觉得夫妻这样干站着，有点寒碜，想走开。环顾左右，见笑咪咪围观孩子开洋荤的夫妻如我辈者，还有七八位，不觉哑然失笑：吾道不孤也！堂堂正正回过头来看儿子吃相，儿子却抓起鸡块说："妈妈，你吃！"媳妇赶紧说："乖乖吃，妈妈不想吃。"我知道，按照女士优先的原则，接下来，考验男士的时候到了。果不其然，儿子举着鸡块说："爸爸，你吃！"我革命意志薄弱，抵挡不住炸鸡块的诱惑，馋涎欲滴未滴之际，媳妇皮笑肉不笑地说："不谦，你尝尝吧？"却拿眼睛瞪我，我心有灵犀一点通："你好意思跟儿子争食？"我只好违心作豪言壮语："爸爸也不想吃！"夫妻相视一笑，莫逆于心。儿子把鸡块土豆泥消灭完毕，吃蔬菜色拉，皱眉头说："好难吃哦。"弃之可惜，被我们夫妻分而食之。

两三年后，肯德基进军成都府，竟势如破竹，望风披靡。成都自诩美食之都，据说，四川烹调专科学校有一教授，曾撰文提劲打靶："吃在中国，味在四川。"貌似天下美食尽在四川成都府。但也敌不过美味，美国之味。吃肯德基，居然成了成都人炫耀的一种时髦。有一天，媳妇问同事："周末干吗？"同事潇洒地说："带女儿进城吃

肯德基!"说者无心,听者有意,媳妇心里很不是滋味,回家即宣布:
"明天进城吃肯德基!"我笑道:"啃什么鸡啊?人与人不同,何必互
相攀比嘛?"媳妇斥道:"你就是没志气!美国鸡,又不是天鹅,人家
啃得,为什么我们啃不得?"把我笑惨了,人穷也不能志短:"即使是
美国天鹅,阿Q啃得,为什么我们啃不得?"乘兴而去,啃美国鸡。
肯德基的鸡,好吃是好吃,不用啃,入口化渣,却是高消费,不能
常啃。逢年过节,媳妇对儿子说:"进城去肯德基?"儿子欢呼雀跃:
"肯德基啰,肯德基啰!"洋快餐给儿子童年带来的快乐,绝不亚于
肥猪肉给我童年带来的幸福感。

又过了若干年,麦当劳杀入中国,进军成都府,带来了汉堡包、
薯条,盛况更是空前。据悉,麦当劳成都店开张当日,尽管价格不
菲,光顾者竟达两万人次!我正在美国哈佛访学,在当地报纸上看
到这条来自故都的新闻,想象父老乡亲人头攒动,争吃美国垃圾食
品,唏嘘不已。麦当劳遍布美国各大小城市的火车站、汽车站、大
街小巷,连大排档都说不上,普通快餐店而已,却在中国美食之都
的成都府跻身豪华餐厅行列。快餐吃成大餐,豆腐吃成肉价钱,难
道这就是中美差距?

其实,中美差距不在吃,而在吃而上的精神世界。近些年,中
国普通百姓的物质生活有了较大改善,吃洋快餐再也不是时髦。成
都府最流行的还是土快餐:面条,包子,锅盔,油条,豆浆,以及
来自五湖四海东西南北的风味饼特色馍。我无所偏爱,对洋快餐土
快餐都没特殊兴趣,情有独钟的是文星场小吃一条街上的"汉堡
堡"。其实就是油炸土豆条,生意好得很,经常提前收摊。美其名曰
"汉堡堡",与"汉堡包"一字之差,很巧妙地回避了洋快餐商标产

权的纠纷。我夸奖汉堡堡老太太："你真智慧！"我买来吃，感觉比麦当劳薯条刺激味蕾。媳妇却斥道："是不是地沟油炸的啊，你敢吃？"我笑道："地沟油都被高科技制成了色拉油，鱼目混珠，在大小超市卖；人家汉堡堡却是自家种的菜籽榨出来的油！"媳妇问："你咋知道？"我说："我能闻出小时候的油香。"

却说前些年，有位80后四川超女脱颖而出，却很自豪地唱："我们是吃麦当劳长大的一代……"把我笑安逸了。每次给本科生上中华文化课，我都要以吃麦当劳长大的超女为例，说哈麦当劳哈的是美国文化，在这个文化多元的时代，哈日哈韩哈欧哈美，哈什么文化都是大家的自由，无可厚非，但也应该哈人家洋盘一点的东西吧？比如诚信、文明、礼貌、民主、自由等等。这麦当劳汉堡包无非就是四川的夹肉锅盔、陕西的肉夹馍之类，填饱肚皮的快餐而已。假设有一天，中国富强起来了，咱们也把成都锅盔连锁店开到欧美各国，假设有一位美国超女或英国超女得意扬扬唱："我们是吃锅盔长大的一代……"问大家："你们不觉得她是不是傻大姐一个？"学生笑翻了，貌似我在痴人说梦。

2011年8月13日

# 我教儿子学语文

儿子上小学，家庭作业，一个生字，常常要抄写两三页，甚至更多，机械重复，很枯燥。儿子就发明了一种多快好省的方法，比如写"大"字，先在每个方格画一横，然后每个方格画一撇，最后每个方格画一捺，一页"大"功告成。我说："你这纯粹是为完成任务，有什么意义呢？"不准他这样偷懒取巧，要他一个字一个字写。他却考我："爸爸，狗熊是咋个死的？"我说："爸爸怎么知道呢？"他笑嘻嘻说："笨死的！"

都说"人生识字忧患始"，儿子在识字阶段，却是一生学习中最快乐的时光。最喜剧的是组词。儿子问我，怎样用"玻"字组五个词？我笑道："玻璃、玻璃杯、玻璃门、玻璃窗——"他急得双脚跳："不行，不行！老师说，不能重复用'玻璃'组词！"我说，玻字只能组"玻璃"这个词，儿子却吼道："不行，不行！老师说，必须组五个！"媳妇讽我："亏你还是个文学博士，连组词都不会！"我说："你会？"媳妇哼哼道："我又不是学中文的。"我把《辞海》搬出来，请她自己找。媳妇眼明手快，很快找到"玻"字，发现新大陆，朗声而诵："玻尔、玻尔兹曼、玻利维亚——"儿子问："他们是什么啊？"媳妇说，不管是什么，统统写上。我说这些个"玻"都是译音，怎么能这样组词嘛。媳妇说："《辞海》上的词，不是词？"我生怕把儿子整晕了，主动宣告投降。作业发下来，全对。儿子以为妈妈的语文比爸爸好，凡遇问题，就问学理科的妈妈，不问学文科的爸爸。

过了几天，儿子请妈妈用"葡萄"二字各组五个词。我不忍心让媳妇继续误导儿子，就跟媳妇说，"葡萄"跟"玻璃"一样，是两个音节联缀而成的单纯词，古人叫"联绵字"，不可能拆分开来，另行组词。媳妇却说："你说的是古代汉语，不是语文。"我笑道："那你组给我看看？"媳妇想了想，说："葡萄牙、葡人、葡猫、葡犬——"把我笑惨了，问她："那'萄'字呢？"媳妇居然脱口而出，说出侄女的名字："敬萄？"然后举一反三，谢萄、钱萄、李萄等，全是滥竽充数的"乌有先生"。我说："这哪里叫组词？纯粹文字游戏！"虽然文字游戏，全家参与，也很快乐。

却说有一天，儿子问："爸爸的反义词？"媳妇答："妈妈。"我说："难怪你对我死歪万恶啊？原来是把我当你的反义词！"媳妇理直气壮反问："你说爸爸的反义词是什么？"我笑着说："野爸爸。"媳妇斥道："放你狗屁！"我不跟"野蛮女友"一般见识，对儿子说，不是所有词都有反义词，比如爸爸妈妈哥哥弟弟、老虎大象猫咪老鼠等，很多很多，都不是反义词。儿子却很执著，非要找到"爸爸"的反义词，我笑着逗他："儿子？"媳妇很愤然："你把儿子当敌人？"斥我是孔老二信徒，君君臣臣，父父子子。

无独有偶，教研室同仁刘大侠也被反义词擂翻过。好多年前，他儿子小嘟嘟上小学，夫妻两个文理渗透的大博士，居然面对小学生的问题，束手无策，小嘟嘟提议："问谢叔叔？"我编写过一本图文并茂的小学"趣味语文"，《鬼精灵漫游语文王国》，曾在成都书市签名售书，有很多小粉丝，小嘟嘟是其中之一。临近半夜，刘大侠电话我："启蒙的反义词是什么啊？"我笑道："不启蒙？"他斥道："狗屁！"说人家小嘟嘟正站在电话机旁，满怀希望等着谢叔叔的答案。我说："你都不知道，我怎么知道？"第二天晚上，刘大侠又电话我，说老师给出的标准答案："愚昧。"似是而非，似非而是，把我们都搞晕了。刘大侠还举了若干雷人的问题，感叹："语文就是个读和写，咋要整成这样复杂的怪胎啊？"我笑道："不把简单的语文整成复杂的怪胎，怎能显示语文专家的学问？"刘大侠愤愤然斥道："臭狗屎！"小嘟嘟从此对我大不敬，竟在小朋友面前，称我"臭狗屎"。

却说有一天，语文老师班主任来家访，我喜出望外，媳妇更有点受宠若惊。因为儿子在学校，很受老师冷落，郁郁不得志。原因不在他，而在我。有次期末考试，有两道题，一道用"干净"造句，儿子答："衣服洗干净。"老师判错。一道完形填空："在（ ）的公路上，汽车川流不息。"儿子在（ ）中填"大桥下"，老师也判错。儿子哭哭啼啼，很伤心，因为这两把×，排名就落在了二十多名后，关键他不知道错在哪里。我就去学校找老师。老师说，第一题，正确答案："把衣服洗干净。"或："我洗干净衣服。"我说，天天吃饭前，我们跟儿子说："手洗干净——没错吧？"第二道题，老师说（ ）里应该填形容词，如"宽阔""笔直"等。我说，我们每次带儿子进城，都要从九眼桥下的公路通过，"大桥下的公路上"，怎么就错了呢？老师说，标准答案就这样规定的。我很气愤，说这标准答案就很不标准。但老师很固执，不仅不改判，还说，小学语文有自身的特点，大学教师不一定懂。我说我不是理工科教师，是中文教师，怎么不懂？结果不欢而散，儿子却代我受过。媳妇怨我："都怪你！"说即使老师错了，也不该去当面争论。我无语。

老师却主动屈尊，媳妇高兴昏了，一改平时矜持淑女状，百般殷勤，其心可鉴。老师说，儿童节学校要搞文艺活动，各班都要出节目，还要评奖，她想自编自导一个儿童剧，让更多的同学登上舞台。媳妇赶紧赞叹："这个主意太好了，亏你想得到！"老师笑着说："能不能请谢博士写个剧本？"我尚未表态，媳妇就连声说好，保证完成任务。送走老师后，我埋怨媳妇："我哪里会写什么儿童剧嘛？"媳妇哼哼道："一个博士还不会写娃娃表演的儿童剧？难怪人家都说学文科没有用！"原来她有个私心，除了借此机会，改善跟老师的关系，还想得寸进尺，让老师安排儿子当主角，说她每次看见人家的儿女在台上风光，好生羡慕。一箭双花，深谋远虑，用心良苦，让我感动，就说："我试试？"

我却想寓教于乐，激发儿子和很多小朋友学习语文的兴趣，就把小朋友都熟悉的动物请来，全体大动员，玩"趣味语文"，如小猪八戒用"如果"造句："芝麻酱不如果酱好吃——"用"果然"造句："我吃了苹果然后吃西瓜——"如乒乓球比赛，大家找出自己的反义词对决，小象找来大象，小母鸡找来小公鸡，丑小鸭找来白天鹅，小白兔找来大灰狼，小花猫找来米老鼠，狡猾的狐狸找来笨狗熊，等等。媳妇审读剧本，问为什么没男主角？我说本来就是小朋友大家乐，为什么非要男主角？让儿子演小猪八戒，多好耍嘛。媳妇斥道："你才是猪八戒！"她嫌小猪八戒肥头大耳，有损儿子光辉形象。说儿子最喜欢小白兔，命我重写，要突出小白兔形象，其实是想突出儿子。

可怜天下父母心，儿子却不领情。老师安排角色，别说小白兔，就连没几句台词的群众演员，也拒演。老师很着急，媳妇比老师更着急，对儿子说："爸爸花那么多宝贵时间，写这个剧本，就是为了让你有机会登台表演，你要不去，爸爸会伤心的！"我笑道："我没你那么狭隘。"媳妇斥道："父母意见都不统一，怎么教育儿子？"我就跟她结成统一战线，但无论怎样说服教育，儿子还是全然不动。媳妇指他鼻子斥道："咋跟你爸一个德性嘛！"我说："你这样贬损我，我今后在儿子面前还能有威信吗？"

却说儿童节那天，我们去学校观看演出。老师觉得很对不起我们，战前紧急动员，跟儿子说："就演小花猫，喵喵喵？"儿子摇头。我说："就演丑小鸭，嘎嘎嘎？"儿子还是摇头。媳妇很失望地问："难道你想演小八戒猪？"儿子却说："我什么都不想演。"媳妇突然山洪暴发："你真要把妈妈气死！"儿子一愣，哭了，可怜兮兮央求道："妈妈，等我长大了，再上台去表演嘛。"我打圆场说："人家不干，就算了嘛。何必非把我们的快乐建筑在儿子的痛苦之上？"媳妇却跟我毛起："都怪你！"

儿子却不怪我，以爸爸为自豪，对语文越来越感兴趣。凡有问题，不再问理科妈妈，都问文科爸爸。五六年级的时候，电视热播《三国演义》，他从书架上，把罗贯中原著找出来看，反复看，还在电脑上把全部诗词打印出来，装订成册，名《三国演义诗选》，拿到学校去向同学炫耀。我跟他说，除了《三国演义》，还有很多好看的书。他却突然问我："爸爸，我看《三国演义》，想试着归纳段落大意，为什么总是归纳不出来呢？"我很奇怪："你为什么钻这种牛角尖？"儿子说，他平时考试，归纳段落大意，经常出错，他想在读《三国演义》的时候，提高自己的归纳能力。把我笑惨了，说段落大意，别说你，罗贯中自己也归纳不出来。谁读书写文章的时候，想什么段落大意啊？除非他脑壳有包。告诉他，能不能归纳段落大意，并不重要，重要的是你读《三国演义》，知道了三国历史，知道了很多人与事，对吧？儿子点头。我说，这就是读书的收获，开卷有益，日积月累，就会越来越有知识，越来越聪明。

但却不能对付考试。记得有一次家长会，老师强调基本功的训练，这所谓基本功，主要就是各种类型考题的答题技能，当然也包括"归纳段落大意"。我发言，能不能将重点放在阅读和写作能力的培养上？鼓励孩子尽可能多读课外书，开阔视野，启迪心智？老师说，你的想法很好，但考试不好，谁负责呢？我无可如何，这类语文基本功训练，把简单问题复杂化，把正常问题怪胎化，压抑娃娃的想象，扼杀娃娃的兴趣，百无一用，只对考试有用。但在中国，考试之用就是大用，谁敢说不是？我也不敢，哪个孙悟空能跳出如来佛的手掌呢？

2010 年 12 月 10 日

# 以踢足球的精神踢人生

足球风靡世界，风靡中国，也风靡我家。全世界全中国球迷，据乐观估计，最多占总人口的三分之一。而我家，竟有三分之二人口，都是球迷。典型的"足球之家"。但真球迷假球迷，各占二分之一。

先说假球迷，我媳妇。国内赛，如果没有四川队上场，她觉得没看头；国际赛，如果没有中国队上场，也觉得没看头。内战，她是川足的粉丝；外战，她是国足的粉丝。一个人半夜看电视直播，都很投入，神经兮兮，时而惊呼："好啊好！"时而慨叹："哎呀呀！"甚至指挥起球员："快，快，快！"

前些日，世界杯，国足迎战卡塔尔或科威特，我在书房上网，刚网到一条美人鱼，还未打捞上岸，就猛听媳妇一声怒吼："瓜娃子！"我以为是骂我，小心翼翼探出头，她却旁若无人，两眼直勾勾盯着电视。原来她是骂国足。我笑道："人家听得见吗？"她头也不转，冷冷回一句："你娃不懂！"

我是不懂。过知天命之年，未看过一场足球，无论是世界杯亚洲杯，还是国内超男超女联赛。但我家唯一真球迷，却是我培养的。听起来不可思议，但却是事实。假球迷可以作证。

　　我从小的弱项就是体育。中学大学体育考试，若严格要求，我都过不了关，都是老师怜我态度诚恳，人也憨厚，放我一马。记得上大学时，跨越木马，我飞跑到木马前，无论如何，就是不敢腾跃而过。老师问："你能不能骑着木马过去？"我就爬上木马，慢慢挪了过去。今年春天北京同学会，小田，当年全班最年幼者，而今很优秀的高级工程师，还说，考1500米长跑，我跑到半路就跑不动了，老师让他替我继续跑，我这才及了格。小田笑嘻嘻问："不谦，还记得不？"

　　当然记得。所以，儿子蹒跚学步，我就对他进行全方位体能训练：跑步、翻筋斗、俯与卧与撑，等等。儿子牙牙学语，我就教他说："踢～球！"男子汉就得像男子汉：强壮、勇敢、阳刚。不能学我这样文弱书生全残废。

　　媳妇却不这样看。她说男人最重要的是气质，绅士风度。她要儿子学唱歌、跳舞、弹钢琴。想弥补人生缺憾：培养她少女梦中的"白马王子"，还是实现她少女时代的梦想？兼而有之。儿子却说："男生唱歌跳舞，好笑人哦！"坚决不干。媳妇陪他去学钢琴，他东张西望，心不在焉。那时我们很清贫，媳妇节衣缩食，要买一台钢琴。钱凑足了，钢琴也看好了，儿子却可怜兮兮央求道："千万别买啊！我肯定学不会！"邻居女儿焦娇和薇薇，却很迷钢琴，一片琴声悠扬。媳妇长叹一声："生个女儿多好啊！"

　　生儿生女，不由我们选择。上帝赐给我们一个儿子，小时候很懦弱很胆小，我就来培养他的男子汉精神。记得两三岁之间，我给他买了个玩具塑料球，他如获至宝，扔在地上，当足球踢，还要我当陪练。父子对阵，儿子他妈我媳妇，开始还能保持中立，裁判似的，作壁上观。儿子连连败北，她就从裁判变为球迷，连声喊："雄起，雄起！"为儿子助阵。儿子还是踢不过我，她按捺不住，跳将出来，夫妻对阵。儿子反倒被排挤在外，先是裁判，后来也一边倒，倒向他妈，喊："雄起！"

有一天，儿子踢了一个很漂亮的球，塑料球飞得很远很远。这一踢，就踢出了他的人生感觉。从此，迷上足球。记得高一某日，他抱着足球，一瘸一瘸回来，腿上裹着纱布。媳妇惊恐万状："天啊，这是咋回事？"儿子满不在乎说，不小心，被对方踢伤了，反问他妈："踢球哪有不受伤的？"媳妇很心疼："咋不打个电话回家，等我们去接你？"儿子还是满不在乎："我自己又不是走不回来。"说他去校医院包扎伤口，检查过了，没伤筋动骨。媳妇还是不放心，要拆开纱布，亲自查看，被我劝阻。

我说，我当年下乡插队，第一次下地劳动，挖地，一人一块地，相隔很远。我一锄头挖下去，天旱，地很硬，锄头嘣地一反弹，弹在我脚趾头上，痛彻骨髓，蹲下去，那痛感，至今记忆如昨。我抓起一把泥土，堵住伤口，鲜血汩汩直涌，把泥土都染红了。然后，咬紧牙关，连爬带走，回到家里，用水冲尽泥土，抹上碘酒。没有哭爹叫娘，自己不一样挺过来了吗？

媳妇哼哼："你那是狗撵摩托，不懂科学！"我笑道："你学理科懂科学，多洋盘！科学能解决人生所有问题？不能！比如说儿子被踢伤，要自己走回来，这是精神，而不是科学。"说他今后面对的困难，比这更严重，如我插队挖伤脚趾，如遭遇人生种种挫折，能哭爹喊娘吗？他若有今天踢足球这样的精神，勇敢、坚韧、自立、自强，你还担忧什么？

一夜之间，媳妇迷上了足球。母子之间，终于找到共同语言。我这个最早的启蒙思想家，反而被排斥在局外。儿子喜欢哪支球队，她说："我也喜欢。"儿子迷哪个球星，她说："我也是。"不同的是，也就是所谓"代沟"，我的感觉，儿子是纯体育精神，媳妇却掺杂很淳朴也很狭隘的乡土精神与爱国主义。

儿子高三，面临人生一战，心理压力很大。媳妇就组织了一场家庭足球赛，不仅自己赤膊上场，还强令我与儿子对阵。这是我记忆中，第一次踢真正的足球。我戏曰足球版"三国演义"。

我对儿子说，以踢足球的精神去踢你的人生！

2008年7月3日

# 我想养一只猫

上大学时，有一套很流行的原版英语教材，*Essential English*，图文并茂，非常好玩。记得有一课，说有个大男孩亚当，很喜欢邻居小妹夏娃，想亲吻她一下，但夏娃怀里抱着一只猫，像个骄傲的公主似的。亚当就逮来一条鱼，悄悄放在树上。猫一闻到鱼腥，倏地跳下地，蹿上树，无论如何哄它，也不肯下来，夏娃只有干瞪眼。亚当得意地说："我能爬上树去，把猫咪捉下来！"夏娃说："谢谢你，亚当。"亚当问："如何谢？"夏娃呢喃道："我亲你一下？"亚当高兴地说声"All right"，"嗖嗖嗖"攀上树，把猫捉下树来。课文插图，却是美丽的夏娃仰着头，紧闭眼睛，让亚当来亲吻她。

却说我跟媳妇相识之初，花前月下约会，为了活跃气氛，我就讲了这则故事。媳妇当年很正统也很土气，缺乏幽默感，竟点评道："流氓！"我很诧异："这怎么是流氓啊？"媳妇又冒出一句："我最讨厌猫！"说她小时候，看见几个男娃子从厕所里逮出一只死老鼠，悬挂在树上示众，邻居的花猫，嗖地蹿上树，拽下死老鼠，却放在她家门前，恶心死了，从此就很讨厌猫。我说："这怎能怪猫啊？人家本来就不吃死动物嘛！"媳妇问："那亚当放在树上的鱼，难道是活鱼？"我笑道："这本来就是编的故事嘛！"媳妇说，反正她最讨厌猫。

为了建立共同的感情基础，我毅然宣布，我其实也并不是很喜欢猫。原来是假不喜欢，后来变成真不喜欢。

我家住狮山碉堡楼的时候，某年春节前，我买了一尾两斤重的鱼，养在澡盆里，放在门外屋檐下。媳妇很担心："晚上会不会被猫叼走哦？"楼外几家邻居，都养的有猫。我说："这么大的鱼，活蹦乱跳，猫能叼得走？"翌日早起，澡盆里果真不见了鱼，我怀疑是小偷拎走的，媳妇说："什么小偷？肯定是猫叼走的！"我将信将疑："真邪门了？"当天后半夜，我出门上厕所，月色朦胧中，见几只猫影在院子里徘徊。猫本来是不怕人的，但那几只猫一见我，扭头就跑。就凭这一点，我就敢断言：这几只猫，百分之百是"嫌疑犯"。俗话说，做贼心虚。他们没偷我家的鱼，跑什么跑？我从此对猫失去好感。

却说那年头，高校很穷，各系创收，花样百出。中文系办函授，物理系开汽修厂，生物系养蘑菇，媳妇所在化学系，居然喂养了一群长毛兔！据说兔毛很俏，能卖好价钱。有一天，媳妇兴高采烈，怀抱两只小白兔回来，说是系上长毛兔生的，太可爱了，就偷了两只，据说是一雄一雌，给儿子喂着玩。这两只幼兔，是我至今见过的最乖的兔子。乖在哪里？不是白绒绒的兔毛，而是眼睛，一只是红眼睛，一只是蓝眼睛。我见犹怜，儿子刚上幼儿园，更是喜欢惨了，把它们叫"红精灵"和"蓝精灵"。媳妇像立了特等功似的，双手叉腰，颐指气使，命我去钉个框架结构的木笼，晚上当红精灵蓝精灵的下榻之地。我跑到学校维修科木工房，趁人不备，往返若干次，偷来一大堆长长短短的木条，自己设计自己施工，忙活半天，终于做好木笼，放在门外屋檐下。媳妇验收，指着栅栏，问："间隔这么宽，猫钻不钻得进去？"看来，为了那条过年鱼，今生今世，她都要把猫当阶级敌人。我笑道："我都试验过了，连小白兔都钻不出来，猫那么大，怎么可能钻得进去？再说，猫吃鱼，没听说还会吃兔子？"

天黑后，我把小白兔捉起来，安放在门外的木笼中。媳妇很浪漫地对儿子说："乖乖，快跟小精灵飞吻一个，说明天见！"儿子却说他要让红精灵、蓝精灵睡在床前。媳妇立即从浪漫主义回到现实主义："那怎么行啊？小白兔晚上到处尿尿，会把地上弄得很臭的！"儿子这才很不情愿地把小手放在嘴上，飞吻道："Good night！"没想到，这竟成了儿子跟红精灵、蓝精灵的永诀。

翌日大早，儿子一骨碌翻下床，唱着："小兔子乖乖，把门儿开开——"屁颠屁颠，去看他的小精灵。不到半分钟，就听他在门外哭嚷道："小白兔，没了！"我和媳妇冲出去，只见木笼中空空荡荡，真的不见了小白兔。左右观察，发现栅栏空隙间有若干白色绒毛，心里纳闷：难道它们自己钻了出来？再仔细勘察，发现栅栏上竟有几点红印，很像血迹。媳妇说："肯定是遭哪家的猫抓出来，吃了！"我说："没那么恐怖吧？"低头一看，发现地上也有几点血迹。这时候，一匹肥硕的大黑猫，在不远处望着我们"喵～喵～喵"地叫，就像恐怖分子制造血案后还要宣称自己对此事负责似的。儿子捡起一根木条，口中呐喊："打死你，打死你！"冲杀过去，黑猫竟岿然不动。我怒中心头起，恶从胆边生，捡起一小块石头，猛掷过去，正中猫头，黑猫惨叫一声，夺路而逃。我抓起笤帚，要去穷追猛打，媳妇一把拦住我，喝道："你要干吗啊？那是人家吴婆婆的猫！"

我站在木笼前，想象中还原血案现场：夜深人静，我们都已进入梦乡,黑猫踅到我家门外,发现了木笼中的小白兔,钻不进栅栏,就把魔爪伸进去试探。半夜惊梦,雄兔脚扑朔,雌兔眼迷离,黑暗中本能地向角落撤退,却正好落入黑猫的魔爪,被生拉活扯拽出栅栏。真是太血腥太残忍了!媳妇埋怨我:"都怪你!怎么不把栅栏钉密一点嘛?"这就叫费力不讨好。还是儿子是非分明,说:"猫猫,都是大坏蛋!"从此,见猫必打,比他妈妈还会记仇。我虽然胸怀比较宽广,但面对血淋淋的现实,也难以释怀。

却说上前年,我迁居城郊江安花园。有道是:空气无限好,只是老鼠多。我采取严打政策,无所不用其极,却收效甚微。今年大地震前,活动在我家周围的老鼠,突然销声匿迹。暑假中,我坐在书房上网读书,夜不闭户(窗户的户),也不开空调,虫鸣蛙声之中,清风徐来,入我胸怀。开学前一周,媳妇却发现:老鼠又卷土重来!指给我看:书房的纱窗,被咬了个大洞。

于是一到晚上,照旧坚壁清野,关门闭户,拒老鼠于家门之外。某日半夜,我正在书房上网,隐约感觉情况有点异常,斜眼一瞥,见墙壁上方,走空调线的小洞缝隙,夜间我家与外界的唯一通道,探出一个贼眉鼠眼的尖脑袋。我倏地站起来,咄咄有声,喝退尖脑袋,出门去捡来两块小石头,堵住洞隙。

翌日一早,我就去文星镇买来一种新鼠药,叫"猫人"。把鼠药浸泡过的米,洒在屋外各个角落,但老鼠碰也不碰。一到半夜,就在空调线洞中"咔嚓咔嚓"啃咬,好像也懂得"锲而不舍,金石可镂"似的。老鼠长的不是铁齿铜牙,没把石头啃动,却把空调线咬破了皮,结果电线短路,电表跳闸,电器瘫痪,严重干扰了我家的正常生活。但我除了连夜坐镇书房,睡在沙发上,枕戈待旦,严防死守,真个是一筹莫展。

我想起猫才是老鼠的天敌，就跟媳妇商量，我们是不是养一只猫？媳妇不容商量，当即一票否决，说："现在的猫，哪里还会捉老鼠啊？"我说："那能怪谁？怪人自己！不仅自己异化了，把猫也异化了。都把猫当宠物，好吃好喝，还要为它洗脸洗脚，养尊处优，大少爷大小姐似的，谁还愿意去捉老鼠？现在人都说尊重科学尊重自然规律，实际上处处反其道而行之，弄得猫失其职，老鼠横行，这叫什么尊重？"媳妇说不过我，又旧事重提，什么过年鱼啊小白兔啊，总之猫是凶神恶煞，最讨厌。我已懂得做男人的道理，不再像当年那样无原则讨好媳妇，驳斥道："那还不是怪我们自己疏忽大意。人都会钻银行取款机的漏洞，得不义之财，何况猫？"

却说前些日，媳妇外出，我一人留守家中。凌晨五点左右，天还未亮，我在迷糊中，听见窗外有响动，而且响动很大，不像是老鼠，心里"咯噔"一下：莫非是想入室行窃的强盗？不免有点紧张。隔着玻璃，向外张望，一片朦胧，不见异常。我刚躺下，又听见扑通一声，像什么物体落在窗外的空调主机上。我麻起胆子，向外一望，吓我一大跳：隔着玻璃，面对面，是一个狰狞的猫头，嘴里还衔着一匹老鼠！猫两眼凶光，警惕地注视着我，我赶紧露出笑容，表明我们是同一个战壕的战友。猫的眼光变得温柔起来，一转身，消失在夜色中。

天亮后，那只捉老鼠的猫，不知是家猫还是流浪猫，总之不是出身高贵的宠物猫，又旋回来，跳上后花园的藤架。我这时觉得，猫才是世界上最可爱的动物。我想挽留它，但又不懂猫语，只能用各种面部表情和肢体语言，表达我的挽留之情。但猫好像并不领情，

"喵～喵～喵"，然后跳下藤架，扬长而去。

但从那天至今，晚上再没听见老鼠在空调洞隙中打攻坚战的啃咬声。我说："看来，收拾老鼠，所有高科技，都不敌一只猫。"事实胜于雄辩，媳妇这才终于初步同意我养猫的建议，但又嫌猫脏，说："不能让它进屋!"我笑道："人家本来就喜欢在户外草丛中活动，谁稀罕赖在又硬又滑的地板上?"

我给逮鼠英雄拍照，它却摇头晃脑，拒绝合作。我说："太感谢了!"猫咪说："不用谢，抓老鼠是俺们的天职嘛!"

2008 年 9 月 20 日

# 可笑中国妈妈心

中国父母再西化再洋盘，都是假洋鬼子假洋盘：谁能真洋鬼子真洋盘，不为儿女的终身大事操心？但中国妈妈比中国爸爸操的心更多：上中学，生怕儿女早恋，影响学习；上大学后，又唯恐儿女不恋，年龄晃大，成为剩男剩女。常常是儿女不急妈妈急，可笑中国妈妈心！

却说我家儿子，上高中的时候，常常关上门，在自己房间里打电话，还把声音压得很低。显而易见，他不想让我们听见。儿子他妈我媳妇，典型的中国妈妈，却不自觉，跟贼娃子一样，蹑手蹑脚摸到门边，把耳朵贴在门缝上偷听。然后疑神疑鬼向我报告："你的儿，好像是跟女生打电话？"我讽刺她道："你管得宽！"她却瞪着眯眯眼道："我的儿，我不管，谁管？"

媳妇是担心儿子早恋，分散精力，影响高考。我笑着说："没这么恐怖吧？据西方心理学家研究，早恋是青春的萌动与觉醒，可以缓解精神压力，激发孩子的向上之心，提高学习效率。"她竟骂我："放你的狗屁！"严禁我在儿子面前散布西方资产阶级自由化的奇谈怪论，并要求夫妻通力合作，加强对儿子的秘密监控，被我严词拒绝："我不想当贼娃子！"

有一天，我正在书房看"之乎者也"书，媳妇推门而入，煞有介事神经兮兮地说："发现情况！"原来，儿子把一封信揉成纸团，扔在马桶里，却没被冲走，被媳妇小心打捞起来，湿漉漉摊在卫生间的地板上，让我去看：是不是恋爱信？我说："你是文盲，不会自己看？"媳妇说："字太小，看不清楚。"我只好跟她去卫生间，放下身段，蹲着晃了几眼，也没看清楚。她就铺上几张报纸，命令我趴在地上看。我堂堂四川大学教授，在讲台上指点江山叱咤风云，在家里却迫于媳妇的淫威，像个虾爬虫，五体投地，趴在地上，把这份被媳妇截获的秘密文件仔细研究了一番，爬起来汇报："好像是女生的字迹？但不是恋爱，是鼓励儿子好好学习的。"媳妇晓得我是孔门信徒，主张"父为子隐，子为父隐"，生怕我谎报军情，为儿子打掩护，居然命令我再次趴在地上，将女生写的信高声朗读给她听。我不敢抗命，就再当虾爬虫，趴在地上，学着娇滴滴的女声，用四川普通话，把信咿咿呀呀朗读了一遍。媳妇惊抓抓叫道："这么抒情，不是恋爱信是什么？"把我笑惨了："你聪明一世，糊涂一时，被我的四川普通话误导了！"说我还能把报纸"读者来信"读成恋爱信哩。抓起一张《成都商报》，用四川普通话现场表演，浪声娇语，把媳妇的眼泪都笑出来了，这才打消了疑虑。

儿子上大四的时候，几个小学毛根儿同学都有了女朋友，他还在单飞。我无所谓，媳妇却沉不住气了，天天在我耳边念叨，生怕儿子蹉跎青春，成为剩男。我斥道："你这样婆婆妈妈，烦不烦人啊？"周末，儿子一回家，媳妇总要迂回作战转弯抹角，从足球明星影视明星转到男女恋爱上来："你喜欢哪种类型的女娃子，热情大方的还是性格含蓄的？"儿子说："现在的女娃子飞叉叉的（四川方言，形容女孩子比较野），都不喜欢。"媳妇吓一跳："难道你想去当和尚？"我笑道："又不是你谈恋爱！儿子喜欢什么样的女娃子，关你屁事？"她却跟我生气："我是他亲妈，怎么不关我的事？"好像我是个后爸爸。我不跟她计较，跟她摆事实讲道理，说儿子年龄还小，不用你我这样瞎咋呼闲操心。引用大巴山老家民谚："天下只有剩柴剩米，没有剩男剩女。"媳妇问："那现在咋这样多剩男剩女？"我笑道："还不是因为你这样闲吃萝卜淡操心的中国妈妈太多了！"

　　却说儿子读研究生，都研三了，还没有一点动静。我虽然不像他妈妈那样着急上心，还是希望儿子最好能在同学中找到终身伴侣，互相了解，水到渠成。如果今后工作了，为结婚而结婚，不是托人说媒，就得花钱去打征婚广告："男，一米七八，硕士学位，家道小康，父官猫主席，母业余歌唱颤花。欲觅一三十岁以下专科学历以上，勤劳、勇敢、善良、端庄的女性为伴，拒访。"将人生最美好的事变成一桩讨价还价式的买卖或互探对方底细的谈判，很不诗情画意，很不温馨浪漫。儿子却表态说，他不想找说四川话的女娃子，我问为什么？他说四川女娃子太凶了。我笑着对媳妇道："都怪你这个母夜叉对我死歪万恶，破坏了广大四川女娃子温柔贤惠的光辉形象吧？"媳妇瞪我一眼："放你狗屁！"自觉失态，赶紧笑眯眯对儿子说："我骂你爸，都是被他气的！"建议儿子："找个说普通话的北方同学？"儿子又说："用普通话谈恋爱，交流有障碍。"媳妇很吃惊："未必要找个说鸟言兽语的洋娃娃？"儿子一笑："更恐怖！吵架还得先翻外语词典。"媳妇无可如何，悄悄问我："儿子是不是有什么病啊？"我斥道："你才有病！"

　　临近研究生毕业，儿子还在找工作，却突然来电：他周末要带女朋友回家！不像是征求父母意见，而像是下最后通牒："你们同意也得同意，不同意也得同意。"如晴天一个霹雳，把媳妇惊呆了。缓过神来，就生我的气："都怪你整天给儿子灌输些大男子主义，什么'自己的事情自己做主'！什么'独立之精神，自由之思想'！这么重大的事情，也不事先跟父母商量商量！万一我们不喜欢喃？"我赶紧表态："我喜欢！"媳妇斥道："你瓜娃子！面都没见，你怎么就喜欢？"我笑道："儿子喜欢，我就喜欢。"结果儿子带女朋友回来，媳妇比我还喜欢，笑嘻了。

儿子的女朋友是他研究生同学，现在和儿子结婚了。媳妇未雨绸缪，早在狮山"现代花园"为小两口儿按揭了一套三室一厅的电梯公寓房。装修布置新房，媳妇自命为顾问，跟儿子儿媳打成一片，让我留守江安花园，与流浪猫为伍。有一天，她陪儿子儿媳逛宜家超市，购置家具。兴高采烈而去，却闷闷不乐而归，吓我一大跳："这么快，就爆发了婆媳矛盾？"媳妇摇摇头，很委屈地说，为了一件家具的样式或颜色，男女双方执不同"政见"，男说男有理，女说女有理，儿子居然指着她和儿媳，不屑地说："你们女人——"媳妇眼泪都要流出来了，字字血声声泪控诉道："你的儿，翅膀还没长硬，就死歪万恶啊，就把妈妈看成'你们女人'啊！养儿好没想头啊！"一唱三叹，把我笑惨了，问她："难道你们不是女人，是男人？"

媳妇看着儿子儿媳的新婚照，很遗憾我们当年没有这样青春飞扬温馨浪漫的照片。遗憾之后，却得意扬扬地戏谑我道："我的儿，比你帅！"我无语。对儿子儿媳祝福：像爸爸妈妈这样，平常人平常心，相亲相爱，白头偕老！

2012 年 9 月 16 日

# 可怜中国爸爸心

上一篇《可笑中国妈妈心》，写父母对独生子女早恋和不恋的担心关心，把很多朋友笑惨了，却把"中国妈妈"俺媳妇谢钱氏气惨了，斥道："你更可笑！"我赶紧自我批评，说我不仅可笑，还很可怜，可怜中国爸爸心！

却说我最初做爸爸，既非传统家庭的"父为子纲"，也非西方家庭的"父子平等"，而是中国现代特色的"子为父纲"，唯儿子之命是听，比媳妇还媚上。儿子叫我们学动物叫，媳妇柔声细语喵喵喵，我却大声武气汪汪汪，惟妙惟肖，被儿子誉为"狗爸爸"，好耍惨了。邻居逗儿子："爸爸和妈妈，最喜欢哪一个？"儿子答："都喜欢！"邻居说："爸爸和妈妈，只能选一个？"儿子答："爸妈！"爸爸妈妈不可分割，把我们激动惨了，争相拥抱儿子："我们的好乖乖！"儿子却很不乖，都上幼儿园了，吃饭吃水果，还非要妈妈哄着逗着，才懒心无肠地张开嘴。我笑着建议："饿他两顿，看他吃不吃？"说我们小时候，饿极了，吃什么都香，兄弟姊妹多，吃东西都是抢。儿子没食欲，是因为缺乏竞争对手。媳妇眼睛一亮："嘿！硬是的哈？"让我扮演"假想敌"，参与到竞争中来。

有一天，媳妇喂儿子吃桃子，儿子却连连道："不乞（吃），不乞!"媳妇哄他:"这可是西王母种的仙桃,吃了能当神仙哩。"儿子却想当解放军叔叔,不想当神仙。媳妇乜斜着眼睛发出暗示,我就跳将过去,一把抢过桃子,故作饕餮状。儿子笑嘻了:"猪八戒——"我学猪八戒咬一口桃子,啧啧赞道:"西王母种的仙桃,好甜好好吃哦——"正要咬第二口,媳妇却惊抓抓叫道:"嘿嘿!你还当真吃上了?"一把将桃子夺过去给儿子,儿子却学"孔融让梨",笑嘻嘻将桃子让给我:"要猪八戒乞。"

　　却说儿子上小学,媳妇望子成龙,想严格要求儿子:不自私,不任性,不贪玩,遵守纪律,认真学习,团结友爱,尊敬老师,等等。总之,品学兼优,德智体美全面发展,超过父母。但谁来严格执法?媳妇分派角色:她当慈母,我当严父,宽严结合,恩威并济,让儿子既感受到爱的温暖,也有所畏惧。我当即揭穿她的阴谋诡计:"你想得美!你当好人,我当恶人,让儿子今后只晓得'世上只有妈妈好,有妈的孩子像个宝'?为什么不能你严母,我慈父呢?"媳妇却引经据典:"据报纸上的专家说,现在很多男娃子奶里奶气没有阳刚之气,都是严父缺位造成的。"说如果生的是女儿,她可以当严母,我可以当慈父,但谁让我们生的儿子呢?我别无选择,只好从命。从此在儿子面前,耍起"父父子子"的威风来。

　　儿子可能继承了我的不优秀基因,从小是个贪玩好耍的淘气包,没考过双百分,没当过"三好学生",也没当过班干部。媳妇看见别人家墙壁上,贴满孩子的奖状,孩子戴着一道杠或二道杠的臂章,心理很不平衡,怨我管教不严,没尽到严父的责任。我斥道:"你瓜婆娘!男娃子谁不淘气啊?"现身说法:"我小时候也没考过双百分,没当过'三好学生',白丁一个嘛。"媳妇讽刺我道:"你以为你多伟大？瓜娃子一个！"说她就是喜欢儿子积极向上，当"三好学生"，当班干部。我问媳妇："夫妻之间，意见不统一，老这样唱对台戏，你讽我是瓜娃子，我斥你是瓜婆娘，怎样教育好儿子？"要辞职当慈父，让儿子从小就懂得："世上只有爸爸好，没爸的孩子像根草——"慈母却笑嘻嘻安慰道："我是想把你骂成严父嘛。"儿子不懂慈母心，小学淘气，初中逆反，常把慈母气得哭，没办法。都是严父出面弹压，还动过拳头。拳头打在儿子屁股上，却疼在慈母心坎上，斥我道："你太狠心了！居然下得了手啊？"我才泄露天机，说我研究过各种"拳术"，打的不是要害部位。笑着对媳妇说："我来教你两招花拳绣腿？严父不在的时候，也能震慑一下儿子？"媳妇却不接招，还哼哼道："我没你心狠手辣！"

记得高中军训，媳妇正在外地出差，电话下达命令："给儿子准备好行装！"我却矫诏，告诉儿子："军训需要带什么东西，自己准备！"他找来一个塑料袋，装上洗漱用具，拎着一大瓶矿泉水，雄赳赳而去。媳妇回来，路上遇同学父母，都说："你儿子好潇洒喃！碗筷铺盖都不带，咋个吃饭睡觉？"媳妇臭骂我一顿："简直像个后爸爸！"叫一辆野的，要去给儿子送碗筷铺盖，被我拦截："儿子又不是一个人去荒无人烟的地方，有老师带队，有同学为伴，还有解放军叔叔关照。他若连吃饭睡觉问题都不能解决，今后能有什么出息？"很多家长担心军训伙食不好，去给孩子送营养品。媳妇说："我们也给儿子送点吃的东西去？"我斥道："你想把儿子给害了？"说儿子军训，是去吃苦，去锻炼，不是去享福。媳妇很可怜兮兮地说："儿子看见同学的爸爸妈妈送温暖，会不会以为我们太冷血，不爱他？"我斥道："你这是妇人之仁！"结果，儿子借老师的碗筷（老师跟军官吃小灶），借同学的铺盖（同学有带两床被盖者）。媳妇很得意地笑道："你还会打条哩。"问他怎样感谢同学，他说天天去为同学打开水。我被感动了，撕下慈父面具，拍着儿子肩膀说："你做得非常好！"

却说我目睹儿子与淘气包同学的成长经历，教育理念常跟学校教育抵触。作为高校教师，对教书育人多少有些了解，不是门外汉，眼睁睁看着儿子心灵扭曲，被整成考试机器，被整成糨糊脑袋，既不忍心，更不甘心，但又无力改变应试教育的现状，为此非常纠结。记得写记叙文，我告诉儿子，写自己的生活自己的感受，有情趣有趣味就行，不一定非要追求什么思想意义。曾示范一篇，写我儿时种下扁豆却收获丝瓜的趣事，见我天涯旧文《种豆得瓜》。儿子却不以为然："有趣味就没意义，有意义就没趣味！"说考试不能得高分。最让我痛心疾首的是，儿子死记硬背的有些知识，不仅无用，而且有害。

我就这样陪淘气逆反的太子攻书，冬去春来，终于陪到高考。我向儿子宣布：第一，爸爸妈妈不去接送，自己乘车前往考场；第二，中午吃饭，在考场附近餐馆自行解决；第三，无论考得好与不好，爸爸妈妈都爱你。媳妇却说："是不是太残忍了？你不去接送，我去！"我说："不就是一场考试，一场人生游戏吗？你去我去，都会增加儿子的心理压力。"儿子果然潇洒而归，自己估分，能上一本线，踢了一场足球才回家。谁知查询成绩，儿子当即哭了：其他各科都发挥正常，唯独语文大出意外，只得了八十五分！语文一直是儿子的长项，他伤心地哭啊哭啊，说认认真真学了这么多年的语文，居然不及格啊。早知今日，还不如不学，随便耍，也耍得及格。从小到大，从来没这么伤心地哭过，哭得慈母眼泪汪汪，不知所措。其实，最崩溃的是我：我还有什么脸面教学生文学，教学生写作啊？但既为严父，就得在儿子遭遇失败挫折的时候，给予他精神力量。我在母子的痛哭声中，迅速调整好心态，抚摸着儿子头（很多年没这么慈祥地摸过了），很沉静地说："孩子，人生谁能一帆风顺啊？爸爸妈妈年轻的时候，也遭受过很多挫折，所以才内心强大！你们这代独生子女缺这缺那，最缺的就是挫折教育。高考失利，不过是遭遇一次挫折，绝不是人生失败，咱就当是接受一次挫折教育？"回忆往事，媳妇还把我稀奇麻了，脉脉含情地说："不谦！儿子高考失利那一刻，天塌下来了，我才发现你是真正的严父！"太夸张太肉麻，竟让我无地自容。

却说那年高考，儿子的同学，无论男女，语文普遍失利，都没平时考得好。有位男生，全年级文科第一，被老师公认为"北大种子"，也没能上一本线。我分析，绝对败在作文上。我深知其中之弊：不是孩子们不努力，是他们运气不好——谁让他们遭遇高考阅卷场的"冷血杀手"呢？同年江苏高考，一位父亲将女儿的高考作文发表在报上，愤愤不平道："为什么判为低分作文？"我让儿子看这篇作文："你没人家写得好吧？"儿子点头。我说，她的新概念获奖作文还曾经入选高中课外阅读教材，比你强，但现在也只能上二本。鼓励儿子，宽慰媳妇："能上二本院校，也不错嘛。"说往年有些教授的子女，连二本院校也没考上哩。儿子却很不情愿，貌似丢了211大学教授爸爸的脸。媳妇也不甘心："让儿子再复读一年吧？"非一本不读。一本还是二本？至今让很多中国孩子和家长纠结：to be or not to be，生存还是毁灭，这是一个问题。这其实是个伪问题：难道不成龙，则成虫？我阅人无数，见证过太多人生悲剧，坚决不同意儿子复读。我说，古今中外考试，都有很大的偶然性；而且复读，炒冷饭，继续受应试教育折磨，记诵些毫无用处的知识，做些刁钻古怪的试题，把人搞成糨糊脑袋，把人搞得精神变态，还不如到大学自由发展？现身说法：爸爸当年还想上北大清华哩。只要自信自强，二本院校的学生一样能有出息，一样能活得很快乐。为什么非一本不读呢？正反举例，终于将母子说服。儿子却提出要求："坚决不读中文系！"说他恨死了语文，说起该死的语文就铭心刻骨的痛。儿子很喜欢读书，也读过很多课外书，我本来想他走我的路，子承父业，能得到严父的耳提面命，少走弯路。但我放弃了这个想法，对儿子说："爸爸尊重你的选择。今后的路，你自己去走。记住：爸爸妈妈永远爱你，你也要孝敬爸爸妈妈。"引孔子论孝道的话："父母唯其疾之忧。"今后无论世俗所谓"成功"与否，平常人平常心，踏踏实实工作，快快乐乐生活，只有你生病的时候，爸爸妈妈为你担忧，这就是对爸爸妈妈的孝敬。

很多年后，儿子研究生毕业工作了，媳妇还耿耿于怀，常很歉然地说："我们是不是亏欠儿子很多？"如小学没坚持让他学钢琴，初中没让他学奥数，没有让他填报艺术类专业曲线上我任教的川大，高考后没让他复读，甚至我博士毕业，没留在北京发展，给儿子创造优越的学习条件，没送他出国留学，等等。一句话：没让儿子成龙，我们对儿子的教育失败了。我很不以为然："儿子虽然没成龙，却成了一个正常人，性格阳光，热爱生活，待人真诚，工作踏实，有爱心有孝心，领到第一个月工资就给外婆和奶奶各寄了五百元——难道不是我们教育成功？"媳妇却旧事重提，讽刺我道："你一个文学教授，自己儿子高考，语文却不及格！让儿子从最喜欢语文变成最痛恨语文，还不失败？"把我惹毛了，斥道："你懂个屁！"

  却说儿子工作结婚后，很幸福很快乐，很有上进心。我严父的戏也唱完了，想辞去严父职务，跟媳妇商量："等我们有了孙子，你我变换一个角色：我当慈祥的爷爷，你当严厉的奶奶，以补偿我这些年假装严父的精神损失？"儿子虽然畏惧严父，甚至崇拜严父，但父子之间，缺少一种温情。媳妇却非要将慈母进行到底，生命不息，母爱不止。欣赏儿子儿媳的结婚照，得意扬扬地说："我的儿，比你帅！"参观儿子儿媳的新房，也得意扬扬地说："我的儿，比你有格调！"吃了儿子煎的牛排，更得意扬扬地说："我的儿，比你能干！"但数落儿子缺点的时候，却指我鼻子道："你的儿，就晓得铺排我！""你的儿，大男子主义！""你的儿，头发跟乱鸡窝一样！"云云。总之，一切优点归于慈母，一切缺点归于严父。我一笑置之，问她："你一会儿'我的儿'，一会儿'你的儿'，究竟是谁的儿啊？"把媳妇的塌鼻子都气高了，瞪着眯眯眼斥道："你瓜娃子！不是我们的儿，是谁的儿！"

2012 年 9 月 24 日

# 父权回潮

很久以前，就是儿子降生后，中国男人就已习惯把老婆叫"领导"，甚至还有人鼓吹："怕老婆是一种美德。"我主张夫妻平等，但为满足媳妇的虚荣心，也随波逐流，故作惧内状。媳妇竟得意忘形，常以女皇自居，大搞"一言堂"，独断专行，软硬兼施，恩威并重，笼络我和儿子俯首帖耳围着她的指挥棒转，典型的"君为臣纲"。我就痛恨自己没出息。记得十多年前，《读书》发表张宽一文：《男权回潮》。我兴奋不已如获至宝，让媳妇认真学习，提高思想。媳妇一看标题，就把书往地上一掷，再踏上一只脚，喝令："炒菜去!"其专制蛮横，由此可见一斑。

都说当今独生子是"小皇帝"，但儿子未成人前，却名副其实是个"儿皇帝"。究其原因，自幼中毒太深。牙牙学语，媳妇就向他灌输母权神圣的观念，教儿子唱的第一首歌，就是臭名昭著的反动歌曲："世上只有妈妈好，没妈的孩子象根草……"我就针锋相对，教儿子大唱革命歌曲："母亲只生了我的身，党的光辉照我心……"而且告诉儿子，你妈不是党员，而老爸是，老爸就代表党。媳妇立即加以解构："你爸哄你的，他不代表党!"弄得儿子莫名其妙，眨巴着眼睛，好像问："那谁能代表党?"媳妇很感性，绝不在理论上纠缠，而是加大感情投资，而且是长线投资。就说吃饭吧。凡儿子喜欢吃的菜，我一伸出筷子，媳妇就要伸出她的筷子横加阻挠，甚至菜都夹起来了，也不惜给我敲掉。儿子就看着他妈嘻嘻笑。儿子有个特殊喜好，用手去打捞汤碗里的蔬菜，然后流水滴答，笑嘻嘻放到我碗里。看着他那脏兮兮油光光的小手，我愁眉苦脸，媳妇却命我必须把打捞物全吃下去。不仅不批评教育，还夸奖儿子有孝心，知道维护老爸。儿子还有个怪毛病，吃饭时须有人扮怪相逗他笑，他才肯吃。媳妇觉得有损形象，就命我扮演这个角色。我从小就没有表演天才，只好硬着头皮，挤眉弄眼龇牙裂嘴，伸舌头，作怪叫，竟把儿子吓哭了。媳妇责备道："你凶神恶煞，哪里像个当爸爸的哟！"我就在媳妇指导下，嬉皮笑脸，皮笑肉不笑，效果渐渐出来了。万没想到，竟脱胎换骨，从不苟言笑的正人君子，变成今天这样一个没正形的非专业行为艺术家。在儿子幼年印象中，他妈是美丽温柔的天使，我却是装神弄怪的小丑，哪里能树立起一点父亲的威信哦？

　　儿子小时候是一根筋。人若问："喜欢爸爸还是妈妈？"儿子必答："两个都喜欢。"若再追问："只准喜欢一个？"儿子必答："妈妈。"竟不知道拒绝回答这个很弱智的问题，我就对儿子很失望。媳妇却很得意，立刻给他糖吃，像马戏团训练动物似的，还要搂着他夸一句："儿子真乖哦！"就是动物园的笨狗熊，在这种物质引诱加精神鼓励的条件反射下，也培育为精了，何况是有灵有情的人啊？所以，儿子对他妈一往情深，进城逛公园，只要媳妇抱，拒我于千里之外。累得媳妇气喘吁吁，我落得个清闲。但儿子上初中后，却变得生分隔膜起来。反抗精神陡增，经常犯上，跟他妈赌气，更不把老爸放在眼里。我和媳妇面面相觑，不知所以然。回忆儿子小时候种种趣事，常感慨万端："还是小时候可爱哦！"记得三四岁时，媳妇周末躺在床上睡懒觉，我逗儿子："妈妈生病了。"儿子急忙去厨房抽出一根筷子，扎在媳妇手腕上，说："我给妈妈打针了，她的病好了！"上初二，媳妇真地卧病在床，儿子却不闻不问，莫事人一般。还在课堂捣乱，放学后被留下。班主任托同学来通知家长去领人，我气冲冲赶到学校，却被班主任训斥一通。回到家里，媳妇把儿子叫到床前，轻言细语批评他，他却昂着个头，不理不睬，像革命先烈面对敌人似的。媳妇突发感慨："养儿子真莫想头啊！"莫说父子之间，就是母子之间，好像也横亘着一条鸿沟。

儿子未醒事，我们能谅解。但媳妇原先那套笼络人心行之有效的统治术，至少在儿子面前失灵了。媳妇的伟大英明之处，就在于她能审时度势，迅速调整自己，屈尊适应儿子，以培养新的感情契合点与共同语言，而我不能。儿子是个球迷，媳妇也跟着冒充球迷，后来竟成了真球迷。饭桌上，母子之间的话题，不是"英超"就是"意甲"。我是球盲，插不上话，就闷头吃饭。媳妇就讽我："嘿！你咋个一点反应都莫得哦？像个老年痴呆！"我"嘿嘿"干笑两声，媳妇又斥我："瓜娃子！"记得世界杯足球赛，母子俩半夜起来观看，惊风火扯撕裂人心的怪叫："噢噢——啊！"吓得我梦中跳起，以为是遭遇入室行窃的强盗。见母子俩在电视前如痴如狂，我愤愤道："有病！"儿子吓得不敢吱声，媳妇却当即回敬："你才有病！"儿子上高中，寝室内贴满世界各国球星，媳妇不仅不加以引导，还推波助澜，有求必应，为儿子购置名牌球鞋球衣。我在美国访学时，越洋电话，命我去洛杉矶市郊什么著名的"Rose Bowl"足球场留个影，以慰儿子渴慕之想。荒唐至极！我本来想抗命，但左思右想，不愿让媳妇在儿子面前丢脸，就找朋友驱车送我去那个鬼球场，拍了若干张照片。朋友笑道："没想到你还是个铁杆球迷！"我苦笑：我家快搞成"子为母纲"了。媳妇却笑嘻嘻说："子为母纲？我喜欢！"但在我面前，却照样颐指气使，说："现在这个家里，我不统治你，还能统治谁啊？"就这样，王纲解纽，权力分散，母权独大的"君为臣纲"，和平演变为"子为母纲"与"妻为夫纲"。

儿子上大学后，媳妇更是百依百顺，言必称"子曰"，子非孔子，是儿子。儿子说东，她绝不说西。甚至连家庭建设大事，如购买电视等，也以儿子是非为是非。看我郁郁不得志斯人独憔悴，也假眉假眼征求我的意见："长虹还是飞利浦，你看哪款要得？"我愤愤道："你们早就内定了，问我干嘛？我最讨厌你这种假民主！"媳妇笑嘻嘻："反正我们征求了你的意见哈！"儿子若有所求，怕我投反对票，就总是通过他妈来施加压力。我有一种隐忧：这是非常危险的信号。纵观古今，任何权力，若没有制衡，就会恶性膨胀，后果不堪设想。而以妇人之仁，绝不可能制约日渐坐大的"子权"。我就扬弃儒家"三纲"，取其"父为子纲"，以制衡"子权"。儿子周末回家，不是看球赛，就是玩电脑游戏，我和媳妇忙里忙外。媳妇择菜洗菜，我当厨师。吃完饭，儿子又去看球赛，媳妇说要晒衣服，命我洗碗，我说："哪有厨师兼洗碗工哦？"就行使父权，命儿子洗碗。儿子快快不乐，媳妇见状，就摩拳擦掌，要为儿子代劳。我对媳妇正色道："你这样娇惯儿子，是害了他！"回头对儿子吼道："男子汉，贵在自立！不喜欢劳动，只知享乐，以后咋能自立？"儿子一震，自去厨房洗碗。媳妇不去晒衣服，一边帮儿子打下手，一边夸奖："比你爸洗得干净！"后来，不用我下令，儿子回家，也会自觉去洗碗扫地。某日，媳妇从狮山回来，很神秘地说："儿子现在有点崇拜你了哦！"我笑道："我一个迂夫子，崇拜什么哟？"媳妇说："儿子很认真地跟我说，不要老是数落我爸！这不是崇拜你？"

其实，这是早有铺垫的。自儿子上高中以来，关键时刻，我都会行使父权，独断专行。看着儿子越来越懂事越来越自信越来越男子汉，媳妇感慨："看来，儿子不能只有妈妈，没有爸爸啊！"我笑道："你是呼唤父权回潮？"

媳妇竟然说："什么父权？我最讨厌怕老婆的人，男不男，女不女！"我揣摩她的心理，是不愿儿子因怕老婆而对父母不孝。我就逗她："那我从今往后，就为儿子树立个不怕老婆的光辉榜样！"媳妇竟然点点头。我笑道：我听你的，你听儿子的，儿子听我的。说白了，就是：妻为夫纲，子为母纲，父为子纲，环环相扣，互相制约互为平衡，任何一方都不能称王称霸唯我独大，孝在其中矣。而能以此"三纲"和谐家庭者，一言以蔽之曰：爱而已矣。媳妇说：抛什么文哦？搞不懂！

2007年6月17日

# 儿子的婚礼

　　现在婚庆公司策划导演的婚礼越来越夸张，越来越表演化，我戏称为"山寨版春晚"。热闹是热闹，喜庆是喜庆，但土不土，洋不洋，灯光刺眼，噪声盈耳，音响唯恐不震耳欲聋，分贝之高，好像不把人的心脏病整出来就不上档次似的。我不想儿子儿媳的婚礼落入这种俗套，建议道："能不能不请婚庆公司，由老爸亲自为你们策划这个人生最重要的仪式？"媳妇狗眼看人低，斥道："你迂老夫子，懂个屁！"不准我指手画脚，说三道四。所以筹备婚礼的全过程，包括选择婚庆时间地点、购买喜糖喜烟喜酒等，我都被排斥在外。我只是嘱咐儿子儿媳："要考虑爸爸妈妈的大学教授身份，不能搞得太喧嚣太夸张太俗气？"媳妇却以小人之心度我君子之腹，阴阳怪气道："你就是怕花钱嘛！"

　　却说昨天，婚礼在东篱翠湖公园翠湖楼很低调地举行。出乎我意外，比我想象的还有品位还有格调。婚礼由儿子儿媳与他们的同学自己策划共同参与，简洁、温馨、浪漫、真诚，洋溢着"80后"大学生研究生的青春气息，一扫婚庆公司的程式化与俗气。主持人赵同学是儿子大学研究生同学，现在某高校任教，温文儒雅，浑身散发的书卷气，自然流露的同学情，一下就把婚庆公司职业化的主持人比下去了。在新郎携身披婚纱的新娘登台亮相前，第一项仪式，播放同学导演并参演的短片《佳鸥天成》，儿媳佳与儿子鸥在川大校园相识、相知、相爱的过程，是婚礼最大的亮点。虽然画面一晃而过，只有几分钟，却足以见证青春的飞扬与爱情的永恒。让我这个奔六的老爸差点感动得热泪盈眶。

婚礼的亮点之二是主持人赵同学问："今后家里谁做主？"请参加婚礼的同学们以自己杯中的橙汁来表态。男女同学纷纷登台，争相将橙汁倒入新郎新娘各自捧着的大杯中。新娘杯中一浪高一浪，而新郎杯中却风平浪静。最喜剧的是，两三男同学先欲将橙汁倒入新郎杯中，新郎伸杯欲接，他们却笑嘻嘻做个鬼脸，转手倒入新娘杯中。我看在眼里，疼在心头：难道儿子要重蹈老爸的覆辙？很想一步抢上台，将一大瓶橙汁全倒入新郎杯中，为他扎起：男儿当自强！结果，新娘却笑盈盈将自己杯中的橙汁倒入新郎杯中，两杯持平，夫妻平等，最后在大家的欢呼声中交杯而饮，没有落入新郎下跪誓言"今后工资全交、剩饭全吃、家务活全包"之类自我贬损的俗套。感谢儿子儿媳与他们的同学，你们精心策划的婚礼策划与真诚幽默的表演，让我感觉很温暖。

婚礼最不成功的是我的致词。本来连夜构思了一篇很热烈很诗意的抒情散文，一大早起来就开始酝酿情绪，设计表情，力争做到雅俗共赏，声情并茂。谁知一上车，媳妇就横挑鼻子竖挑眼："你瓜娃子！头发咋没梳好啊？脸咋没洗干净啊？连衣服也没穿周正啊？"左爪爪握方向盘，右爪爪梳理我的头发，整理我的衣领衣袖，奚落道："丢人现眼啊，丢人现眼啊！"把我的情绪全破坏了，威胁她："你代表父母去登台致词？"媳妇斥道："你阴阳颠倒！"我脑中一片空白，想好的词儿全给忘了。大家点评："谢不谦今天表现欠佳，被儿子比下去了！"我一笑置之：嘿嘿！能反衬儿子的优秀，所甘心焉。

　　记得早晨刚进入公园，远远望见翠湖桥头，矗立着儿子儿媳相亲相吻的巨幅照片，背景是辽阔的天空，蓊郁的树林，飞翔的鸟儿，心底涌起一种无法用言语表达的神圣与庄严。后悔没带上相机，不能将这瞬间时空凝聚为永恒的画面。想起法国诗人普列维尔的诗，只需改动地名，将巴黎公园置换为成都公园，就是我当时心情的写照：

> 一千年
> 一万年
> 也难以诉说尽
> 这瞬间的永恒
> 你吻了我
> 我吻了你
> 在冬日朦胧的清晨
> 清晨在翠湖公园
> 公园在成都
> 成都——地球上一座城
> 地球——天上一颗星！

2012 年 10 月

# 好父亲不如好老师

　　儿子今年研究生毕业，找到一份很普通的工作，领到工资后，电话通知我们："周末进城共进午餐？"媳妇笑嘻嘻说儿子好孝顺。我说："要是吃苍蝇馆子呢？"媳妇警告我说："无论吃什么，只准说好吃！"我唯唯。结果是吃北京涮羊肉，感觉还没我烹制的北京羊杂碎好吃，正想发表褒贬，媳妇就瞪我一眼，秋波传递信息："你敢？"我当然不敢，只好插科打诨，说古人造字，鱼羊为鲜，羊大为美，如果没有羊，也就没有"鲜美"这个形容词，云云。

　　儿子却儿女情短，同学情长，第一次请我们吃饭，报答父母养育之恩，竟滔滔不绝说起初中同学的现状。这些同学大都是淘气包，儿子的狐朋狗友，媳妇认得，我却只认得他们的"左老"，班主任左老师。儿子说有个陈同学，原来成绩很差，左老说："对你来说，今后考不考得上大学不重要，重要的是，要做一个好人。"后来，陈同学竟考上专科，然后专升本，找到了工作。左老说："成绩这么差的学生也能找到饭吃，我很高兴。"另一个王同学，更淘气，偷偷抽烟，被左老逮了现行，一句话不说，只用两眼瞪他，瞪得王同学心惊肉跳。王同学考上民航飞行学院后，有一天心情郁闷，在教学楼外抽烟，猛地看见左老迎面走来，赶紧把烟头扔在地上踩灭，心里纳闷：

"左老怎么会到我们学校来呢?"回头一想:"不对呀,我都上大学了,左老还管得着我吗?"结果迎面走来的人,不是左老,是左老的相似形。

媳妇笑惨了,说:"王同学太可爱了,一朝被眼瞪,十年怕左老。"我很惊讶:"一个初中班主任,能有这么持久的震慑力?"儿子不跟我搭话,说去年王同学驾车,载左老去游广西北海,见另一个淘气鬼董同学。董同学是个偏科的怪才,物理单科全年级第一,却被鸟言兽语折磨惨了,只考上二本,大学毕业后去广西打天下。今年暑假,儿子携女朋友,专程去看望正在北海创业的董同学。王同学在大学抽烟虚惊一场的故事,就是他在北海听董同学讲的。

回家路上,媳妇不断感慨:"左老师拯救了好多淘气娃娃啊!"

妻唱夫随,我也感慨:"是啊是啊,初中时代娃娃还没长醒,一个不好的老师,可以毁掉他一生,一个好老师,可以成就他一生。"媳妇却夫唱妻随:"就是就是,幸亏儿子他们这群淘气包遇到左老师。"然后给我下达任务:"不谦,你在博客上写写左老师嘛!"竟把我的天涯博客当成表彰好人好事的平台了。

却说儿子从小淘气,严肃不足,活泼有余,成绩中等,不是老师喜欢的"双百分"乖娃娃。上初中后,更是逆反,不仅不听父母的话,还常跟老师作对。最严重的一次,是不满学校课间不准踢球的规定,故意捣蛋,破坏和谐稳定,被班主任抓了典型。我们被通知去学校配合解决问题,接受班主任的教育。我脸皮厚,点头哈腰,代儿子承认错误。媳妇却承受不了,说儿子尽让她丢脸,竟后悔没生个女儿。我警告她不准在儿子面前说这些丧气话,说:"正常男孩谁不淘气?不淘气才是怪胎。别的我不懂,这教书育人,娃娃心理,我还懂一点点。周末补课，寒暑假补课，做不完的题，背不完的书，把娃娃折磨得疲惫不堪，满脑子糨糊，不淘气一下，能有什么生趣？班主任还整天念叨：'某某踩线生啊，某某最差生啊，某某今后只有刨渣渣啊……'大人都要神经崩溃，何况十三四岁的娃娃？"媳妇说："你这观念不切实际，现在中考、高考，都得拿分数来说话。"我说："分数固然重要，但如果人格扭曲，心理变态，自暴自弃，万一跳楼或做出别的过激行为，人都没了，你我哭都来不及，还能望子成龙望女成凤？"

　　儿子念中考最关键的初三时，我要出远门，访学哈佛。此去经年，临行前，叮嘱媳妇："气可鼓而不可泄，千万别在儿子面前唠唠叨叨乌鸦嘴。"每周越洋电话回家，最放心不下的还是儿子，不问儿子每次考试成绩如何，只是鼓励他："欢欢喜喜，坚持到底；坚持到底，就是胜利！"其实，我何尝不关心他的成绩？可怜好多聪明娃娃，在现行教育制度下，还没长醒，就糊里糊涂被淘汰出局了。我当然不愿看到这种悲剧发生在儿子身上。都说"东方不亮西方亮"，现在独生子女，却是"一方不亮天下黑"。可怜天下父母心，儿女就是他们的精神家园、命根子，中国为人父母者，谁能真正超脱出来呢？只是在学习成绩与精神状态之间，我更看重精神状态：宁要快乐的庸才，不要忧郁的天才。

　　却说刚开学，原班主任另择高枝，去了待遇更好的私立"贵族中学"，儿子换了个新班主任，刚刚毕业的大学生。我越洋电话问媳妇："他有经验吗？"媳妇却猛表扬，说新班主任左老师如何如何好，恨不得说他是孔子再世。我问："怎样如何好？"媳妇说淘气包娃娃都喜欢他。我就放心了，凭我的经验，淘气包娃娃喜欢的老师，都是最具智慧、最有爱心的老师，这样的老师在如今这个普遍以考试分数论英雄的功利时代，不是太多，而是太少，可遇而不可求。

儿子中考前，我飞回成都。媳妇要我去拜访左老师，说无论儿子中考成绩如何，都应该感谢他，是他拯救了儿子的灵魂。我笑道："太夸张了吧？"媳妇说有一天早上，儿子很烦躁很沮丧，冲她吼道："不想上学读书！"媳妇的心都抓紧了："不想读书，想干吗？"儿子还是吼："什么都想干，就是不想读书！"媳妇快崩溃了，却强装笑颜："现在这个社会，不读书，能干吗？"儿子不听，把卧室门砰地一关，蒙头睡觉。十万火急，我却在太平洋彼岸，电话不通。媳妇一筹莫展，想哭却不敢哭，紧急电话左老师："他精神都垮了，不想上学……"左老师闻讯后，很快赶到，不知他在卧室跟儿子温言细语说了什么，灌了什么迷魂药，总之儿子跟他上学去了，从此变了个人，快快乐乐，渐渐自信，知道发奋了，还在书桌前墙上贴自己书写的纸条：天道酬勤。我很纳闷，儿子连我的话也不大愿意听，让我感觉很失败很无奈，却居然能听一个初出茅庐的年轻老师的话，是不是很神奇？

我印象中，左老师二十二三岁，个儿也不高，说话带有浓重的蒲江地方口音，淳朴土气之外，还有几分稚气。但我感觉他没有很多中学教师都难以免俗的势利功利，只爱乖娃娃好学生，而是对所有孩子，无论成绩好坏、淘气与否，皆能一视同仁，充满爱心。我想，正是这种超越势利功利的爱心，温暖了淘气孩子的心，照亮了淘气孩子的人生，激励起他们自尊自信的向上精神，培养起他们热爱生活热爱生命的乐观性格。我认为，这才是教书育人、传道授业解惑的第一要义，跟媳妇说："左老师是儿子上学至今遇到的最好的老师。"

儿子最后以高出重点高中调档线四十多分的成绩考上狮山附中，虽然算不上优秀，但对我们来说却是喜出望外，因为按照一年前的学习成绩与精神状态，他连重点线都上不了，唯一选择就是当"钱学生"，分不够，钱来凑。但如果儿子自信心严重受挫，自尊心严重受损，灰头土脸，即使花大钱进入重点中学，也只是陪太子攻书，到最后，不仅名落孙山，还要死要活，让父母心惊胆战：早知今日，何必当初？这种事与愿违的悲剧，我见得太多，一抓一大把。

儿子初中毕业，距今已整整十年。没大出息，却越活越阳光。年年寒假，儿子都要和他的狐朋狗友去看望左老师。左老师结婚了，他们跟着高兴；左老师买房了，他们跟着高兴；左老师有孩子了，他们跟着高兴。儿子回家，还要让我们跟着高兴。所以，我们虽然也有近十年没见到左老师，但他妻子在哪里工作，房子买在哪里，孩子是男是女，我们都一清二楚。

前些年，我在后花园养鸡，春节前还剩三只母鸡，天天生蛋，全家一人一个。儿子却说他想送一只给左老。媳妇有些舍不得，说鸡正下蛋呢，跟儿子商量："我去文星场另买一只真资格的土鸡送给左老师，不也一样？"儿子却不高兴，噘着嘴说："那还有什么意义呢？"我能理解儿子，就去后花园选了一只最大最肥最漂亮的纯情母鸡，让儿子去送给左老师。据儿子回来汇报，左老师看着扑腾着翅膀的纯情母鸡，笑呵呵道："你爸爸喂的哪里是鸡，分明是凤凰嘛！我敢杀来吃？"

左老师名涛，不是师范出身，毕业于川大化工学院，当年为留在成都才到狮山附中当"孩子王"，后来他有若干机会另谋高就，但却没走，一直在狮山附中任教至今，说当年的淘气包虽然没有大出息，却没忘记他，他有一种成就感，舍不得离开学校。我说这就是左老师之所以为左老师，他从心底热爱教书育人这个事业。媳妇却是个"官本位"，为左老师遗憾，说左老师太本分，不会来事儿，肯定当不成校长。我说："为什么非要当校长？如果有更多像他这样充满爱心的老师去当班主任，才是学生之福，中国的教育才有希望。"

我自认为是好父亲，从来不给儿子灌输出人头地、恶性竞争的人生观，更没给他施加学习的或精神的压力，而是给他鼓励和关爱，尽可能为他减压。备受父母督责的同学都很羡慕他："你爸爸多好啊！"很多朋友也夸我不愧为川大教授，教子有方。其实，儿子至今念念不忘的却是左老，只当过他一年班主任的化学左老师。我因此而有感：在孩子成长的道路上，好父亲不如好老师。

谨以此文，表达我对左老师，对所有充满爱心却默默无闻的中小学老师们的感激与敬意。你们虽然不能感动中国感动世界，却感动了我们的孩子，更感动了他们的父母。你们对孩子的每一句赞赏或鼓励，比父母表扬他千百句还给力，还影响深远。淘气的孩子们也许不能叱咤风云，干不成大事业，没有大出息，不能为你们争光、为母校争光、为国争光，但却会永远记住你们，如古人云："一日为师，终身为父。"精神上的教父，比所谓灵魂工程师这个似是而非的苏联洋头衔，更崇高更伟大。我也为人师，桃李满天下，深味人师人父之语，岂妄言哉？

2010 年 12 月 15 日

# 后　记

　　天涯社区停止营运前，就有不少网友建议，将天涯博文加以整理，结集成书，以便珍藏；我也有此愿望，能将随时可能消失的网上文字变为更有生命力的纸本读物，以广流传。这个愿望，因《结婚记》的出版，终于实现了。这是一本非功利写作的书，也是我所著书中自己最珍爱的一种。此书一出，我无憾矣。

　　首先要感谢中华书局编辑马燕女士，她为此书的选文、体例、修改，以及完善，提出了许多宝贵意见。需要特别说明的是，为了还原生活场景，追求叙事的真实性，我在天涯讲述自己的人生故事时，常常采用我的母语——四川话。四川话不适合抒情，却幽默生动，适合叙事。很多网友甚至说，须用四川话读，才能读出这些天涯故事的妙趣和味道。其实，四川话属于北方方言区，并不难懂。尽管如此，结集成书时，我还是接受马燕女士的建议，随文加括号，对一些独特的四川方言做了简单注释，在保留语言韵味的同时，尽可能减少不必要的阅读障碍。

　　书名是请同门师弟刘石教授题写的。我比石兄年长七岁，我们相识于北京师大时，他还是对爱情充满梦想的革命青年，现在所谓"单身狗"是也。我曾经开玩笑说，如果我以女生口气写一张纸条丢在信箱里，约你在图书馆外面幽会，你会不会上当？他笑嘻嘻说，千万别写哈！我肯定上当。我也哈哈笑，我就上过这种瓜当。现在回想，倍觉可爱。一笑。

谢不谦

2023年6月18日雨后，

记于成都江安花园